“百事”一代

［俄罗斯］维克多 · 佩列文 著
刘文飞 译

北京出版集团公司
北京十月文艺出版社

为中产阶级而作

我是伤感的，如果你明白我的所指；
我爱这个国家，却难以忍受我的目睹。
我非左翼，也不是右翼。
我今夜就这样坐在家里，
迷失于那个没有希望的小屏幕。

——莱奥纳德·科恩①

---

① 原文为英文。科恩（1934 年生）是加拿大诗人、作家、歌手；文中“小屏幕”指电视。——译注

总　序

俄国是一个文学的国度，更是一个长篇小说的国度，从普希金的《大尉的女儿》、莱蒙托夫的《当代英雄》和果戈理的《死魂灵》起，到屠格涅夫的《贵族之家》和《父与子》、陀思妥耶夫斯基的《罪与罚》和《卡拉马佐夫兄弟》、托尔斯泰的《战争与和平》《安娜·卡列尼娜》和《复活》，长篇小说始终是十九世纪俄国现实主义文学的主要构成和最高成就；在二十世纪，肖洛霍夫的《静静的顿河》、帕斯捷尔纳克的《日瓦戈医生》、布尔加科夫的《大师与玛格丽特》、格罗斯曼的《生活与命运》和索尔仁尼琴的《红轮》等长篇小说名作又相继面世，延续着俄国史诗性文学叙事的辉煌传统。进入二十一世纪以来，俄语作家在长篇小说领域的笔耕又有哪些新的收获呢？这套“俄罗斯当代长篇小说丛书”或许能让汉语读者对俄国长篇小说近十几年的发展现状有一个窥斑见豹的了解。

本套丛书共收入五部长篇，即佩列文的《“百事”一代》(Generation“П”，1999)、乌利茨卡娅的《库科茨基医生的病案》（Казус Кукоцкого，2001)、维克多·叶罗菲耶夫的《我的父亲》(2004)、索罗金的《碲钉国》（Теллурия，2013）和瓦尔拉莫夫的《臆想之狼》(Мысленный волк，2014)。从五部作品的发表年代看，最早的《“百事”一代》面世于一九九九年，而最后一部小说《臆想之狼》为二〇一四年的新作，时间跨度为十六年，将这五部小说串联起来读，能在一定程度上揣摩出当代俄国长篇小说的发展轨迹和创作现状。

这五部长篇的作者都是俄国当今文坛最有影响的作家。从五位作者的出生年代看，最年长的乌利茨卡娅生于一九四三年，最年轻的瓦尔拉莫夫生于一九六三年，五位作家虽分别为四〇后、五〇后、六〇后，但相距不超过二十岁，是广义上的同一代作家，他们的一个共同之处，即均在苏联解体前后登上文坛并在近二十年间最终确立了“健在的经典作家”之身份。

柳德米拉·乌利茨卡娅（Людмила Улицкая，1943 年生）毕业于莫斯科大学生物系，曾在苏联科学院遗传学研究所工作，后去剧院做编剧，一九九二年以中篇小说《索涅奇卡》成名。《库科茨基医生的病案》被视为乌利茨卡娅最成功的长篇之一，小说以一位医生的家庭生活来折射二十世纪上半期的苏联社会，作者让时代的变迁和家庭的变故相互交织，把女性的叙事角度和细腻的心理描写融为一体，从而给出一份苏联时期知识分子家庭生活的文学记事。乌利茨卡娅因为这部小说获二〇〇一年“俄语布克奖”，是该奖创建十年后的首位女性获奖者。二〇〇五年，根据这部小说改编的电视连续剧受到广泛欢迎。据统计，这部小说已被译成近三十种外语。

维克多·叶罗菲耶夫（Виктор Ерофеев，1947 年生）的父亲当过苏联驻法国的外交官，作家少时生活在巴黎，后在莫斯科大学语文系和苏联科学院世界文学研究所学习，一九七九年因参与编辑地下文学辑刊《大都会》被苏联作协开除。苏联解体前后，他的文章《追悼苏联文学》引起激烈争论，他的长篇《俄罗斯美女》（1990）也曾蜚声文坛。《我的父亲》以斯大林身边一位高官与斯大林的关系和他对斯大林的看法为主线，以独特的角度和方式揭示了以作者为代表的一代人的心灵历史。小说中的“高官”就是作者的父亲，但这又是一部地道的虚构小说，作者说其中只有“心理的真实”。

弗拉基米尔·索罗金（Владимир Сорокин，1955 年生）早年毕业于莫斯科石油天然气学院，成为化学工程师，但后在《接班人》杂志社工作，凭爱好成为画家，为出版社做过图书装帧，二十世纪七十年代开始写诗，八十年代加入地下文学运动，一九八五年在法国句法出版社出版第一部长篇《队列》，在苏联解体后的一九九二年，《队列》在俄国境内的《电影艺术》杂志发表，引起广泛关注，作家从此被视为俄国后现代文学的主要代表之一。他后来陆续推出的重要作品还有《玛丽娜的第十三次爱情》(1995)、《蓝色油脂》(1999)、《冰三部曲》(2009)、《暴风雪》(2010)等。二〇一三年面世的《碲钉国》是一部具有后现代色彩的反乌托邦小说或曰新乌托邦小说，小说以二十一世纪中期的欧洲为描写对象，描写人们为获得用特殊金属碲制成的钉子而展开的激烈争夺。在欧洲"新的中世纪"，在阿尔泰山区形成的新的"碲钉共和国"，人人趋之若鹜的"碲钉"成为一个核心意象，它既象征着人类文明的结晶，人们幸福和智慧的源泉，同时也指称黄金和财富，是人们内心深处的崇拜和欲望的客体，它有可能还暗指专制的权力、强加的异质文化和入侵的他人思想。正是这一形象的多重内涵和不确定所指，赋予了这部小说以广阔的阐释空间。二〇一四年，这部小说获得俄国当下最重要的图书奖"大书奖"。

维克多·佩列文（Виктор Пелевин，1962年生）与索罗金一同被视为俄国当代后现代文学最重要的两位代表作家，他及其作品自二十世纪九十年代起备受追捧，据说连平常只读电话簿的人也纷纷捧读他的小说。他一九八五年毕业于莫斯科动力学院，一九八九年进入高尔基文学院，后在《科学与宗教》杂志社工作，在该杂志发表第一个短篇，一九九一年出版第一个短篇集《蓝灯》，此后的长篇《奥蒙·拉》（1992）、《昆虫生活》（1993）、《恰巴耶夫与虚空》（1996）等均引起广泛反响，一九九九年出版的长篇《“百事”一代》更是一时洛阳纸贵，据统计至今已在全球累计售出三百五十万册。二〇一一年，这部小说被改编成同名电影。这部小说以准作家塔塔尔斯基在苏联解体前后的生活经历为线索，再现了二十世纪七十年代喝着百事可乐长大的一代苏联人在社会剧烈转型时期的心路历程。在这部小说后佩列文“封笔”数年，后又发表《转折时期的辩证法》（2003）、《V帝国》（2006）、《t》（2009）、《蝙蝠侠阿波罗》（2013）和《玛士撒拉之灯》（2016）等长篇。佩列文的创作被称为“佩列文现象”，自二十世纪九十年代以来的写作者乃至阅读者甚至被称为“佩列文一代”，但佩列文为人低调，从不抛头露面，以至于有俄国读者怀疑是否真的存在这位作家，他们猜测这可能是某个热衷电脑创作实验的写作班子所采用的笔名。

阿列克谢·瓦尔拉莫夫（Алексей Варламов，1963年生）一九八五年毕业于莫斯科大学，在以普里什文的创作为题完成博士论文后不久，他成为莫斯科大学语文系教授，讲授二十世纪初的俄国文学。他一九八七年起开始发表文学作品，一九九五年以中篇《生》成名，近些年来，他勤奋写作，一口气为青年近卫军出版社著名的“杰出人物传记丛书”写作了七部传记，即《普里什文传》《格林传》《阿·托尔斯泰传》《格里高利·拉斯普京传》《布尔加科夫传》《普拉东诺夫传》和《舒克申传》。瓦尔拉莫夫自称，他的近作《臆想之狼》是他关于一九一四至一九一八年间俄国文化生活的文学想象，是“讲述白银时代的个人尝试”。在作家看来，关于第一次世界大战和十月革命，人们从社会历史、政治军事等方面的思考已经太多，却很少有人从思想文化、个人心理等方面进行描述。斯拉夫人有这样一句古老的祷告词：“愿我躲开臆想之狼。”作家用“臆想之狼”这一意象来概括当时俄国人的精神状态和集体无意识，即一种强烈的焦虑、莫名的冲动和破坏的激情，但在作家笔下，被这一情绪所浸润、所笼罩的那个时代，却又是一个“混乱的时期，丰富的时期，饱满的时期，饶有兴味的时期”。

将这五部长篇作为一个整体来阅读，我们大致能够归纳出新世纪俄国长篇小说体现出的几个新特征：

首先，从创作方法的角度看，当代俄国长篇小说似乎出现了现实主义传统与后现代主义时尚相互交织的局面。在上述五位作家中，维克多·叶罗菲耶夫、索罗金和佩列文均被视为俄国后现代主义文学运动的标志性人物，而乌利茨卡娅、瓦尔拉莫夫的创作却被认为是相对“传统”的。俄国后现代文学发端于二十世纪五六十年代，在苏联解体前后达到其鼎盛期，但近些年来，它作为一个整体的影响似在逐渐缩小；与之形成对照的便是，俄国现实主义的文学传统却似在强势回归。这两种文学倾向和潮流相向而行，其结果便是二者的相互渗透，具体而言，后现代作家似乎越来越注重情节叙事，最典型的例子就是索罗金的创作，《碲钉国》虽然并不好读，但与他之前的小说相比已然十分“传统”了；而在乌利茨卡娅和瓦尔拉莫夫的小说中，我们也不难发现一些现代派文学、后现代文学影响的痕迹。于是，在当代俄国的长篇小说创作领域，一方面是后现代主义文学在巨浪拍岸后留下的余波，即它对传统长篇小说叙事模式的冲击和解构，另一方面则是现实主义文学传统在泰然自若的同时对包括后现代文学在内的新潮文学因素的积极吸收和借鉴。

其次，从体裁属性的角度看，当代俄国长篇小说似乎呈现出了某种交叉性和合成性。在这五部长篇中，《我的父亲》和《臆想之狼》似乎都在有意模糊虚构和非虚构两种文体之间的界限，《碲钉国》把乌托邦小说、社会讽刺小说、科学幻想小说的特征融为一体，《“百事”一代》的体裁属性更为模糊，其研究者给它戴上了众多帽子，如“广告话语小说”“宗教神话小说”“商场暗战小说”“社会寓言小说”等，这些定义是小说题材意义上的，也是体裁意义上的。与长篇小说自身的体裁属性的多元化形成有趣呼应的是，这几位作家的社会角色也是多重的，除佩列文外的四位作家都是当下俄国十分活跃的文化活动家：身为高尔基文学院院长的瓦尔拉莫夫主办文学杂志，经常举办国际性的文学论坛；

乌利茨卡娅创办基金会，积极介入俄国的政治生活；维克多·叶罗菲耶夫是著名的电视节目主持人；索罗金不时在国内外举办个人画展。而编写影视和话剧剧本，撰写评论和杂文，接受媒体的采访，在国内外高校讲课等，都是他们热衷并擅长的活动。这些长篇小说作者似乎也和他们的作品一样，在尝试最大限度地拓展其存在的空间和影响的范围。

最后，从作品内容的角度看，当代俄国长篇小说似乎表现出了某种非情节化、非英雄化的趋向。这五部长篇，无论是地道的后现代小说还是相对传统的小说，都不再具有饶有兴味、贯穿始终的清晰线索，情节也并非始终围绕主人公展开，即便有主人公，他们也与俄国传统长篇中的主角不同，似乎不再是作者倾注情感着力塑造的对象，而遭遇到某种扁平化处理。长篇小说主人公的“非英雄化”，既是现代派文学和后现代文学潮流对于传统长篇小说创作范式的冲击和解构之结果，但在一定程度上恐怕也是生活自身的多元化、碎片化和非逻辑化等现实现象在文学中的显现和反映。但悖论的是，即便在这些情节淡化、人物扁平化的当代俄国长篇小说中，我们仍能感觉到俄国文学的某些传统特质之渗透，比如对民族历史充满反思的追溯，对社会现实不无悲悯的关注，对人及其生活既温情又超然的观照，对文学及其力量既坚定又疑虑的信仰。

值得一提的是，这五部小说的作者均与中国有着各种各样的关联。除这五部长篇外，他们还有其他作品被译成汉语，如佩列文的《恰巴耶夫与虚空》和《黄色箭头》、维克多·叶罗菲耶夫的《俄罗斯美女》、乌利茨卡娅的《索涅奇卡》《美狄亚和她的孩子们》和《你忠实的舒里克》、瓦尔拉莫夫的《生》、索罗金的《暴风雪》等；乌利茨卡娅、瓦尔拉莫夫多次访华，佩列文据说也曾悄悄旅行西藏等地。更为重要的是，在佩列文和索罗金这两位最重要的后现代作家的小说中，所谓“中国题材”均占有一定分量，索罗金在《暴风雪》中写到作为“向导”的“中国医生”，在《碲钉国》中也写到“莫斯科的中国人”，而对东方宗教极感兴趣的佩列文，其长篇《恰巴耶夫和虚空》更被称为俄国文学中的第一部“禅宗佛教小说”。

在一片“作者已死”“小说已死”的哀叹声中，当代俄国的长篇小说作家们仍在积极写作，当代俄国的长篇小说仍在不断面世并产生影响；二十一世纪俄国长篇小说的样式和风格与普希金和托尔斯泰相比已显出越来越大的差异，但它们无疑仍是十九世纪中后期形成的俄国长篇小说创作传统的延续和发展。

刘文飞

二〇一七年七月六日

于京西近山居

致中国读者

我不知道是否真有这样一则中国谚语，但它在俄国却经常被引用："乱世一代，该受诅咒。"《"百事"一代》就是关于这样一代人的故事，但它所描写的却非这一代中"该受诅咒"的那一部分，恰恰相反，却是那些由于社会变迁而在生活中获得成功的人。或者更确切地说，就是那些认为自己获得了成功的人。

毫无疑问，近十年间俄国各种改革的一个积极后果就是，在今后数十年里都将不断地为幽默作家们提供灵感。然而，关于这些改革若想写出什么严肃的东西来，则需要这样的作家，他得具备描写经济诈骗的天赋，就像列夫·托尔斯泰具备描写伟大战争的天赋一样。我并不具备这样的天赋，因此，你们不要在我的书中寻找对俄国所发生一切所做的深刻分析。此书所描写的不是社会的转型，而是智慧的转型，这智慧在忙于解决现实生活急速变化条件下的生存问题。

请大家想象一下这样一个国度，其所有国民没有走出家门，却突然发现自己成了侨民。他们并未挪动一步，却落入了一个完全别样的世界，这世界施行另一些法则，——更常常是完全没有任何法则。这个世界自电视屏幕走进每家每户，这电视为金融金字塔和女人卫生巾做广告，为民主政治家们做广告，并顺便向那些在几个月的改革中丧失了其全部积蓄的人们解释说，不应该害怕困难，因为困难是暂时的，——在过渡时期总会出现这样一些困难，这个过渡时期就像是一次旅行。电视还解释道，我们正在向何方旅行，——是在西游，虽说在那些了解西方真实生活的人士那儿，这种解释一开始就引起很大怀疑。俄国的“西方”打一开头就是一个虚拟之物，这是某种抽象的物质天堂，通向它的道路就是犯罪性的富裕方式。每天拖着国家驶向这个想象目的地的火车头，就是电视。

我的这本书就是一个俄国版的《西游记》故事。但我不敢冒险列出它与我所喜爱的那部中国小说的相似，因为我实际上看到的只有区别。

在那部中国小说中，一只猴子开始了旅行，在旅行即将结束时，这只猴子身上出现了越来越多我们可称为人类特征的东西。

在这个俄国版本中，正如从该书头几页就能看出的那样，所发生的一切恰好相反：为了适应新的社会，人不得不努力地获得诸多猴子的特征。

中国版旅行的目的是精神的。孙悟空陪伴唐僧西游是为了取回真经，如果说，经书原来是些不著一字的白纸，这使行僧们感到吃惊，那也仅仅因为他们还不懂得何为真经。俄国版旅行的目的则完全是物质上的。这次旅行的目的就是获得大笔金钱，如果说，旅行家们的所有金钱一夜之间变成了普普通通的纸（本书在俄国的面世恰逢一九九八年的危机），这使他们感到吃惊，那也仅仅因为他们还不懂得，电视告诉给他们的并不总是真话。

最后，重要的一点是，在中国版本中，行僧们在空间里移来动去，走过许多国度。而俄国版旅行的一个主要特征，就是它的虚拟性。这趟旅行只在电视观众的大脑中进行。因此显而易见的是，在电视刹那间被关掉的时候，就会出现一阵清醒，脑中就会闪出一个谜底，意识到一个国家是不可能突然爬起来走向西方或东方的，它反正注定要留在它一直所在的地方。而当电视渐渐开始播放完全不同的其他一些节目时，要理解这一点就轻而易举了。

《“百事”一代》的主题，就是人的智慧以及作用于这一智慧的手段，就是商业的和政治的广告。但是，这不是科学的分析，而是艺术的分析，这是一个人的故事，他受命运的左右成了这种作用本身的设计者之一。这甚至不是分析，而只是一个故事，一个我希望读起来会感到有趣和开心的故事。如果这本书具有道德，那它就是这样的：不能去操纵别人的智慧，也不能让自己成为此类操纵的牺牲品。这是一条也许会被唐僧称为因果报应的法则。

此书有多大的可信度呢？为了自己的安全，我竭尽全力不让主人公有准确的生活原型。其结果，谁都想在主人公的身上辨认出自我来。此书于一九九八年出版后，我不得不多次与一些人交谈，那些人不仅在某位书中人物的身上认出了自己，而且还感到困惑不解，问我是如何了解到有关他们的生意或生活方式的这些细节的，他们认为，这些细节原来完全是秘不示人的。后来，又开始出现一些巧合，我在夜间还能安安静静地睡觉，这仅仅是因为，此书出版于这些事件之前，而不是之后。这证明了俄国文学的又一传统特性，即在俄国，作家所写的不是小说，而是脚本。

我自己有一个独特的文学理论，它完全是不科学的。我认为，小说作为一种文学形式，其主要任务就是拯救主人公。在《“百事”一代》中，这件事做起来非常困难，因为他所误入的领域过于黑暗，过于危险。我唯一能够做到的，就是给主人公留下获得拯救的机会。在未建成的高塔的顶部，从睡梦中醒来，他还可以去他想去的地方。我认为，读完这本书后你们会同意，这样的希望已经算是很大的了。

我感到非常高兴和荣幸的是，我这本没有条理的书被译成了中文，中国文字产生过许多伟大的作品，那些作品塑造出了作为个性的我。我衷心地祝愿中国读者幸福。可幸福是什么呢？我不知道。但是我知道，无论广告如何许诺，在商店里寻找幸福是徒劳的。幸福离我们很近，比我们感觉的要近得多。它就在我们身上。我们，人类，实际上就是这种幸福，这种幸福暂时可能以其他方式存在。我非常想写一写这种感受，但我又担心，一本以此为主题的优秀之作，就像在唐僧的时代那样会是一摞不著一字的白纸。

维·佩列文

二〇〇〇年十一月

完全别样的风景

——译者序

苏联解体之后，由于政治体制和经济模式的不平稳过渡，俄国社会爆发了全面的危机，生产萎缩，国力下降，普通人民的生活水平不如从前，俄国的国际影响也相对缩小。在这种情况下，俄国文学受到来自各个方面的冲击，其社会地位和作用似乎也在逐渐下降。在苏联时期，一部经典名著或一位走红作家的作品，往往一印就是百万册，《新世界》等文学杂志的发行量曾达数百万册。而如今，除侦探小说、言情小说和科幻小说外，俄国当代文学作品的印数一般都在数千册，文学期刊大多亏损，人们普遍认为，当今的俄国严肃文学中没有畅销作品。

然而，俄国文坛上却突然杀出一匹黑马，他的数部中长篇陆续推出，印数达数万册的三卷本文集也紧接着面世，且销路很好。在大学图书馆和地铁车厢里，在广场和街边的长椅上，随处可见有人捧读他的书。在莫斯科的书店里，他的作品总是与那些侦探、言情、科幻和翻译小说一起被摆在最醒目的位置上，街头的每个书摊上都有他的书。在谈到当今俄国文学有何可读之书时，我的一些俄国朋友，从外企的年轻翻译到科学院的老学者，都不约而同地推荐他的作品，并称他为当今俄国严肃文学中“唯一的畅销”。还有人不无夸张地说，在如今疯狂阅读这位作家的读者中，不乏那些“在近些年除了电话号码簿外什么也不读的人”。

这位年轻作家就是维克多·佩列文（Виктор Пелевин）。佩列文生于一九六二年，毕业于莫斯科动力学院，后就读于高尔基文学院，现为自由作家。他已发表的作品，除这部《“百事”一代》外，还有《恰巴耶夫与普斯托塔》《黄色箭头》《蓝色灯笼》和《昆虫生活》等。

佩列文作品的畅销或许是一种偶然，但其中也有一些值得琢磨的“理由”。首先，他的作品都是反映“最新”的现实生活的，其主人公多是些最具“时代特征”的现代青年，他们或是所谓“新俄罗斯人”（即我们所言“大款”），或是“白领”、广告人、影视人等现代“雅皮士”（YUP，即“都市年轻职业人士”），同过去文学中的“正面人物”和充斥当今文坛的帝王将相相比，佩列文的小说主人公及其生活对于青年读者来说无疑有着更大的吸引力。其次，佩列文的作品体现出一种独特的风格：他小说的语言随意、机智，并带有较强的讽喻和调侃意味，很能迎合当代青年人的生活态度和阅读时尚；与大多数畅销作品不同，佩列文的小说并无充满悬念的情节，而多为一种跨越时空的连贯或不连贯的叙述；更为突出的是，其主人公或行动或言语，所传达的都是一种非常随意和无所谓的心态，似乎他们不再在意和热爱什么，同时也不再拒绝或仇恨什么。这种“后现代”的生活态度，对于当今的俄国青年来说是具有某种典型意义的。佩列文曾在互联网上公布自己的小说，结果引起广泛的反响。据说，俄国百分之九十的网民为都市“雅皮士”，他们是佩列文的读者和拥趸，他们中的许多人在网上发表评论，称佩列文的作品为“我们的语言”。最后，商业化的炒作对于佩列文的畅销无疑也起到一定作用，出版佩列文作品的瓦格里乌斯（Вагриус）出版社，是苏联解体后迅速涌现出的数百家私人出版社中最为成功的一家，现已成为新俄国文学最权威的出版机构之一。该社凭借强大的经济实力，为推出佩列文做了大量宣传工作，如在图书展销会上作重点介绍，举行作者签名售书活动，在报刊上组发关于他及其作品的争论文章等等。在瓦格里乌斯出版社于莫斯科国际书展期间散发的一份新书目录上，就有对佩列文的宣传，在作家头像一侧附有这样的文字：“维克多·佩列文被称为‘三十岁一代人中最著名、最神秘的作家’。作者本人也倾向于同意这样的看法。”

《“百事”一代》是佩列文的代表作，写的是一个名叫瓦维连·塔塔尔斯基（Вавилен Татарский）的知识分子在商业社会中的生活经历和心理变化。小说主人公和小说作者一样，也是高尔基文学院的毕业生，但是在苏联解体、意识形态剧变后的新现实里，在迅速商业化的当今俄国社会中，纯文学这碗饭是难以吃下去了，他便受雇于一个车臣商人，在售货亭里卖香烟（小说中，塔塔尔斯基曾叹着气对他的老板说，如今有点文化的人“早就都去地铁站边卖香烟了”）。与文学院老同学莫尔科文的偶遇改变了塔塔尔斯基的生活轨迹，他步入广告界，开始为国内外诸多著名商标写作广告词。他先后在多家广告公司工作，他为之费过神的商标有“雪碧”饮料、“国会”香烟、“奔驰”轿车、“雀巢”咖啡、“碧浪”洗衣粉、“丹碧丝”卫生巾、“耐克”运动鞋、“索尼”电器等十几种。后来，他有了吸毒、嫖妓、开“奔驰”等嗜好，也目睹多次暗杀，得到格瓦拉魂灵的指点，还在幻觉中攀登巴比伦塔，见到女神伊丝塔，并最终成了她的“人间丈夫”，成了大权在握的广告业老板。但是，小说作者的主旨显然不是给出一部塔塔尔斯基的“成功史”。这部小说情节松散，还插入许多神话成分和主人公吸毒后的幻觉描述；与此同时，叙述者的客观态度或曰超然态度又是显而易见的。这样一来，对这部小说作传统的主题归纳就显得很困难了，似乎也是不合时宜的。然而，任何一个作家总是在寻求与读者的交流，总想告诉我们一些他的意思，也就是说，还是希望读者对他的作品进行一番解读的。现代文学作品越来越多意，或曰越来越随意，现代作家也越来越主观，或曰越来越个性化，因此，解读出歧义的风险也就越来越大。不过，面对佩列文的《“百事”一代》，我们至少可以作如下三个层面的理解：

首先，无论如何，这部小说仍是对当今俄国现实生活的反映。在这里，我们看到了苏联解体后的社会剧变：车臣人进莫斯科城做起生意，各个派系的黑手党争斗不止，有人暴发，暴发了之后被杀，“每天都有人被放倒”；细心的读者可以发现，小说中今昔对比的细节很多：土耳其假冒的德国皮鞋中有一双质量很好却样式难看的苏联皮鞋，外国名车车河中的苏联破汽车像是垃圾，苏联秘密研究所现为广告公司所占，房间里的瓷砖和壁纸“还记得苏维埃时代”……政治家频繁更替，且均无责任心，国家没有生产，却有着丰富的商业活动，西方文化和西方的商品一起广泛渗透进俄国社会，“到处都弥漫着一种可怕的不确定”。值得注意的是，作者在小说中虽然体现出一定的意识形态倾向，但他对社会的整体走向却也抱有某种忧虑，对于曾视“可乐”为“自由滋味”和“民主象征”的一代人来说，作者和小说主人公所流露出的这一心态是值得思索的。

其次，小说展示了俄国当代知识分子的异化过程。二十世纪的俄国知识分子曾以其不屈的抗争精神和不懈的创造能力而著称，但在他们心目中的理想社会到来之后，他们中的一些人却被迫或自愿地放弃了对文化和道德价值的捍卫。这部小说主人公名字的来历，就已预示了这种人格分裂的出现，塔塔尔斯基的父辈就已在心目中调和着列宁的理想和阿克肖洛夫的自由思想。在集权时代，俄国知识分子尚有独立人格，而在商业社会中他们却失却了自我。塔塔尔斯基渴望过“双重生活”，吸毒和写广告词都让他上瘾，是一种异化，而那些“前意识形态工作者”现在却纷纷成了“黑色公关”能手，成了广告界的主力军，也许是另一种类型的异化。

最后，作者给出一个未来人类社会的反乌托邦象征。作者借主人公之口说，金钱就是决定人类生活的“第四维”，金钱又将现代社会最重要的两样东西——电视和广告——紧紧地拴在一起。电视，导致了人的生活和感受的“心理共振”，从而成为一种新的“强制机构”，电视是假肢，是毒品，电视和广告一起，构成了人类生活的“同一性”，构成了一个虚拟的、不真实的世界。当初，人类未能建成巴比伦塔，是因为语言出了问题，而今天，人类似乎已经有了共同的语言，这便是广告和电视。那么，这意味着人类已经有能力建造新的巴比伦塔了，还是预示着我们将再一次触怒上帝呢？

就这样，佩列文从对一国现实社会的描写走向了对整个人类未来的象征，从对社会现象的拼接和罗列走向了关于人的生存状态的深刻忧虑。在这里，我们才隐约感觉到了俄国文学强大的道德传统在佩列文作品中的折射和延续。

《“百事”一代》体现出了较强的后现代写作风格。佩列文小说语言的一大特色，似乎就是无禁忌，有人认为，他作品的语言是各种低俗词的“杂烩”，是俄语和英语的“拼盘”，与纯洁的俄国文学语言相去甚远；有人却说，与俄国文学语言相去甚远的不是佩列文，而是当今的俄语口语，佩列文不过对这一新的语言现象做了“历史性的记录”。佩列文作品的另一个特征，就是无所顾忌地“引用”。有一种后现代主义理论认为，当今的一切都是对过去的重复，因此，拷贝过去是正常的，也是无可指责的。在《“百事”一代》中，除了格瓦拉的长篇大论、对旧文稿《吉哈马特-2》大段大段引用、一个又一个广告词创意之外，连有些章节的题目也是“借用”的，如陀思妥耶夫斯基的《穷人》和马雅可夫斯基的《穿裤子的云》，《设计台》《HOMO ZAPPIENS》和《乐堡人》也是利用外来词做的拼接。甚至连小说的题目和封面，也都带有某种浓重的后现代味道：小说的原文标题为《Generation“П”》，是英、俄两种语言的组合，其中的俄语字母“П”是俄语“百事可乐”一词中的第一个字母，这个题目表明，小说描写的是喝着“百事可乐”长大的新一代俄国人。小说原作的封面由“可口可乐”和“百事可乐”的商标图案作底，中间是拉美革命领袖格瓦拉的头像，格瓦拉的帽子上有一个“耐克”商标，封面下方则是一个红蓝对称的中国阴阳符号，封底还有这样一句话：

"在阅读本书时可能产生的所有思想,亦属作者版权所有。"

种种迹象表明,佩列文通过自己的文学创作在进行一种消解,在他那里,严肃文学和通俗文学的界限模糊了,官方的宣传文学和持不同政见的抗议文学这两种传统同时遭到扬弃,小说体裁的诸多内在规定性也受到严峻挑战。相对于苏联时期的"社会主义现实主义",有人将佩列文的创作定义为"后社会主义的超现实主义"。不过,在他的消解之中,分明又有着淡淡的怀旧;在他的嘲讽之中,似乎又流露着深深的担忧。

在《"百事"一代》第一章,作者曾这样写道:"不能说他们(指不再信仰永恒的'别人','其中包括那些曾教导塔塔尔斯基要向永恒看齐的人'——引者按)背叛了自己先前的观点,不能这样说。先前的观点所朝向(观点总是有所朝向的)的空间,本身就倾塌了,消失了,在智慧的挡风玻璃上没留下任何细小的斑点。四周闪烁的是完全别样的风景。"我们感到,无论是在内容上还是在形式上,《"百事"一代》的作者通过他的小说给我们展示出的,正是这样一片"完全别样的风景"。

刘文飞

目
录

“百事”一代

在俄国的确出现过一代无忧无虑的青年，他们冲着夏天、大海和太阳微笑，并且选择喝“百事”。

此刻已很难确定这一切是因何发生的。也许，事情并不仅仅在于这种饮料的出色口感，也不在于那种会使孩子们产生依赖、自童年起就注定步入可卡因航道的咖啡因，甚至也不在于通常的贿赂，——人们乐于相信，掌管合同签订权的党的官僚拿了钱后，他那颗已放弃共产主义信仰的灵魂也就真心实意地爱上了这种冒着泡泡的深色液体。

更为可能的原因在于，苏联的意识形态理论家们认为，真理只有一个。因此，“百事”一代事实上别无选择，而七十年代苏联人的孩子们选择了“百事”，一如他们的父母选择了勃列日涅夫。

曾几何时，这些孩子盛夏时分躺在海边，久久地望着天高云淡的蓝色地平线，喝着被晒得暖暖的、在新罗西斯克城灌装入瓶的“百事可乐”，同时幻想着，大海彼岸那遥远的禁忌世界能步入他们的生活。

10年过后，这个世界果然开始步入了，起初是小心翼翼的，带着礼貌的微笑，然后就越来越果敢、越来越大胆了。这个世界的名片之一就是为“百事可乐”做广告的电视短片，这则短片，正如许多研究者指出的那样，成了整个世界文化发展过程中的一个转折点。短片以两只猴子做比较。一只猴子喝“普通可乐”，结果能用积木和棍棒完成一些最简单的逻辑动作。另一只猴子喝的是“百事可乐”，它开心地大喊大叫，驾一辆吉普车向海边驶去，怀里还搂着几位姑娘，那些姑娘对女性的平等显然并不在意（如果不得不与猴子密切交往，最好干脆甭想诸如此类的问题，因为无论是平等还是不平等，都同样会使心灵感到沉重）。

如果细想一下，当时也就能弄明白，问题不在于“百事可乐”，而在于与它直接相关的钱。导出这一结论的，首先是由该产品的颜色所引发的弗洛伊德式的经典联想，其次是一个逻辑推理——喝“百事可乐”能喝出贵重的汽车来。但是，我们不打算去深入分析这则短片（虽说，也许恰在这里能找到答案，所谓的“六十年代人”为何坚持称“百事”一代为傻瓜）。对于我们来说重要的只有一点：吉普车上的猴子成了“百事”一代的终极象征。

纽约麦迪逊大街众多广告公司里的小伙子们都将观众当成所

谓 target group[①]，这事听上去是有些屈辱。但是，也很难不为他们对生活的深刻认知而惊讶。正是这则短片使为数众多在俄国混日子的“猴子们”明白，这样的时代已经来临，他们可以跨上吉普车，可以去追求人类的女儿了。

没有必要在这里寻找反俄阴谋的蛛丝马迹。反俄阴谋，不用说是存在的，可问题在于，俄国所有的成年国民都参与了这一阴谋。所以，“百事可乐”与此毫无干系。所发生的事情是全球进程的一个部分，这一进程在许多书中都得到了反映（只要提一提安德列·比托夫[②]的《猴子的等待》和威廉·博伊德[③]的《布拉柴维尔海滨浴场》就足够了）。这一进程也没有放过美国，虽说在那儿一切事情都是以完全不同的另一种方式进行的，“可口可乐”完全彻底、不可逆转地将“百事可乐”挤出了红色色场，对于一个有理解能力的人来说，这就等于滑铁卢大捷。这与在合众国非常强大的宗教权力的作用有关。他们不承认进化；“可口可乐”与他们的世界图画更为协调，因为，喝了“可口可乐”的猴子最终依然是一只猴子。不过，我们谈猴子已谈得太久，我们打算去寻找一个人了。

---

① 英语，即“目标群”。——译注
② 安德列·比托夫（1937 年生），俄国作家。——译注
③ 威廉·博伊德（1952 年生），英国小说家、剧作家。——译注

远在这场红方战胜红方的历史性胜利之前，瓦维连·塔塔尔斯基就出生了。因此，他自动落入了“百事”一代，虽说他很长时间对此一无所知。如果在那遥远的年代，有人告诉他，他长大后将成为一个广告文字撰稿人，他大概会大吃一惊，连手中那瓶“百事可乐”也会径直跌落在少先队夏令营沙滩那滚烫的鹅卵石上。在那遥远的岁月，孩子们向往的理应是消防队员的闪亮头盔或医生的白色大褂。甚至连“设计者”这样一个平和的字眼也仿佛是个值得怀疑的新词，可这个词在国际局势初次真正紧张化之前就已进入伟大的俄罗斯语言，并有其特定的语言学内涵。

但是在那些日子里，无论是语言中还是生活中都有许多值得怀疑、奇奇怪怪的事情。就拿“瓦维连”这个名字来说吧，是那位内心深处结合着共产主义信仰和六十年代理想的父亲，把这个名字奖赏给了塔塔尔斯基。这个名字来自“瓦西里·阿克肖洛夫”和“弗拉基米尔·伊里奇·列宁”这两个姓名。① 看来，塔塔尔斯基的父亲轻易地认为，一个忠诚的列宁主义者在阅读阿克肖洛夫的自由文字时也能卓有成效地意识到，马克思主义自古以来就是支持自由爱情的，也支持身着仔服的艺术狂人，萨克斯管

① “瓦维连”（Вавилен）分别由“瓦西里·阿克肖洛夫”（Василий Аксенов）和“弗拉基米尔·伊里奇·列宁”（Владимир Ильич Ленин）这两个姓名中的开头字母组合而成。阿克肖洛夫（1932—2009）是苏联60年代走红作家，后流亡西方。——译注

悠长的华彩乐句会使这狂人突然明白，共产主义一定能胜利。但是，这样的人也不只塔塔尔斯基父亲一个，五六十年代整整一代苏联人都是这样的，他们向和平献上了业余创作的歌曲，他们最后飘入宇宙的黑洞，就像第一颗人造地球卫星，那卫星像是始终没有来临的未来射出的一条四尾巴精虫。

塔塔尔斯基很为自己的名字感到难堪，在自我介绍时他尽量自称“沃瓦”。后来，他开始对朋友们撒谎，说父亲给他取这样一个名字，是因为父亲迷恋东方的神秘学说，父亲所指的是古代名城巴比伦①，而他，瓦维连，将来必须去继承巴比伦的隐秘学说。而父亲创造出阿克肖洛夫和列宁的综合体，原本是为了做波斯古代摩尼教和自然哲学的继承者，他认为他有义务用阴暗的因素来平衡明朗的因素。尽管这事做得很棒，塔塔尔斯基仍然在 17 岁时心满意足地丢掉了自己的第一本护照，而第二本护照上的名字已经变成了弗拉基米尔。

在此之后，他的生活便以最平常的方式展开了。他考入技术学院，显而易见，这并非因为他喜欢技术（他的专业是什么电熔炉），而是因为他不想当兵。然而，21 岁时，在他身上发生了一件决定他后来命运的事情。

---

① 在俄语中，“巴比伦”（Вавилон）和“瓦维连”（Вавилен）发音近似。——译注

夏天，在乡村，他读了鲍里斯·帕斯捷尔纳克一本薄薄的小书。他先前对之毫无兴趣的诗句，这一次却使他深受震撼，一连好几个星期，他心里想的全是那些诗句，然后，他就自己也写起诗来。他终生记着莫斯科郊区一片林子边上那个锈迹斑斑的客车骨架，它半截身子斜斜地扎在地下。就在这个车架旁，他脑海中浮现出了有生以来的第一行诗："云的沙丁鱼在游向南方。"（后来，他开始觉得这首诗有股鱼腥味儿。）总而言之，这是件非常典型的事情，其结局也很典型，即塔塔尔斯基考进了文学院。事实上，他未能进入诗歌系，而不得不满足于苏联民族语言的翻译事业。塔塔尔斯基为自己设计的未来大致是这样的：白天，文学院空旷的教室，对乌兹别克文或吉尔吉斯文逐字逐句地翻译，译文必须押轮韵；晚上，则是为永恒而付出的劳作。

后来，一件影响到他未来的事件不知不觉地发生了。正当塔塔尔斯基决定换一个职业的时候，人们开始了对苏联的复兴和改善，苏联被改善得如此之好，以至于竟停止了存在（如果一个国家也能归于圆寂，那这恰好就是一个例子）。因此，也就谈不上对苏联各民族语言的任何翻译了。这是一个打击，但塔塔尔斯基挺了过来。旨在永恒的工作持续下来，这就足够了。

这时又发生一个意外。塔塔尔斯基决定对之献出劳作和时光的永恒，也同样出了点什么事。这一点塔塔尔斯基是无法完全弄明白的。要知道，永恒可是某种无法改变、无法破坏的东西，独立于短暂的尘世的摆布，至少他一直是这样认定的。比如说，帕斯捷尔纳克那本改变了塔塔尔斯基之生活的薄薄的小书，就已经步入了这样的永恒，任何力量都无法再将它移开。

原来，事情并不完全是这样的。原来，永恒只存在于塔塔尔斯基真诚信仰它的时候，事实上，在这样的信仰之外便不再有永恒。为了能真诚地信仰永恒，就必须让别人也来分享这样的信仰，因为，无人前来分享的信仰，就叫作精神分裂症。而别人，其中包括那些曾教导塔塔尔斯基要向永恒看齐的人，也开始出现某些奇怪的变化。

不能说他们背叛了自己先前的观点，不能这样说。先前的观点所朝向（观点总是有所朝向的）的空间，本身就倾塌了，消失了，在智慧的挡风玻璃上没留下任何细小的斑点。四周闪烁的是完全别样的风景。

塔塔尔斯基尝试过抗争，做出一副事实上什么都不曾发生的样子。起初这很管用。另一些人也同样做出一副什么都不曾发生的样子，与这些人紧密交往，就可以在一段时间里相信事情的确如此。可结局来得很意外。

一次散步时，塔塔尔斯基站在一家因午餐而关门的鞋店旁。橱窗后面，有一个胖胖的、相貌可爱的女售货员在夏天的暑热中游动，不知为何，塔塔尔斯基径自称她为“曼卡”，而在那一大堆五颜六色的土耳其假货中间，有双鞋无疑是国产的。

塔塔尔斯基体验到一种短暂、强烈的认知感。这是一双高跟尖头皮鞋，皮子很好。鞋子是偏红的黄色，用天蓝色的线缝成，还饰有一个大大的、状若竖琴的金色扣襻，毫无趣味，很是俗气。这双鞋所鲜明体现出的东西，正是文学院一位醉醺醺的苏联文学课老师所言的“我们的格式塔”，这东西如此可怜可笑，触动人心（尤其是那个竖琴扣襻），竟让塔塔尔斯基的眼睛涌出了泪水。皮鞋上积着一层厚厚的尘土——它显然不再为时代所需要了。

塔塔尔斯基知道，自己也同样不再为时代所需要了，但是，他还来得及适应这种意识，甚至在其中找到了某种苦涩的甜蜜。对于他来说，这一意识可以用玛丽娜·茨维塔耶娃的话来加以破译：“我的诗句尘封在商店/（过去和现在都无人问津！）/可它们就像珍贵的美酒/终将等来自己的时辰。”① 如果说这一感觉有些丢面子，那丢的也不是他的面子，而更像是周围世界的面子。但是，在橱窗边愣了一阵之后，他突然明白，尘封在这片天空之下的不是装有珍贵美酒的容器，而是带有竖琴扣襻的皮鞋。此外他还明白了一件事情：他从前所信仰的永恒只能依靠国家的补贴才能存在，或者说，就像那些遭到国家禁止的东西一样。除此之外，它就只能作为鞋店里某个“曼卡”的朦胧回忆而存在了。而她，和他本人一样，其脑袋中这一可疑的永恒是由他人嵌入的，与自

① 这是茨维塔耶娃 1913 年一首无题诗中的一段。——译注

然和无机化学装在了同一个集装箱里。永恒是随意的，比方说，如果不是斯大林杀了托洛茨基，而是相反，那么，步入永恒的就完全会是另一些人物。但是甚至连这也不重要，因为塔塔尔斯基清楚地意识到：无论怎样安排，曼卡也难以抵达永恒，当她彻底放弃对永恒的信仰，也就不再有任何永恒了，因为，届时永恒将在何处安身呢？也许，正如他回家后在笔记本上所写的那样：

当永恒的主体消失，永恒的所有客体也随之消失，而永恒的唯一主体，就是那位至少能时而回忆起永恒的人。

他不再写诗了，因为随着苏维埃政权的消亡，诗歌失去了意义和价值。他紧接在这一事件之后写下的最后几行诗，颇有 DDT 乐 队的歌曲风格（“什么是秋天，这就是落叶……”），还借用了晚年陀思妥耶夫斯基的隐喻。该诗的结尾是这样的：

什么是永恒，就是澡堂，
永恒就是布满蛛网的澡堂。
如果曼卡她
忘了这间澡堂，
祖国和我们将会怎么样？

设计台

永恒刚一消失，塔塔尔斯基便落入了现时。原来，他对身边近几年得以形成的世界竟然一无所知。

这个世界非常奇特。表面上看，它变化很小，也就是大街上多了些乞丐，可是周围的一切，房屋，乡村，大街上的长椅，不知为何却突然之间衰老了，一副没精打采的模样。说这世界就实质而言已变了一个样，此话同样也不对，因为如今它什么样的实质也没有。到处都弥漫着一种可怕的不确定。尽管大街上流淌着“奔驰”和“丰田”的车河，车上坐着些绝对自信，也能把握潮流的壮汉，如果相信报纸上的说法，甚至还存在某种对外政策。

与此同时，电视上展现的还是那几张脸，近 20 年里，他们让所有人感到恶心。如今他们所说的，恰好是他们从前攻击的东西，只不过说得更大胆、更坚定、更激进了。塔塔尔斯基常常想到一九四六年的德国，当时，戈培尔博士[①]在广播中歇斯底里地叫喊，是法西斯主义将德意志民族拖入了深渊，奥斯威辛集中营的警卫长出任纳粹战犯追捕委员会的负责人，党卫军的将军们通俗易懂地谈论起自由主义的价值来，而终于恢复了视力的那位东普鲁士地方长官成了这帮家伙的头儿[②]。当然，塔塔尔斯基敌视苏维埃政权的大多数表现，但他还是弄不明白，是否值得将一个恶的帝国替换成一个从芬兰进口香蕉的恶的香蕉共和国。

不过，塔塔尔斯基从来不是一个大道德家，因此，他最为关注的并非是对社会变迁的评价，而是生活问题。他没有任何可以帮助他的关系，于是，他便采取了一种最简单不过的方式，即在离家不远的一个售货亭里做售货员。

工作是简单的，却又是紧张的。售货亭里又暗又冷，就像在坦克里一样；他与世界的联系是一个小小的窗口，那窗口小得刚刚能递出一瓶香槟酒。几根与亭壁草草焊在一起的粗铁条，构成一个栅栏，以防塔塔尔斯基遭受不测。每天晚上，他都将货款交给那个上了年纪、手戴一枚沉甸甸金戒指的车臣人；有时，甚至也能在工钱之外再弄几个小钱。偶尔，会有几个刚刚出道的强盗来到货亭前，声音发颤地索要保护费。塔塔尔斯基懒洋洋地打发

---

① 应指另一个戈培尔，纳粹头目之一约瑟夫·戈培尔（1897—1945）在苏军攻入柏林时自杀。——译注

② 约指民主德国首任总统威廉·皮克（1876—1960）。——译注

他们去找胡赛因。胡赛因是个身体瘦削、个子不高的小伙子，一双眼睛由于麻醉剂的作用总是闪闪发亮；那排货亭的尽头，有个空出一半空间的集装箱，胡赛因通常就躺在这集装箱里的一个床垫上，听着伊斯兰音乐。除床垫外，集装箱里还有一张桌子和一个保险柜，柜子里有大量的钱，还有一个带有弹筒的卡拉什尼科夫冲锋枪的精致模型。

在售货亭工作期间（这工作延续了将近一年），塔塔尔斯基获得两种新素质。其一为厚颜无耻，这无耻无边无际，就像在莫斯科奥斯坦基诺电视塔上看到的风景一样。其二却有些奇特，也很难解释。塔塔尔斯基只要朝顾客的手瞥上一眼，马上就能明白，能否少找钱，少找多少，能否对这个人发脾气，有无可能拿到假钞，能否将那样的假钞与找头一起再塞还给那人。这里没有任何清晰的体系。有时，小窗里会出现一个像长毛的甜瓜一样的拳头，但是能看出，可以大胆地将这拳头的拥有者推向任何一个方向。而有时，看到一个纤细的、修过指甲的女人的手，塔塔尔斯基的心却会紧张得喘不过气来。

一次，有人要塔塔尔斯基给拿一盒“大卫杜夫”牌香烟。那只将一张皱巴巴的 10 万卢布钞票①放在柜台上的手，没什么特别

① 此处的 10 万卢布为 1998 年货币改革前的货币单位，约合后来的 100 卢布。——译注

之处。塔塔尔斯基发现，这只手的手指微微地有些颤抖，那颤抖刚刚能被察觉出来，塔塔尔斯基又看了看那精心修饰的指甲，知道这位顾客在使用兴奋剂。此人完全有可能，比如说，是一个中档强盗，或者是个生意人，或者，最有可能是个中产阶级。

“什么样的‘大卫杜夫’，普通的还是柔和的？”塔塔尔斯基问。

“柔和的。”顾客回答，并弯下腰，向小窗里看了一眼。

塔塔尔斯基一阵颤抖，站在他面前的原来是他在文学院的同班同学谢尔盖·莫尔科文。他曾是班上最有个性的人物之一，拼命地模仿过马雅可夫斯基，穿黄色高领衫，写惊世骇俗的诗（“我的诗句，能分清界限，像一把斧头……”或者，“啊，呐喊的面孔！啊，脏话的嘴脸！”）。他的相貌几乎未变，只是头发间多出一道整齐的中缝，分缝处已经现出几根白发。

“你是沃瓦？”莫尔科文吃惊地问，“你在这里干吗？”

塔塔尔斯基不知该如何作答。

“明白了，”莫尔科文说，“好吧，咱们离开这里，找个地方坐坐。”

几句劝说之后，塔塔尔斯基锁上货亭，担心地朝胡赛因的活动房扫了一眼，便随莫尔科文朝他的小汽车走去。他俩来到菜价很贵的“月坛中餐馆”，吃了饭，喝了很多酒，莫尔科文也谈了他最近从事的工作。他的工作是干广告。

“沃瓦，”他抓着塔塔尔斯基的手，两眼放光地说，“现在是个特殊时期。这样的时期以前从未有过，将来也不会再有了。一阵狂热，就像当年的克朗代克①。两年过后，所有的东西都将被抢光。而现在，还有实在的可能，直接从大街挤进这个体系。你瞧，在纽约，人们仅仅为了与体面人共进一道午餐，就情愿付出半条生命，可是在我们这里……”

莫尔科文说的许多东西，塔塔尔斯基全然不懂。他通过谈话准确领悟的唯一一点，就是这样一幅草图：原始积累时代商业的功能以及商业与广告的相互关系。

“大体上，”莫尔科文说，“事情是这样操作的。某人获得贷款。他用这笔贷款租一间办公室，买一辆‘切诺基’吉普车和八箱‘斯米尔诺夫’牌伏特加酒。等‘斯米尔诺夫’酒喝光，吉普车撞毁，办公室弄脏，也就该还贷款了。这时，就去贷第二笔款，要三倍于第一笔贷款。用这钱还清第一笔贷款，再买一辆‘豪华切诺基’和16箱‘绝对’牌伏特加酒。当‘绝对’牌酒……”

“我懂了，”塔塔尔斯基打断了话头，“最后呢？”

“两种结局。如果贷款给此人的银行是家强盗银行，它就会在某个时刻将那人干掉。由于我们这里的银行全都是强盗银行，所

① 克朗代克位于加拿大西北部，1897年在此发现金矿，20世纪初此处出现淘金狂潮。——译注

以结局通常都是这样的。相反，如果这个人本身也是强盗，那么，最后一笔贷款就会转到国家银行的账目上，而此人也就宣称自己破产了。法院的执行人会来到他的办公室，对空酒瓶和肮脏的办公室进行登记，而过不了多久，此人又会从头再来。不错，国家银行现在也出现了自己的强盗，这使局势变得稍稍复杂了一些，不过，整体的场面还是没有改变。”

“啊，”塔塔尔斯基若有所思地说，“可我还是不明白，这一切与广告又有什么相干。”

“最主要的东西就是从这里开始的。在‘斯米尔诺夫’或‘绝对’大约还剩下一半的时候，在吉普车还在跑、死亡还很遥远很抽象的时候，在惹出这些事的那个人的脑袋里会发生一种独特的化学反应。一种无限伟大的感觉会在他身上觉醒，这时，他就会为自己定制一个广告短片。而且，他还要求这个短片要比白痴的短片更抓人。每笔贷款的三分之一大约都要花在这上头。从心理上讲，这是不难理解的。某人开了一家名为‘珠穆朗玛峰’的小企业，他却想在第一频道中看到自己的商标与‘宝马’和‘可口可乐’并列，为此哪怕去上吊也行。就这样，在客户大脑中发生这种反应的时刻，从灌木丛后面一跃而出的就该是我们。”

塔塔尔斯基非常愉快地听到了这个“我们”。

“情况是这样的，”莫尔科文继续说道，“做片子要好几个阶段。片子必定少不了能干的文字脚本作者，因为如今，一切都取决于脚本作者。工作这样进行：剧组的人找到想上电视的客户。你去见他。他说些什么。你听他说。然后你写脚本。脚本的长度一般是一张纸，因为广告片都很短。这也许只要你花上两分钟，但你要到一个星期之后再去他那里，要他相信，这一个星期你一直在房间里走来走去，两手抱着脑袋，想呀，想呀，想呀。他读了你写的东西，他是向你的剧组订购片子，还是转而去找其他剧组，这全都取决于他是否喜欢你的脚本。因此，对于你参与其中的剧组而言，你就是一个最重要的人物。订购任务取决于你。如果你能将客户给哄睡着了，你就能得到片子总价值的10%。”

“一个片子多少钱?”

“通常是15000到三万。我们就取个中间数吧，两万。”

“什么？”塔塔尔斯基不相信地问。

“上帝，这可不是卢布。是美元。”

塔塔尔斯基花一秒钟算了算，两万美元的10%是多少，他咽了一口唾沫，像狗一样摇尾乞怜地看了莫尔科文一眼。

“当然，这事干不了太久，”莫尔科文说，“一两年过后，一切会变样。人们不会再为鸡毛蒜皮的小事去贷一些鼓鼓囊囊的小钱，而要去拿上千万的美元。车灯耀眼的吉普车，将被法国的古堡和太平洋上的岛屿所取代。不受约束的小打小闹，也将被严谨的办事机构所取代。但是，这个国家发生的一切，其实质永远不会改变。因此，我们这项工作的原则也永远不会改变。”

“上帝，”塔塔尔斯基说，“这么多钱……真有些吓人。”

“一个永恒的问题，”莫尔科文笑了一下，“我是不是一个虔诚的造物，我是否享有权利？”

“你好像已经回答了这个问题。”

“是的，”莫尔科文说，“是这样的。”

“怎么讲？”

“很简单。虔诚的造物有与生俱来的权利。也应该有‘LV’。顺便问问，要帮帮你吗，啊？你的样子有些潦倒。等你手头宽松了再还我。”

“谢谢，我还有。”塔塔尔斯基说，“你是否偶然得知‘LV’这个词是哪里来的？我那帮车臣人说，阿拉伯半岛上的人也懂这个词。在英语中，甚至也有个相近的什么词……”

“我偶然得知，”莫尔科文说，“这个词由拉丁字母 L 和 V 组合而成。Liberal Values① 的缩写。”

第二天，莫尔科文将塔塔尔斯基领到一个非常奇怪的地方。这地方叫作“设计台”（在数分钟紧张的脑力劳动之后，塔塔尔

① 英文，意为“自由价值”。——原注（译者按：“自由价值”是金钱的委婉说法。）

斯基放弃了弄清该名称之含义的企图)①。“设计台”坐落在离市中心不远的一幢旧砖房的地下室里，一扇沉重的铁门通向那里，门后是一个不大的房间，房间里摆满了设备。几个年轻人在屋里等着塔塔尔斯基。领头的是那位胡子拉碴、名叫谢尔盖的小伙子，他有些像年轻时的德拉库拉②。他向塔塔尔斯基解释，放在空纸箱里那个不大的蓝色塑料方盒，就是电脑“西利孔绘图仪”，鬼知道它值多少钱，而这台电脑中所装的“形象软件”程序，比电脑的价钱还要多出两倍。“西利孔”是这个地下洞穴里的主要珍宝。房间里还有几台普通些的电脑、几台扫描仪和一台带有许多指示器、显得很是复杂的摄像机。给塔塔尔斯基留下深刻印象的是这样一处细节：摄像机上有一个带把手的小圆轮，它有些像缝纫机上的线圈，借助这个小圆轮可以手动转带。

“设计台”看中了一个很有希望签约的客户。

“对象大约 50 岁，”谢尔盖深深地抽了几口薄荷烟，说道，“他从前是个物理老师。混乱刚刚开始的时候他成立一家合作社，烤制一种名为‘鸟乳’的小蛋糕，两年之间就赚了大把的钱，如今他用这钱把列福尔托沃区的一个大型糖果点心厂全都租了下来。不久前他贷了一大笔款。前天他开始狂饮，他的狂饮大约会持续

---

① “设计台”用的是 Draft Podium 的音译，故令塔塔尔斯基费解。——译注

② 英国作家斯托克同名小说的主人公，为吸血鬼之王。——译注

两个星期。”

“这些消息哪儿来的？”塔塔尔斯基来了兴趣。

“有女秘书。”谢尔盖说，“这样，现在就必须抓住他，在他离开之前就送去脚本。等酒一醒，他就会心绞痛。我们明天一点见面，在他的办事处。”

第二天，莫尔科文早早地来到塔塔尔斯基家。他拿着一个亮黄色的塑料袋。塑料袋里是一件深红色的西服上装，面料像是军大衣呢。西服前胸的口袋上闪着一个构图复杂的徽章，它有些像“万宝路”香烟盒上的那个徽记。莫尔科文说，这件西服是俱乐部的会员服。塔塔尔斯基没搞清楚是怎么回事，但还是服从地穿上那件西服。莫尔科文又从袋子里掏出一个精美的皮面笔记本、一杆粗得不可思议并带有 Zoom 字样的笔和一只寻呼机，这几样东西当时在莫斯科才刚刚露面。

“把这玩意别在腰上。”莫尔科文说，“你们与客户 1∶00 见面，我 1∶20 呼你这个呼机。呼机响的时候，你把它从腰上摘下来，佯装看一看。在客户说话的时候，你要始终不停地在笔记本上做记录。”

“为什么要这样？”塔塔尔斯基好奇地问。

“这还不明白？就为一张纸和打印机上的几滴墨水，客户要付大钱。他必须绝对相信，在他之前，其他许多人为这同样的东西也付过钱。”

“我觉得，”塔塔尔斯基说，“恰恰是这套西服和呼机会使他生疑。”

“你把问题复杂化了，”莫尔科文挥了挥手，“生活要更简单一些，也更愚蠢一些。还有……”

他从衣袋里掏出一个小盒子，打开它，递给塔塔尔斯基。盒子里是一块沉甸甸的豪华金表。

“这是一块‘劳力士’。小心，别把镀金给蹭掉了，是块假表。我办事的时候就戴上它。在和客户谈话的时候，你就这样，明白吗，让它发出轻微的响声。能起点作用。”

塔塔尔斯基因这样的支持而异常振奋。12∶30，他走出地铁站。“设计台”的小伙子们已在离出口不远的地方等他。他们坐上一辆车身很长的黑色“奔驰”。塔塔尔斯基的商业知识已足以使他明白，这辆车是租来的，租用两小时。谢尔盖仍然胡子拉碴的，但此时在他拉碴的胡子间多了点阴郁的风格，也许，这来自那身翻领极小的深色上衣和那个蝴蝶领结。他身边坐着莲娜，莲娜负责合同和财务。她身着一件普通的黑色连衣裙（没戴饰物，也没化妆），手里却拿着一个带有小金锁的文件夹。待塔塔尔斯基钻进汽车，三个人交换一下眼色，谢尔盖接着便对司机说道：

“走。”

莲娜有些神经质。一路上她都在哈哈大笑，在谈论一位叫什么阿扎多夫斯基的人，看来，此人是她女朋友的情人。这位阿扎多夫斯基在她身上引起一种近乎赞赏的感觉：此人自乌克兰来莫斯科，搬进莲娜女友的家，用她的住房报了户口，然后从第聂伯罗彼得罗夫斯克接来他的姐姐和两个孩子，又用同一处住房为他们申报了户口，紧接着，他便通过法院将住宅过户，把女友送进了集体宿舍。

“这个人走得太远了！”莲娜一遍遍地说。

给她留下特深印象的是，在此番操作之后，姐姐和孩子们又立即被送回第聂伯罗彼得罗夫斯克；总之，莲娜的叙述中有如此之多的细节，以至于在路途的末尾，塔塔尔斯基竟开始觉得，他已与阿扎多夫斯基及其亲人在那套房子里生活了半辈子。顺便说一句，塔塔尔斯基的神经质也并不亚于莲娜。

客户（其姓名仍然不为人所知）的长相，与昨晚的交谈之后塔塔尔斯基脑中生成的形象惊人的一致。这是一位身材矮小、身体结实的男人，生有一张狡猾的脸，这张脸上的醉意刚刚开始消散，看来，他在这次会面前不久喝了第一杯酒。

在简短的互相问候之后（主要由莲娜说话；谢尔盖坐在角落里，跷起二郎腿，抽着烟），塔塔尔斯基被介绍给他，说是文字脚本撰写人。他坐到桌边，面对客户，让“劳力士”磕了一下桌面，打开了笔记本。事情很快就清楚了，客户并无什么话好讲。没有强烈的幻觉，就很难出现令他兴奋的细节，他主要的注意力都投向了那些蒙着塑料布、什么也没有的托盘。塔塔尔斯基微微侧着脸，一边听着，一边不住地点头，并在笔记本上涂写一些毫无意义的符号。他用眼睛的余光看了看房间，房间里同样没有什么有趣的东西，如果不算那顶天蓝色的鹿皮帽子，那顶帽子显然很昂贵，它被搁在空荡荡的玻璃柜的最高一层。

如约定的那样，几分钟后，塔塔尔斯基腰间的呼机响了起来。塔塔尔斯基从腰带上摘下那个塑料小盒子。呼机的显示屏上是这样几个字："Welcome to the route 666."①

"他是在开玩笑吧？"塔塔尔斯基想。

"是'国际音像'呼过来的吗?"角落里的谢尔盖问。

"不是，"塔塔尔斯基接过话头，答道，"谢天谢地，那些家伙再也不来烦我了。这是斯拉瓦·扎伊采夫呼的。今天的计划全都取消了。"

"为什么？"谢尔盖扬起眉毛问，"如果他认为，我们比他更需要这……"

"这事我们待会儿再说。"塔塔尔斯基说。

与此同时，客户在若有所思、愁眉不展地看着玻璃柜中他那顶鹿皮帽。塔塔尔斯基看了看客户的手。客户的双手紧握在一起，两个大拇指迅速地相互绕着圈，似乎在缠绕一根看不见的线。这是一个谈真理的时刻。

---

① 英文："欢迎驶入666号公路。"——译注

“一切都会完结的，您不害怕吗？”塔塔尔斯基问，“风水轮流转。要是突然之间一切都垮了呢？”

客户皱了皱眉头，满怀疑虑地先看了看塔塔尔斯基，然后又看了看塔塔尔斯基的同伴。他的指头停止了转动。

“我害怕，”他抬起眼睛，答道，“有谁不害怕呢。您这个问题真有些怪。”

“对不起，”塔塔尔斯基说，“我随便问问。”

五分钟之后，谈话结束了。谢尔盖从客户那里得到一张公文纸，上面有客户的标识，这是一个精美的椭圆形面包，面包上立着三个字母：ЛКК①。他们约定一周后再见面；谢尔盖保证说，届时短片的脚本将写出来，“分镜头”和“平衡表”也能准备好。

“你怎么，糊涂啦？”他们出了门之后，谢尔盖问塔塔尔斯基，“你怎能提那样的问题呢？”

“没关系，”塔塔尔斯基说，“可我现在知道他想要什么了。”

“奔驰”将他们一行三人拉到最近的地铁站。

回到家里，塔塔尔斯基数小时间便写出了脚本。他已经很久没有这样的灵感了。脚本没有具体的情节，它由更迭的历史往事和隐喻构成。巴比伦塔的建造和倾塌，尼罗河的泛滥，罗马的燃烧，疯狂的匈奴人在草原上驰骋，背景是一只巨大的透明钟表，

---

① “列福尔托沃糖果点心厂”的俄文缩写。——译注

表针在转动。

“一个种族来了，然后又去了，”一个雄浑的、恶魔般的（塔塔尔斯基在脚本中就这样写的）声音在旁白，“而大地却永在”。

但是，就连布满帝国和文明废墟的大地最后也沉入了苍茫的大海；汹涌的海面上只剩下一个孤零零的峭壁，这峭壁的形状与脚本开头处的巴比伦塔似乎构成呼应。镜头摇近峭壁，于是，刻在石头上的椭圆形面包以及“ЛКК”三个字母便清晰可见了，下方是塔塔尔斯基在《拉丁名言集》里找到的一句铭文：

MEDIIS TEMPUSTATIBUS PLACIDUS.

在风暴中静立

列福尔托沃糖果点心厂

在“设计台”，大家对塔塔尔斯基的作品持一种恐惧的态度。“从技术上说这并不难做，”谢尔盖说，“从旧电影中剪几个镜头，上点色，拉长些，就得了。可这完全是胡来。甚至有些可笑。”

“是胡来，”塔塔尔斯基赞同道，“也可笑。但是请问，你要的是什么？是戛纳电影奖，还是客户的订货？”

两天后，莲娜带着其他人编写的几种脚本去了客户那里。在那些脚本里出现的，是一位具有朦胧性意识的年轻厨师（一个与勒热夫斯基中尉和樱桃核有关的经典情节[1]，广告词为：“厨师也吃樱桃馅面包。”），几辆黑色的“奔驰”，一只装满美元的箱子，以及其他一些民间原型。所有这些创意，都被客户不加解释地拒绝了。绝望中的莲娜拿出塔塔尔斯基的脚本。

她带着一份35000美元的合同回到工作室，客户还预付了两万美元定金。这是创纪录的。按莲娜的说法，客户在读了脚本之后，就像哈默尔恩的耗子听到了一个乐团的演奏。[2]

“本来可以要价四万的，”她说，“我后来才明白的，真傻。”

五天后，款汇到账，塔塔尔斯基得到了清清白白挣来的2000美元。谢尔盖和同伴们已打算前往雅尔塔，去拍摄一座合适的峭壁，在最后几个镜头中，这峭壁上应该出现那个刻在大理石上的夹心面包，可就在这时，人们却发现那位客户死在了他的办公室里。有人用电话线勒死了他。尸体上有电熨斗的传统痕迹，嘴里则被一只无情的手硬塞进一块“小夜曲”牌夹心饼（一种含有蜜酒的甜饼，带有薄荷味的苦巧克力，上面撒有椰蓉，像是一层悲剧性的白霜）。

“一个种族来了，然后又去了，”塔塔尔斯基富有哲理地想

---

① 可能指梁赞诺夫的喜剧电影《骠骑兵故事》（1962）中的情节。——译注

② 哈默尔恩是德国下萨克森州的城市，据传在1284年发生鼠疫，后有神秘吹笛人出现，用笛声迷住了耗子。——译注

道，“可还是自己的衬衣更贴身。”

就这样，塔塔尔斯基成了一位广告词作者。他没向先前的任何一位上司做解释，干脆将售货亭的钥匙放在胡赛因所住的那间活动房的台阶上。有传闻说，如果退出生意场，车臣人会索要大笔违约金。

他相当迅速地建立起许多新关系，立即开始为多家工作室干活。遗憾的是，那种与风暴中静立的列福尔托沃糖果点心厂相伴的冲动却不太常见了。塔塔尔斯基很快就明白，如果有十分之一的方案能顺利完成，那就已经是巨大的成功。钱他挣得不是太多，但毕竟比他在零售业领域里的所获要多。他时常不满地回忆起自己的首次广告工作，认为其中含有某种可耻的匆忙，欲将心灵中最崇高的一切廉价售出。而当订单一个接一个涌来时，他才明白，做生意永远不应表露出匆忙，否则便会大大地掉价，这是愚蠢的，最神圣、最崇高的东西应该卖得尽量贵些，因为在此之后就没什么可卖的了。但是，塔塔尔斯基知道，这一规则尚未传播到所有的人那里。如今，他偶尔在电视上看到的那些行业高手，每天都在设法出售最崇高的东西，可他们采取的方式，使你没有任何形式上的理由能说他们卖了些什么，于是第二天，他们便可以大胆地从头再来。这究竟是怎样做到的，塔塔尔斯基甚至无法想象。

逐渐地，出现了一种非常令人不快的趋势：客户拿到塔塔尔斯基设计的方案，彬彬有礼地说，这个方案并不完全符合要求，而过了一个月或两个月后，塔塔尔斯基却意外地看到了显然是依据他的创意拍摄的广告片。在这些情况下去寻求真理，是徒劳无益的。

在与一些新朋友们交换了一下意见之后，塔塔尔斯基试图在广告业的等级体系中向上蹦一级，他开始研究广告概念。这项工作与先前的工作没什么区别。有一本神奇的书，读了这本书，就不会怕见任何人，也不会再怀疑任何事情。此书名为《Positioning：A Battle For Your Mind》①，其作者是两位畅销的美国巫师。此书就其实质而言完全不适用于俄国。因为，塔塔尔斯基可以判定，在同胞们乱成一团的大脑里，架上的商品间并未爆发过任何战争；情况倒更像是核爆炸后那焦烟四起的风景。但是，这本书还是有用的。书中有许多优雅的词组，如 line extention② 之类，这些词可以存为概念，也可用于市场。塔塔尔斯基明白，帝国主义的腐朽时代与资本的原始积累时期这两者间的区别何在。在西方，广告客户和广告作者联手为消费者洗脑，而在俄国，广告作者的任务就是去塞满广告客户的脑袋。此外，塔塔尔斯基还明白，莫尔科文说得对，这种情况永远也不会改变。一次，在抽了一种非常好

① 英文，意为《定位：为您的理智而战》。——原注

② 英文，意为“线展”。——译注

的烟草之后，他偶然地发现了后社会主义发展阶段一条基本的经济规律：在这一阶段，资本的原始积累同时也就是资本的最后积累。

睡觉前，塔塔尔斯基有时会翻一翻这本谈论定位的书。他视此书为自己的小《圣经》；当在书中读到一些宗教观点的只言片语时，这一比喻就越发地恰当了，那些宗教性的话语对他纯洁的灵魂产生了强烈的影响："五十年代的浪漫主义广告人，已步入天国巨大的广告公司……"

吉哈玛特－2

莫尔科文的预言应验了，广告业中单枪匹马式的工作越来越少，塔塔尔斯基这一行当逐渐风平浪静了。业务集中到了广告公司，公司有其专业的文字作者和所谓创意人。这类公司的数量不可遏止地增多，就像大雨之后的蘑菇，或者，如塔塔尔斯基在一个构思中所写的那样，就像领袖之后的棺木。

那位领袖最终离开了他坐热了屁股的俄国。他的那些塑像被装上军用卡车运到了城外（据说，一位上校把这些塑像熔化为有色金属，赚了很多钱），但是，替之而来的却只是一种苍白的可怕，在这样的可怕中，苏维埃式的心灵迅速腐烂并暗自消失。报纸劝导人们，整个世界早就存在于这样的可怕之中，因此，世界才充满物质和金钱，妨碍人们认识到这一点的，只有那种“苏维埃精神”。

什么是“苏维埃精神”或传统的“苏维埃人”，塔塔尔斯基并不完全清楚，虽然他经常心满意足地使用这些词组。但是，依照其新雇主德米特里·普金的看法，他什么也不用去弄清楚。他就应该具有那样的精神。其任务的意义恰恰就在于此，使西方的广告概念适用于俄国消费者。他的工作是 free lance，塔塔尔斯基将这个词译为“自由的长矛兵”，他所指的首先是他的收入。①

普金是一位蓄着黑色唇须的男人，两只闪闪发亮的眼睛也是黑色的，就像两粒纽扣，在他和塔塔尔斯基共同的熟人那里，他偶然地出现了。得知塔塔尔斯基是搞广告的，他对后者表现出了适度的兴趣。而塔塔尔斯基却立即对普金充满了非理性的尊敬，把塔塔尔斯基镇住的是普金的举止：坐在桌边喝茶时，他并不脱下那身黑色的长襟大衣。

当时大家谈到了苏维埃精神。普金承认，从前他曾有过苏维埃精神，但在纽约干了好几年的出租车司机之后，他完全失去了这种精神。布赖顿海滩的腥风吹走了他脑中发霉的苏维埃结构，使他染上了不懈追求成功的毛病。

喝完茶后接着喝酒，在喝酒的时候普金对塔塔尔斯基说：“在纽约你能特别强烈地意识到，你有可能站在一间臭烘烘的小厨房

---

① 英文 free lance 意为“不受雇于人的自由作家”，其中的 lance 又有“长矛兵”之意，塔塔尔斯基将这一词组译为“自由的长矛兵”，因为俄语中的“长矛兵”（копейщик）又有“小钱”之意义。——译注

里，盯着脏兮兮的院子，嚼着难吃的肉饼，就这样过一辈子。你会就这样，站在窗户旁边，看着这堆大粪和脏水坑，而生活却不知不觉地溜走了。”

“有意思，”塔塔尔斯基若有所思地回应说，“可是为此干吗非得去纽约呢？难道……”

“因为在纽约你才会明白这一点，在莫斯科却不会，”普金抢过话头，“不错，这里的臭厨房和脏院子更多。但是在这里你却无论如何也意识不到，你的一生就将在它们中间度过。在你的一生真正过去之前，你是意识不到的。顺便说一句，这也正是苏维埃精神的主要特征之一。”

普金的观点是值得商榷的，但是他所提出的建议却是简单明白并合乎逻辑的。在自己的苏维埃精神的深处，塔塔尔斯基还是能够判断出，此方案不过是美国式进取精神一个极普通的范例。

“你瞧，”普金眯着眼看着塔塔尔斯基脑袋上方的空间，说道，“苏联人已经几乎什么也不生产了。可是人们总要吃饭穿衣吧？这就是说，西方的商品很快就会被运到这里来。与此同时，一场广告浪潮也要卷起来。但是，这种广告却不能简单地从英文翻译成俄文，因为这里的其他人……比如说……cultural references①……简单地说，广告需要及时地改写，以适用于俄罗斯消费者。现在你来看，

---

① 英文，意为“文化参照”。——译注

咱俩要干的是什么事。咱俩要事先，你明白吗，是事先，事先就为所有的严肃商标准备好材料。然后，等时候一到，我们就揣着文件夹，到代表处去谈生意。重要的一点，就是要及时拥有聪明的脑袋!”

普金一掌击在桌上，他显然认为，他已经拥有了聪明的脑袋。但是，塔塔尔斯基却生出一种萎靡的感觉，觉得他又被人耍了。为普金干活的前景变得模糊了，虽说工作是非常具体的，但这项工作能得到怎样的报酬，何时才能得到，却不清楚。

作为一项测试，普金下达了为“雪碧”草创广告的任务，起先他想把“万宝路”的活儿也给出来，但又突然改变了主意，并说塔塔尔斯基干这活儿还嫩了些。在这里，如塔塔尔斯基后来所明白的那样，他被要求具有的那种苏维埃精神恰好暴露了出来。普金没有将“万宝路”交给塔塔尔斯基，这使塔塔尔斯基感到屈辱，而正是这种屈辱感使塔塔尔斯基对普金的所有怀疑在一瞬间全都烟消云散。但是，塔塔尔斯基的屈辱感又是与欢乐交织在一起的，因为他毕竟得到了“雪碧”，置身于这种种感觉所构成的旋涡，他甚至连想都未想，这么个来自布赖顿海滩的出租车司机为何连一分钱也未付给他，就已经在考虑自己有没有能力做“万宝路”的创意。

在“雪碧”的方案中，塔塔尔斯基放入了他关于祖国笨拙历史道路的所有理解。在着手工作之前，他又选读了 *Positioning*：*a battle for your mind* 一书中的几个章节，以及整整一大摞各种倾向的报纸。他已经很久不读报了，因此，所读到的一切使他惊恐不已。这一点，自然也会反映在他的产品中。他在草稿中这样写道：

> 首先必须意识到，俄国当前的局势不会存在很久。在最近的未来将出现大部分生活必需品的全面短缺、金融崩溃和严重的社会动荡，最终将导致军事专制。将来的专制会置其政治和经济计划于不顾，试图提出一些民族主义口号；伪斯拉夫风格将成为占统治地位的国家美学。（我们使用伪斯拉夫风格这一术语，并无否定评价的意思。与原本就不存在的斯拉夫风格不同，伪斯拉夫风格是一个成熟、清晰的范式。）而在这一风格的符号和象征场里，传统的西方广告是难以思议的。因此，它要么会被完全禁止，要么将遭到严格的检查。在制定长期战略时必须注意到这一点。
>
> 我们来看这句定位准确的经典广告词："Sprite – the Uncola."在俄国使用这句广告词是非常合适的，但是它之所以合适的原因，比起在美国的原因来却有所不同。将"雪碧"非常成功地定位为"Uncola"（亦即"非可乐"），是针对"百事可乐"和"可口可乐"而言的，这能使此种产品在西方消费者的意识中打下一个特殊烙印。

但是众所周知，在东欧的社会主义国家里，“可口可乐”与其说是一种清凉的饮料，不如说是一种意识形态偶像。如果说，“赫尔希”牌饮料具有固定的“胜利滋味”，那么，“可口可乐”则具有一种“自由滋味”，在七八十年代，可以排成一个长长队列的东欧越境者就是这么宣称的。因此，对于我国的消费者来说，“Uncola”一词就具有广泛的反民主、反自由内涵，在军事专制的条件下，这个词就会显得意味深长，非常有吸引力。

将“Uncola”翻译为俄文，就是“Некола”。就其发音（与“Никола”这个名字很相近）及其所引起的联想而言，这个词足以被堂皇地写入可预见的未来之美学。试列出广告词数。

雪碧。尼科拉喝的非可乐①

（可以设想将一个类似麦当劳叔叔那样的“雪碧尼科拉”形象引入消费者的意识，但这个形象要有强烈的民族色彩。）

---

① 俄文中的“非可乐”和“尼科拉”发音近似，塔塔尔斯基据此编出广告词“НЕ－КОЛА ДЛЯ НИКОЛЫ”。——译注

就让我们一贫如洗①

雪碧。尼科拉喝的非可乐

（第二句广告词针对边缘阶层。）

此外，还必须考虑为在俄国市场上出售的产品改变外观。这里同样需要引入伪斯拉夫风格成分。理想的象征物就是白桦。可以将易拉罐的颜色由绿色改为带黑条纹的白色，像白桦树的树干一样。广告片中的文字可以是这样的：

我在春天的森林

畅饮白桦雪碧。

读了塔塔尔斯基拿来的稿子，普金说：

“‘The Uncola’是‘七喜’的广告词，而不是‘雪碧’的。”

在随后一段时间里，他没有说话，只用他那双纽扣眼睛盯着塔塔尔斯基。塔塔尔斯基也没说话，他在回忆自己一生中有多少次曾陷入这样的愚蠢境地。

---

① 俄文成语“一贫如洗”（Нету ни кола，ни двора.）的前半部分与“非可乐”的拼写和发音都很相似。——译注

“但是这没关系，”普金终于有了怜悯之心，“可以用。不能给‘雪碧’用，就给‘七喜’用呗。好吧，你可以认为你已经通过考试了。现在，你再试试另一个商标吧。”

“哪一个？”塔塔尔斯基如释重负，问道。

普金想了想，在衣袋里摸索一阵，递给塔塔尔斯基一包开了封口的“议会”牌香烟。

“再给这烟想句广告词。”他说。

“议会”烟的事情要更难办些。在一开头，塔塔尔斯基写了些平常的话：

> 完全清楚，在编写一个严肃的广告脚本之前，首先必须注意到……

在此之后，他却愣了很久。首先必须注意什么，他实际上完全不清楚。“议会”一词费力地从他身上挤出的唯一联想，就是克伦威尔在英国进行的战争①。看来，同样的情形也会发生在童年时就读过大仲马的俄国中等消费者的身上。半个小时竭尽全力的精神劳动，只催生出这样一句畸形的广告词：

---

① 克伦威尔为17世纪英国资产阶级革命家，1628年起在议会开始政治活动，后在两次国内战争（1642—1646；1648）中打败国会军，1649年成立共和国，1653年建立军事独裁性质的保护国制度。——译注

尸骨的热气不会抱怨[1]

弄完"议会"之后，塔塔尔斯基想抽口烟。他满屋子找烟，最后找到一包抽剩的"雅瓦"[2]。吸了两口，他将香烟扔进马桶，又冲到桌边。他想出一句话来，他立马觉得此话能用得上：

PARLIAMEHT——THE UN 雅瓦

但是他马上又想到，广告词得用俄文。在几番长久的折磨之后，他写道：

明天为我们准备了什么？

议会烟，非雅瓦。

他知道，这是对 Uncola 一词不高明的模仿，他几乎要投降了。可是突然，他又感到柳暗花明。他在文学院所写的一篇历史课学年论文，题目就是《俄国议会制度简史》。这篇论文都写了

---

① 原文为"пар костей не ламент."小说主人公将俄文"议会"（парламент）一词拆开，分别置于这句广告词的首末位。——译注

② "雅瓦"为俄国一种国产香烟。——译注

些什么，他已经全都忘了，但他绝对相信，其中的材料够写三个广告脚本，而绝不止一个。他激动地跳起来，顺着过道奔向壁橱，他的旧文稿都放在那里。

半个小时的搜寻之后，一切都已清楚，他不可能找到那篇论文了。但是，似乎已经顾不上它了，在翻拣堆在壁橱里的那些古董时，他在隔板上找到幼年上学时就摆在那儿的几样东西：一尊被旅行小斧头砸坏的列宁半身像（塔塔尔斯基记得，判决执行之后，他害怕受到报复，自己将半身像藏进这隐秘处），一个画满了坦克和原子弹爆炸的社会学笔记本，还有几本旧书。

所有这些都勾起他无尽的怀旧之情，怀旧之中，连雇主普金也让他感到厌恶和可恨，此后，普金和他的“国会”都完全被抛到了脑后。

塔塔尔斯基深情地忆起，这几本旧书是从废纸堆里挑来的，他们在课后曾被派去捡废纸。这些书中，有一位法国左翼存在主义者在六十年代出版的一册小书，有一本装帧很好的理论物理学论文集《无限和宇宙》，还有一个活页文件夹，文件夹的背脊上有几个粗粗的大字：“吉哈马特。”

《无限和宇宙》一书塔塔尔斯基还记得，但文件夹却没有印象了。他打开夹子，在第一页上读到这样几个字：

吉哈马特 –2

陆上的海

年表和注释

文件夹中的东西显然属于前计算机时代。塔塔尔斯基记得那大批地下出版物，它们都是以这样的形式流传的，将一张打字纸对折起来，复写为两页。看来，他手中的这份东西是古代史学位论文的附件。塔塔尔斯基开始记起了什么：似乎，童年时他甚至没有打开过这个夹子，他认为“吉哈马特”一词就是掺杂了一半历史唯物主义的材料力学的一个变体，所依据的是“慢工出细活”的民间智慧。他当时捡来这部作品，纯粹是由于那漂亮的夹子，捡来之后也就将它忘了个干净。

原来，“吉哈马特”像是一个古代神祇的名字，也像是一片海洋的称谓，又像是两者的合一。塔塔尔斯基由一个脚注得知，这个词若译为俄文，大致就是“混沌之神”。

夹子里的大部分内容是《帝王年表》。年表非常单调，其中罗列着许多很难发音的姓氏，还带有罗马数字，并标明谁曾在何时出征，谁曾在何时修筑城墙，谁曾在何时夺城等等。有些地方还对不同文献进行比较，并通过比较得出结论，称历史上相继发生的几个事件实际上是同一件事，它震惊了当时的人，也震惊了后代，它的回声裂开、分化为多个部分，后来，其中的每个部分又都赢得了生命。从作者雄辩的语调可以看出，他显然认为这一发现是革命性的，甚至是圣像摧毁性质的，这使塔塔尔斯基再一次想到一切人类劳作的徒劳。亚述列吉沙梅斯图巴里斯图二世原来就是涅布哈达那泽尔三世，可塔塔尔斯基并未因这一发现而有丝毫震惊，那位无名历史学家及其论证激情有点儿可笑。帝王们同样可笑：他们的事情居然没被弄清楚，他们要么实有其人，要么是陶片刻写者的错误，他们的遗迹也就仅存于这些陶片之上。至少，塔塔尔斯基之前从未听说过他们；他觉得“涅布哈达那泽尔”一词是对一个因无法解酒而痛苦的人的极好定义。

年表之后是关于一个未知文本的注释词条，夹子里贴有多张古董的照片。塔塔尔斯基撞上的第二或第三个词条，题目是这样的：

巴比伦：三个迦勒底之谜

在“Вавилон”（巴比伦）一词中，透过字母“O”可以辨认出一个被涂去的字母“E”，这不过是对一个拼写错误的订正，可看到这处订正，塔塔尔斯基却激动起来。① 出生时被赋予、成年后遭到拒绝的那个名字突然出现在他面前，而此时，他已经完全

① 这一拼写错误使“巴比伦”与塔塔尔斯基的名字“瓦维连”完全相同。——译注

淡忘了神秘的巴比伦学说理应在他的命运中所发挥的作用，如他在童年时对伙伴们所言的那样。

标题下面是一幅有印鉴的照片，照片上是一扇栅栏门，这门像是在山顶上，又像是在一座带有阶梯的金字塔的顶部，门旁站着一个满脸胡须、穿着裙子的男人，他肩上还披着一条围巾似的东西。塔塔尔斯基看到，那男人揪着细细的发辫拎着两颗被砍下的人头。一颗人头上没有五官，另一颗人头却在欢乐地微笑。塔塔尔斯基读了图画下方的题字：“迦勒底持面具和镜子在祭祀塔。”坐在从壁橱里掏出的那摞书上，他读起照片下方的文字来：

(第 123 页) 镜子和面具是伊丝塔①的祭祀物。一个典型场景能最充分地体现其偶像神圣的象征主义，伊丝塔戴着金面具，面具对着镜子。金子其实就是女神的身体；其反面投射即星光。一些研究者据此假设，女神的第三件祭祀物就是蛤蟆菇，蛤蟆菇的顶部就是天然的星空图。就这一意义而言，蛤蟆菇应被称为“天国蘑菇”，许多不同的文本都曾提及这种“天国蘑菇”。这也间接地确认了一则神话的细节，这则神话认为，有过三个伟大的纪元——红天纪元、蓝天纪元和

---

① 伊丝塔，又译“伊斯塔”“伊什塔尔”，美索不达米亚神话中的生育、性爱和战争女神，又称“伊南哪”“亚斯塔蒂”等。——译注

黄天纪元。红色的蛤蟆菇将迦勒底与过去联结起来；红天纪元的智慧和力量借此得以普及。相反，褐色的蛤蟆菇（在阿卡得语中“褐色”和“黄色”为同一个词）则将其与未来联结，借此可以掌握它无穷无尽的全部能量。

塔塔尔斯基胡乱翻过几页，又碰见了“蛤蟆菇”一词：

（第145页）三个迦勒底之谜（伊丝塔的三个谜）。有一个关于三个迦勒底之谜的传说，称巴比伦的每一位男性居民都有可能成为女神的丈夫。为此，他必须喝下一种特殊饮料，然后走进她的祭祀塔。不清楚这指的是什么：是指庄重地登上巴比伦的一座真实建筑物，还是指一种幻觉经验。有利于第二种假设的说法是，那饮料是用非常奇特的药方配制而成的：其中含有“红驴尿”（可能是古代炼金术中传统的朱砂）和“天国蘑菇”（显然就是蛤蟆菇，见《镜子和面具》）。

据传说，欲获得财富和完善的智慧（巴比伦人不对这两个概念进行区别，他们更认为这两者是相互交叉的，是同一种东西的两个侧面），就必须与祭祀塔上层房间里的那尊女神金偶像进行性接触。人们认为，伊丝塔的灵魂会在特定时刻附着在这尊偶像上。

为了能走近偶像，必须猜出伊丝塔的三个谜语。这三个谜语已经失传。我们举出克洛德·戈列科有争议的观点（见11、12），他认为，谜语是一组押韵的、因其同音多义而相当费解的古阿卡得语的咒语，在尼尼微的考古发掘中发现了这些咒语①。

但是，同时以数种文献为基础的另一种说法则要可信得多：伊丝塔的三个谜语，就是三样具有象征意味的东西，它们会被交给每一个想成为迦勒底人的巴比伦人。该人必须说明这三样东西的意义（一个象征主义作品的主题）。在通向祭祀塔的螺旋形阶梯上有三道关卡，未来的迦勒底人依次去猜这三件东西。只要有一个谜猜错，关卡的卫兵就会将来人从塔上推下，这无疑会使人丧命。（有根据从伊丝塔崇拜中看出以仪式性的自我阉割为主的赛比利后期崇拜②：看来，自我阉割具有替代牺牲的作用。）

然而，甘愿前来的人还是很多，因为那可以使人登上塔顶与女神结合的正确答案毕竟是存在的。数十年间，有某个人能成功一次。那个正确猜出所有谜语的人就登上塔顶，与女神相见，然后，他便成了神圣的迦勒底人和女神礼仪上的

---

① 尼尼微为亚述古城，公元前8世纪末至公元前7世纪为亚述首都，后在此地有很多考古发现。——译注

② 赛比利为在小亚细亚、希腊和罗马等地受到崇拜的女神，在为纪念赛比利而举行的仪式上，教徒们进行自我折磨，或将祭献牲畜的血涂在身上，或自我阉割。——译注

尘世丈夫（这样的丈夫可能有好几位）。

另有一种传说，称有过伊丝塔三个谜语的书面答案。在巴比伦的一些特别地方，出售刻有女神问题之答案的泥板（另有说法，称有神奇的印鉴，其上刻有答案）。这些泥板的制作者和销售者是恩齐杜主庙的祭司，恩齐杜是抽彩业的守护神。人们认为，女神是通过恩齐杜来为自己选择一个个丈夫的。这使古代巴比伦人所熟知的神的预先决定与自由意志之间的冲突得以消失。因此，大多数决定走上祭祀塔的人都会购买写有答案的泥板，人们认为，只有走上祭祀塔后，才能拆封泥板。

这种活动就称为大抽彩（一个流传下来的术语，我们应因这一术语而感激那些无数的作家，这则神话赋予他们以灵感，但是，更为准确的翻译应该是“没有名称的游戏”）。在这种游戏中只有获胜和死亡，因此，就特定的意义而言，此游戏没有输家。有一些胆大的人决定不带提示泥板就去登塔。

据另一种解释，伊丝塔的三个问题并非谜语，而是指向人生特定阶段的象征性标志物。巴比伦人必须经过这些标志物，并向祭祀塔卫兵出示关于其智慧的证明，这才使他有可能与女神相见。（在这种情况下，前面提及的登塔阶梯就更像是一个隐喻。）有过一种传说，称伊丝塔三个问题的答案就藏在巴比伦市场上每天都有人唱的“市场小调”中，不过，有关这些歌曲或这一风俗的材料没能保存下来。

塔塔尔斯基擦了擦文件夹上的灰尘，将夹子又放回壁橱，他打定主意，要找个时间把这份东西读完。

壁橱中没有找到有关俄国议会制度史的学年论文。而且，找到最后，塔塔尔斯基也明白了：议会制度在俄国的历史是以这样一个简单的事实而告结束的，即“议会制度”一词只能被用来为“议会”牌香烟做广告，而且，如果说句实话，就是没有什么议会制度，这里的事情也能办得成。

伊丝塔的三个谜语

第二天，还沉浸在香烟创意中的塔塔尔斯基在特维尔大街街口遇见了自己的同班同学安德列·吉列耶夫，这些年来，塔塔尔斯基一直没有听到他的任何消息。吉列耶夫的装束很让塔塔尔斯基吃惊，只见他身着蓝色长袍，长袍上套着一件绣花的尼泊尔背心。他手里拿着一个类似大咖啡磨的东西，其上写有西藏文字，饰有彩带，吉列耶夫在不停地摇着那东西的把手；尽管其装束的所有元素都带有极端的异域色彩，但它们相互融合，看上去非常自然，像是彼此中和了。行人中并无人关注吉列耶夫：他就像是一根电线杆或一幅“百事可乐”广告，由于其充分的视觉非信息量，反而落在了人们的视野之外。

塔塔尔斯基先是认出吉列耶夫的脸，然后才注意到他外表的那些丰富细节。塔塔尔斯基细心地看了看吉列耶夫的眼睛，知道他有些不对劲，虽说好像还没醉。尽管如此，吉列耶夫还是精神集中、安安静静的，还能让人信任他。

他说他住在莫斯科郊外的拉斯托尔古耶沃小区，他请塔塔尔斯基去做客。塔塔尔斯基接受了邀请，于是，他俩便钻进地铁，到“华沙站”后换上电气火车。两人一路无语；塔塔尔斯基偶尔也中断看窗外的风景，转而打量吉列耶夫。后者穿着那身奇异服装，就像是那个已逝去宇宙的最后一块残片，不是指苏维埃的宇宙，因为在苏维埃的宇宙中不曾有过流浪的西藏巫师，而是指另一个宇宙，它与苏维埃世界平行共存，甚至是与苏维埃世界相悖的，但是，后来它却与苏维埃世界一同消失了。它的消失让人感到可惜，因为，当年塔塔尔斯基所喜欢的、让他感动的许多东西，均来自这一平行的宇宙，所有人都相信，这一宇宙任何时候都不会出任何事。然而，它却发生了与苏维埃宇宙几乎同样的事情，而且，也同样是在不知不觉间发生的。

吉列耶夫住在一幢有些倾斜的黑房子里，房前是一个荒芜的园子，长满半人高的茴香。就屋里陈设的水准来看，他的住处属于乡村和城市之间的一种过渡形式：透过卫生间的一个窟窿可以看到几根湿乎乎、滑腻腻的管道在污水池的上方横过，但这些管道从哪儿通来，向何处流去，均不得而知。然而，屋里有煤气灶和电话。

吉列耶夫让塔塔尔斯基坐在阳台桌子旁，然后拿出一个印有白色爱沙尼亚文字的红铁罐，从罐中倒出一些粗粒状的东西，倒进烧水壶。

“这是什么？”塔塔尔斯基问。

“蛤蟆菇。”吉列耶夫答道，将开水冲进茶壶。房间里飘起一阵蘑菇汤的味道。

“怎么，你打算喝这东西?”

“别怕，”吉列耶夫说，“这里没有褐色菇。”

他说话的腔调表明，他似乎已驳倒了所有可能的反驳，塔塔尔斯基也无言以对。他犹豫片刻，后来突然想起，昨天他恰好读到过有关蛤蟆菇的文字，于是便打消了疑虑。蛤蟆菇茶的味道相当不错。

“这茶有什么功效?”

“你到时候就知道了，”吉列耶夫回答，“你得晒一些蘑菇留着冬天喝。”

“那现在干什么呢?”

“随你的便。”吉列耶夫说。

“可以聊天吗?”

“聊吧。”

在关于共同熟人的泛泛交谈中，时间过去了半小时。不出所料，在这段时间里，熟人中间无人有什么值得关注的变故。只有廖沙·契库诺夫一个人除外，他喝下几瓶“芬兰”牌酒后，于一月里的一个星夜冻死在儿童活动场的一间小房子里。

“他进了瓦尔加拉宫①。”吉列耶夫有节制地解释道。

“你怎能这样肯定呢?”塔塔尔斯基问，但他立即回忆起了商标上飞奔的群鹿和血红的太阳，于是便在内心里同意了吉列耶夫的观点。

与此同时，在他体内出现了勉强能感觉到的欢乐的虚弱。愉快的颤抖潮水般涌上胸口，那颤抖传过躯体和手臂，在快要抵达指尖时消失了。不知为何，塔塔尔斯基非常想让这颤抖直抵指尖。他明白他喝得太少。但茶壶已经空了。

“还有吗？”他问道。

“瞧，”吉列耶夫说，“我说什么来着。”

他站起身来走出房间，然后拿着一个打开的报纸包走回来，报纸里包着一些切碎的干蛤蟆菇。一些蘑菇片上还残留着红色的表皮和收紧的白茎，另一些蘑菇片上沾有细小的报纸条，上面还可见到反过来的字母。

塔塔尔斯基将几块干蘑菇放到嘴里，嚼了嚼，咽了下去。干蛤蟆菇的味道有些像土豆片，只是更好吃一些，塔塔尔斯基想到，可以把蘑菇干像土豆片一样装袋出售，看来，这里也隐藏着一条

---

① 瓦尔加拉宫为斯堪的纳维亚神话传说中供阵亡将士灵魂游憩的宫殿。——译注

路，它能通向快速致富、吉普车、广告词和横死。他一边想着蘑菇干的广告片该是什么样的，一边又朝嘴里塞了一把，然后开始环顾四周。房间里的有些饰物他这时方才看清。比如说，墙上最醒目的地方挂着一张纸，纸上是一个弯弯曲曲的字，不知是梵文还是藏文，像一条尾巴高翘的龙。

“这是什么？”他问吉列耶夫。

吉列耶夫斜眼朝墙上看了看。

“陶罐。”

“你要它干吗？”

“我要去旅行。”

“去哪儿？”塔塔尔斯基问。

吉列耶夫耸了耸肩膀。

“很难解释，”他说，“就是陶罐。你没在思考的时候，许多问题反而会变得清楚。”

但是，塔塔尔斯基已经忘了自己提的问题。他心中涌起一阵对吉列耶夫的感激，因为后者将他领到了这里。

“你知道吗，”他说道，“我现在很难。我交往的主要是银行业和广告业的人士。他们压得人喘不过气来。而到你这里就像回到家里一样。”

看来，吉列耶夫明白在他身上发生了什么事情。

“鸡毛蒜皮的事，”他说道，“你别在意。冬天，也有两个广告人来过我这里。他们想扩展一下意识，但后来却光着脚跑到雪地上去了。我们出去走走?”

塔塔尔斯基高兴地同意了。走出篱笆门，他俩走过一片田地，田地上有新挖的沟渠。一条小道直通树林，在林间蜿蜒。塔塔尔斯基胳膊上那痒痒的颤抖越来越强烈，但无论如何还是难以抵达指尖。塔塔尔斯基发现林间长着许多蛤蟆菇，他便放慢脚步，与吉列耶夫拉开距离，从地上采了几个蘑菇。这几个蘑菇不是红色的，而是暗褐色的，非常漂亮。塔塔尔斯基几口就吞下蘑菇，然后赶上吉列耶夫，后者什么都未察觉。

树林很快就到头了。他俩来到一块很大的开阔地，农庄的田地直抵河边。塔塔尔斯基抬眼朝上看了看：静止不动的云彩高悬在田野上方，橙色的夕阳即将消失，它难以形容的忧郁，在秋天的莫斯科郊外常常可以看到这样的夕阳。走过地边的一条小路，他俩在一棵倒伏的树上坐下来。两人都不想开口说话。

塔塔尔斯基突然想到，可以为蛤蟆菇编出这样一段广告。这个广告的基础是一个大胆的谜，原子爆炸成了蛤蟆菇作为一种蘑菇获得自我实现的最高形式，就像是某些功力很深的神秘论者所赢得的那种神圣的、非物质的躯体。而人类只是生活的辅助形式，蛤蟆菇利用那样的生活去抵达其最高目标，就像人们利用霉变去制造奶酪一样。塔塔尔斯基抬眼看了看夕阳射出的橙色箭头，他的思绪也中断了。

“听着，”几分钟后，吉列耶夫打破寂静，“我又想起了廖沙·契库诺夫。他很可惜，是吗？”

“是的。”塔塔尔斯基答道。

“这真奇怪，他死了，我们却活着……我怀疑，我们每次躺倒睡觉的时候，我们就像是死了。太阳永远地落下，全部的历史也都结束了。但后来，虚无它自己厌烦了，我们才又醒了过来。世界也就重新出现了。”

“这虚无怎会自己厌烦呢？”

“你每一次醒来，都是一次来历不明的重新出现。所有其他的东西也一样。而死亡，就是在用另一种绝对无法想象的东西来取代熟悉的清晨梦醒。我们没有相应的工具，因为我们的智慧和世界是同一个东西。”

塔塔尔斯基试图理解这段话是什么意思，可他发现，思考变得复杂甚至危险起来，因为他的思维已获得足够的自由和力量，竟使得他无法再控制它们了。答案立即浮现在他面前，像一个三维的几何图形。塔塔尔斯基看见了自己的智慧，这是一个白色的亮球，像太阳，然而是绝对静止不动的。从球的中心到边缘，连着一些琴弦似的暗色纤维线。塔塔尔斯基明白，这就是他的五种感觉。稍细的那根是视力，再细的那根是听觉，而其他几根线几乎就看不出来了。在静止不动的纤维的四周，有一根弯曲的螺旋线，像电灯泡里的钨丝，它时而与某根细线瞬间连通，时而构成一个自我旋转的发光的圆圈，就像用燃着的香烟在黑暗中画圆一样。这就是占据着他大脑的思维。

“也就是说，没有任何死亡，”塔塔尔斯基高兴地想到，“为什么？因为，细线消失了，而小球却完好无损！”

对于这个数千年来一直折磨着人类的问题，塔塔尔斯基却找到了答案，而且这答案还是用简简单单的、人人能懂的术语表达出来的，塔塔尔斯基因此而感到无比幸福。他想与吉列耶夫分享他的发现，于是便抓住吉列耶夫的肩膀，试图大声说出那最后一句话。但是，他嘴里道出的却是另一些无意义的话语，构成词的所有音节都存在，却全都错乱了位置。塔塔尔斯基想到，他需要喝点水，于是便对吃惊地看着他的吉列耶夫说道：

“水我喝想！”

吉列耶夫显然不明白发生了什么事。但有一点很清楚，所发生的一切使他感到不快。

“水我喝想！”塔塔尔斯基柔声重复了一句，并试图笑一笑。

他非常想看到吉列耶夫也冲他笑一笑。但吉列耶夫的举止却很奇怪，他站起身来，倒退着躲开塔塔尔斯基，后者也明白，什么样的表情叫作“跃然脸上的恐惧”。出现在他朋友脸上的，正是这样一种表情。犹豫不决地退了几步之后，吉列耶夫竟转过身去跑了起来。这深深地刺痛了塔塔尔斯基的心。

与此同时，天色越来越暗。吉列耶夫的尼泊尔背心在林中的蓝色雾霭间时隐时现，就像一只大蝴蝶。有可能追得上吉列耶夫的感觉，使塔塔尔斯基激动。他加快脚步，紧盯着吉列耶夫，为了躲过树根或草丛之类的东西，他不时高高地跃起。很快就清楚了，他跑得比吉列耶夫快得多，简直快得难以比拟。他数次超越吉列耶夫，然后返回身来，他发现他不是在绕着吉列耶夫跑，而是在绕着一个一人高的干树桩跑。这使他感觉到他走上了一条小路，他认为小路是通往车站的。

路上，他又吞下他在树丛里发现的几个蛤蟆菇，很快，他来到一条土公路上，路的一旁是一道上了漆的铁丝网。

前方走着一个行人。塔塔尔斯基走近他，彬彬有礼地问道：

“问请站车哪儿在？电气哪儿车火？”

那人看了塔塔尔斯基一眼，闪到一旁，跑开了。似乎，所有的人今天对他都持同样态度。塔塔尔斯基忆起了自己的车臣老板，他开心地想到：“要是能遇到胡赛因就好了！有意思，他会害怕吗？”

这念头刚闪过，胡赛因就出现在路旁，塔塔尔斯基自己倒是害怕了。胡赛因默默地站在草地上，对塔塔尔斯基的逼近并无任何反应。但塔塔尔斯基自己却刹住了脚，迈着孩子般的小碎步移到胡赛因身边，请罪似的僵在那里。

“你想干什么？”胡赛因问。

由于恐惧，塔塔尔斯基甚至没有觉察出自己的话说得正常还是不正常。而他说出来的话是非常不恰当的：

“我只占你一秒钟。我将你视为 target group 的代表，我想问问你：‘议会’一词能让你产生什么联想？”

胡赛因并不吃惊。他稍稍想了想，回答道：

“阿里·哈撒维写过一部长诗。《群鸟议会》。写的是 30 只鸟飞去寻找一只名叫谢姆尔格的鸟，那只鸟是所有鸟的国王，一个伟大的大师。”

“既然它们已经有了国会，为什么还要飞去寻找国王呢？”

“这你就要去问它们了。后来，谢姆尔格不仅成了国王，而且还是伟大知识的源泉。关于议会就更不用说了。”

“最后是怎么结束的呢？”塔塔尔斯基问。

“经过 30 次考验之后，它们得知，‘谢姆尔格’的意思就是‘30 只鸟’。”

“从谁那儿知道的？”

“是神的声音传递给它们的。”

塔塔尔斯基打了一个喷嚏。胡赛因立即沉默下来，将那张阴沉的脸扭向一边。塔塔尔斯基相当长久地等着下文，直到他弄明白，胡赛因不过是一根木桩，木桩上钉着一块“禁燃篝火！”的牌子，这牌子在昏暗中很难辨认。这使他很是伤心，原来，吉列耶夫和胡赛因是一回事。他很喜欢胡赛因的故事，但情况很清楚，他无法再了解到故事的细节了，而这个缺少细节的故事还难以发展成为一个香烟广告的构思。塔塔尔斯基向前走去，一边思考，是什么迫使他胆怯地停在了胡赛因桩的旁边，那根木桩并未求他停下啊。

答案不是最愉快的：这就是还没有从自己身上彻底清除出去的奴性，那苏维埃时代的残余。塔塔尔斯基想了想，得出结论：苏维埃人心灵中的奴性并非集中于其心灵的某一个领域，而更像是将其心灵的幽暗空间里发生的一切全都漆上了一层萎靡的心理腹膜炎的颜色，因此，若想慢慢地消除这种奴性而又不伤及珍贵的心灵素质，是绝对不可能的。对于即将与普金进行合作的塔塔尔斯基而言，这一思想是很重要的，于是，塔塔尔斯基长时间地在口袋里找笔，想把这一思想记录下来。但是，却没能找到笔。

然而，迎面又新来一位行人，这一回可绝不是幻觉。塔塔尔斯基想向来人借笔使，来人却躲开他跑了，是真正地跑，跑得很快，连头也不回，在这之后事情就清楚了，这的确不是幻觉。

塔塔尔斯基无论如何也搞不懂，他的举止中究竟是什么使得碰见他的人如此恐惧。可能，使人家害怕的是他说话时那种奇怪的机能障碍，因为他试图说出的那些词纷纷分解为音节，然后，这些音节又以非常偶然的方式相互粘连在一起。但是，在这不一致的反应中仍有某种得意之处。

突然，一个念头让塔塔尔斯基大为震惊，使他停下脚步，用手掌拍一下脑门。“这就是巴比伦的语言混乱啊！”他想到，“也许，喝了这种蛤蟆菇酒，他们口中的词就会被拆开，就像我说出的话一样。后来，人们就将这称为‘多语混乱’。更确切地说，是‘单语混乱’……”

塔塔尔斯基感到他的思想充满活力，其中每个思想都是现实的存在，完全像他穿行其间的这傍晚的树林。区别仅在于，树林是一种他无论怎样也无法停止的思想。另一方面，意志几乎根本不参与他大脑中的活动。刚一想到语言的混乱，他就明白，对巴比伦的回忆就是唯一可能的巴比伦：他想到了它，也就是以这种方式唤醒它并赋予它生命。他大脑中的思想就像是满载建材的卡车，将这个巴比伦运到一旁，使它越来越物质化。

“语言混乱又叫作巴比伦语言混乱，”他想到，“而总的说来，什么叫‘语言混乱’呢？似乎就是招魂术……”

他摇晃了一下，觉得脚下的大地在平稳地旋转。他之所以还能站稳脚跟，是因为大地旋转的轴心恰好纵向穿过他的全身。“不，”他想到，“招魂术在此毫无用处。语言混乱就是柱子的创造。柱子的创造，而且不是建造，而恰恰是创造。也就是说，单一的语言混乱了，也就出现了巴比伦塔。或者，也可能，塔并未出现，只打开了一扇通向祭祀塔的入口。当然，是这样的。瞧，入口就在这里。”

在塔塔尔斯基已经顺着它走了很久的铁丝网中现出一扇大门，门上饰有凸出的红星。门的上方悬着一盏很亮的带罩的灯，其耀眼的白光照亮了大门绿铁皮上的无数划痕。塔塔尔斯基停下脚步。

他花了一两分钟研究了中部地区惯用的用拉丁文记录下的附近村名、顶着个粗糙王冠的某人的姓名、男女生殖器的象征图案、单数第三人称现在时但莫名其妙地带有隔音符的英语动词“操”和“舔”，以及无数的音乐公司商标。接着，他的目光落在一个奇怪的东西上。

这是一行很大的字，比整个门上所有东西都要大得多，是用橙色荧光漆写下的（它在电灯的照耀下泛着亮光）：

THIS GAME HAS NO NAME.①

塔塔尔斯基一读到这句话，所有其他的民族学材料就不再为他的意识所接受了，他的意识中只剩下这五个闪亮的单词。他觉得，他非常深刻地理解了这句话的含义，而且，虽说他未必能将其含义解释给某个人，但这层含义毫无疑问是要越过铁丝网的。这事不难。

大门后面是一个冷冰冰的建筑工地，一大片荒芜区域，偶尔能见到几丝有人到过的痕迹。工地中央有一座没有完工的建筑，它像是某个宇宙观察点的基础，又像是一座平平常常的多层车库：

---

① 英文：“这场游戏没有名称。”——原注

承重结构和四壁刚刚弄好工程就半途中止了。建筑物像一个由多个水泥房屋摞起来的阶梯式圆柱体。建筑物四周有一个建在钢筋混凝土支架上的螺旋形通道，直达最高处的那间房屋，屋顶上的方形小塔上有一盏红色航标灯。

塔塔尔斯基认为，这是七十年代开始兴建的那些军事工程中的一个，那些工程未能拯救帝国，却缔造出“星球大战”美学。他想起气喘吁吁地说着话的达斯·维达①，他感到吃惊的是，这完全是一个职业共产党人的出色比喻，在星际飞船他一定还有一个人工肾和两组医生，塔塔尔斯基朦胧记得，电影中有过这样的暗示。不过，在这样的状态中想到达斯·维达是危险的。

三四个探照灯照着这座未完成的建筑，探照灯的光照使得一片片水泥墙壁、一段段螺旋通道和闪着航标灯的顶塔从黑暗中显现出来。如果没有这盏红色航标灯，黑暗中这座未完工的建筑就会是一件过时的陈腐之物，它也许会被赋予一千年或一万年的历史。而且，塔塔尔斯基想到，那航标灯也许是由某种神秘的古代电能点燃的，这电能是从埃及或巴比伦通过地下传导过来的。

只有在他所站立的大门旁，才能发现有人不久前留下的痕迹。这里似乎驻扎过某个部队的分支机构，几间活动房屋，一副单杠，

---

① 达斯·维达（Darth Vader），又名“天行者阿纳金”（Anakin Skywalker），电影《星球大战》中的黑武士。——译注

挂着消防桶和铁钎的挡板，以及贴着宣传画的橱窗，在那张宣传画上，一模一样的士兵们脸上带着奇怪的自我反省表情，在展示队列训练的方式。当塔塔尔斯基看到一个戴着铁帽、装有立柱式电话的巨大蘑菇时，他一点儿也不惊奇，他知道，这是哨兵的岗位。起先他认定哨位上没有哨兵，但后来却看见蘑菇的锥形帽顶被漆成红色，并饰有对称的白色斑点。

“一切都不那么简单呢。”他小声说道。

就在这时，身边传来一个轻轻的、嘲讽的声音：

“This game has no name. It will never be the same.”① 塔塔尔斯基转过身来。周围一个人也没有，于是他明白，这是听幻觉。他有些害怕，但无论如何，在所发生的事情中仍包含着某种令人神往的允诺。

“往前走。”他小声说着，猫下腰，穿过黑暗，走向通往祭祀塔的路。“没什么，”他想，这不过就是一座多层车库。

“有空中花园的车库。”他脑中的一个声音在轻轻地附和。这声音说的是俄语，这使塔塔尔斯基相信的确是幻觉，但是，这也迫使塔塔尔斯基再一次想到语言混乱。似乎是在回答他的这一想法，那声音又道出一个长长的句子，那是一句难懂的方言，包含着大量唏辅音。塔塔尔斯基决定不去理会它，再说，他也已经走

---

① 英文：“这场游戏没有名称。它永远不会重复。”——原注

上螺旋形的坡道。

从远处，他无法判断出楼房的真正大小。坡路很宽，可以并排走两辆卡车（“或是两辆马车，”一个声音兴高采烈地补充道，“载重25吨的马车！瞧，有过那样的马车!”)。坡道用水泥板铺成，水泥板间的接缝并未塞严。这些接缝里长出了高高的植物，塔塔尔斯基不知这些植物叫什么名字，但他自小就记得，它们结实的茎秆可以用来做鞋带。右边的墙上不时出现一些宽大的门洞，直通祭祀塔。内部是一片开阔的空地，堆满了建筑垃圾。坡道始终顺角延伸，似乎要在半空里中断，因此，塔塔尔斯基小心翼翼地走着，用手扶着墙。塔的一边被建筑工地的探照灯照得通亮，另一边却沐浴着月光，月亮悬挂在高高的云彩之间。可以听见顶上的什么地方，有一扇没关紧的门被风吹得啪啪直响；同样的这一阵风，也带来了远处的狗叫声。塔塔尔斯基放轻脚步，开始很慢很慢地走着。

脚下有什么东西发出响声。这是一个空烟盒。塔塔尔斯基捡起它，走到亮处一看，是“议会”牌，薄荷型的。但奇怪的是另外一件事：烟盒正面是一幅绘有三棵棕榈树的广告全息图。

“一切都混在一起了。”他小声说着，向前走去，一边认真地盯着脚下。

另一个发现在更高一层上等着他，他老远就发现了那枚在月光下闪亮的硬币。他先前从未见过这种硬币，一枚印有格瓦拉[1]头像的古巴共和国三比索硬币。在军事设施中见到古巴硬币，这一点也不使塔塔尔斯基感到吃惊，他回忆起，在电影《Golden Eye》[2] 的结尾，在自由之岛上的一个什么地方，自水下挺起了苏联制造的巨大天线。看来，这就是为那天线的建造而付的钱。他将硬币放进“议会”烟的烟盒，装入口袋，他充满自信地认为，一定还有什么东西在等着他。

他是对的。坡道在最高一层的房子前结束，这房子前堆满建筑垃圾和破箱子。塔塔尔斯基在垃圾中发现一个奇怪的小方块，就捡了起来。这是一个电视形状的卷笔刀，在其塑料屏幕上，有人用圆珠笔画了一只大眼睛。卷笔刀是老式的，这样的东西是七十年代的产品，奇怪的是，它居然完好无损。

擦去卷笔刀上沾着的脏东西，塔塔尔斯基将它揣进怀里，他环顾四周，在考虑下一步该怎么办。进入那个房间是可怕的，那里很黑，很容易掉进一个洞，摔断脖子。上面，有扇门又在风中响了一下，塔塔尔斯基回忆起来，楼顶上有一个装有红色航标灯的小塔。从他所站的这个地方看不见塔，但有一个短短的消防梯通到上面。

---

① 切·格瓦拉（1928—1967），拉丁美洲革命家，曾参加古巴革命，革命后任古巴国家银行行长、工业部长，后在拉美多国从事革命活动。——译注

② 英文：《金色眼睛》。——译注

小塔原来是一个技术场所，应该是放置电梯马达的地方。小塔的门开着。门后的墙上有一个开关。塔塔尔斯基打开开关，看见了严酷的士兵生活的遗迹：一张木桌，两个凳子，墙角还有几个空酒瓶。说这恰恰是士兵生活的遗迹，是因为墙上还贴着几张从杂志上撕下来的女人照片。塔塔尔斯基花了一段时间研究那些照片。其中的一位几乎是全裸的，她被日光晒成了金色，正在热带的沙滩上奔跑，塔塔尔斯基觉得她很美。问题甚至不在于她的脸或身材，而在于摄影师成功捕捉到的她动作中惊人的、难以形容的自由。照片上的沙滩、大海和棕榈如此鲜艳，竟使得塔塔尔斯基沉重地叹了一口气，菲薄的莫斯科之夏已经过去了。他闭上眼睛，有几秒钟，他觉得他听到了大海那遥远的涛声。

他在桌边坐下来，将自己捡到的东西放在桌上，再一次打量起来。“议会”烟烟盒上的棕榈树和墙上照片中的棕榈树很相像，他想，这些棕榈树生长在世界的一个角落，而他永远也无法抵达那个角落，就是按照俄国人的习惯开着坦克去，也到不了那儿，如果说能到那儿，那也将是在他既不需要这位女人这片沙滩这汪大海，也不需要他自己的时候。他的思绪所沉入的这层忧郁如此之深，竟使得他在这忧郁的最底部意外地见到了光亮：关于“议会”烟的苦寻不得的广告词和广告画创意突然浮现在他的脑海里。他赶忙掏出笔记本，写了起来：

画面为一幅莫斯科滨河路的照片，是从桥上拍摄的，一九九三年十月，就在那座桥上，曾停有具有历史意义的坦克。在白宫[①]所在位置上，我们看到一盒巨大的“议会”烟（电脑合成）。它的四周长满了棕榈树。广告词是引自格里鲍耶陀夫作品的一句话：

祖国的炊烟也让我们感到甜蜜和愉快[②]

议会牌香烟

将笔记本揣进兜里，收拾起桌上捡来的东西，他最后看了看房间。他闪过一个念头，心想可以把在沙滩上奔跑的女人的照片揭下来留做纪念，但他没有这样做。关了灯，走到楼顶，他站了一会儿，好让眼睛适应黑暗。“现在干什么呢?”他想，“去车站吧。”

---

① 指莫斯科的白宫，苏联时期为俄联邦加盟共和国政府所在地，1993年10月，叶利钦曾调兵攻打设在此处的议会。此处现为俄联邦政府所在地。——译注

② 语出格里鲍耶陀夫的喜剧《聪明误》（又译《智慧的痛苦》），为恰茨基所言：“当你浪游一番后返回家园，祖国的炊烟也让我们感到甜蜜和愉快。”——译注

穷　人

在莫斯科郊区树林里的奇遇，对塔塔尔斯基的职业能力产生了很好的影响。他的脚本和主题都来得容易多了，由于那句“议会”牌香烟的广告词，普金甚至给了他一笔不大的定金，他说塔塔尔斯基抓住了要害，因为在一九九三年之前，“议会”烟和“万宝路”一个价，而在那些著名事件之后，“议会”烟就迅速成了莫斯科最畅销的香烟，如今其价格已上涨两倍。后来，祖国的炊烟就落入忘川，更确切地说是落入了冬天，那个意外早到的冬天。在莫斯科雪封的广告空间里，可能系此句广告词之回声的唯一一句话，就是“刚下船便前往舞会”，这是塔塔尔斯基一个不知名的同行想出来的，也取自同一个格里鲍耶陀夫①。这句话不时在薄荷烟的招牌广告上闪现，帆船，湛蓝，水手帽，修长的腿。这使塔塔尔斯基感到一阵醋意，但不太强烈，薄荷烟广告上的那位姑娘是按特定大众的趣味挑选出来的，因此，有可能会不由自主地将广告上的文字读为“刚下船便前往妓院”。

曾掠过其神经系统的那道蛤蟆菇能量潮，不知为何最易表现为香烟广告词，也许，其原因无异于第一次真正实现的做爱体验或吸毒体验，那种体验将决定一个人一生的嗜好。他接下来的一个大成就（不仅他自己认为是大成就，普金也这样认为，后者再次表示惊讶，又付了一点钱），是为“大卫杜夫”牌香烟写的广告词，这种烟是有象征意义的，因为塔塔尔斯基的职业生涯正是从这种香烟开始的。广告词的产生有赖于遍布市中心广告牌的那幅“大卫杜夫经典型”的广告：深色背景，一张硕大的衰老脸庞，那人眼中闪现着某种明了一切的神情，沉重得让人难以承受，画上的文字是这样的：

理解与经验一同到来

大卫杜夫经典型

---

① 此句实出自普希金的诗体长篇《叶甫盖尼·奥涅金》，不过普希金在诗中写道，奥涅金回国后就像格里鲍耶陀夫《聪明误》中的恰茨基那样，“刚下船便前往舞会”。——译注

刚一看到这张智慧的、布满皱纹的脸，塔塔尔斯基就提出一个问题：这位外国烟民到底知道些什么呢？脑中出现的第一种答案是相当暗淡的：前去肿瘤中心，X 光透视，以及可怕的诊断。

塔塔尔斯基的方案是完全相反的：淡色背景，一张年轻的脸庞，脸上带着无知无识的幸福，一个白色的烟盒，上面写有几个淡淡的金字，文字是这样的：

许多智慧里有许多忧愁

忧伤随知识的增长而增长

大卫杜夫清爽型

普金说，“Davidoff”的代表未必会接受这个广告，但另一个烟草商却极有可能接受。“我去跟乌西耶维奇谈谈，”他对塔塔尔斯基说，“他手上有 16 个待售商标”。塔塔尔斯基将这句话记在自己的小本子上，后来在与客户的交谈中，他无意间也数次用过这句话；他与生俱来的腼腆就表现在，他通常会将待售商标的数量减少一半。

这种能维持基本开销的工作是乏味的、沉重的，甚至是可耻的：“我们的人时刻警惕！微型车库立刻兑现！”或者是：“世界性的 Pantene - pro V[①]！主啊，请你祝福！”残存的编辑和出版者的文学中心主义，苏维埃心理的一种嘈杂余音，还是结出了它可怜的小果实。

在冬天刚开始的时候，塔塔尔斯基稍稍装修了一下自己的一居室（在墙壁上松动的苏维埃时期的浅蓝色瓷砖上装上一个贵重的意大利搅拌器，这使人联想到一位麻风病人嘴里的一颗金牙，但彻底装修又没钱）。他还买了一台新电脑，尽管没什么特别用处，只是在打印从一位可爱老编辑那儿弄来的文本时出了些问题。还有在微软的铁蹄下发出的那一声低沉的呻吟。但是，塔塔尔斯基并未因此而过分发烧，虽说他也看出了所发生的一切所具有的深刻象征意义：通信程序成了最主要的信件，控制着数量多得难以思议的电脑内存，它很容易使人联想到一位让教师的工资在自己的银行里滚动的新俄国人。

他在广告业的热带丛林里陷得越深，所产生的疑问便越多，无论是在艾尔·瑞斯[②]的 *Positioning: The Battle for Your Mind* 一书中，还是在此一专题的最新之作 *The Final Positioning*[③] 中，他都没有找到答案。一位来自肯佐、穿便装的艺术学家对塔塔尔斯基

---

① 英文：“潘婷护理 5 号。”——译注

② 艾尔·瑞斯（Al Ries，1926 年生），美国营销学家，最早提出“定位”概念，其 *Positioning: The Battle for Your Mind* 一书首版于 1981 年。——译注

③ 英文：《最终定位》。——原注

起誓说，艾尔·瑞斯没有谈到的所有主题，在大卫·奥格威[1]的*Confessions of An Advertising Man*[2] 中均得到了解决。就是没有这位艺术学家多话，塔塔尔斯基也是热爱大卫·奥格威的；他在内心深处认为，这个大卫就是乔治·奥威尔的《1984》[3] 中的人物，他在主要主人公的想象中瞬间出现，完成了虚拟的功绩，然后消失在虚无的汪洋之中。奥格威同志尽管有其双倍的不真实，仍然游到岸边，抽了口烟，穿上花呢上衣，并成了举世公认的能手，这使塔塔尔斯基对自己的职业充满了神秘的赞叹。

但帮了他大忙的还是罗塞尔·瑞夫斯[4]的书，他在那本书里读到两个概念，即“植入”和“吸引”，抛开尊严不论，这两个概念是非常有用的。他以这两个概念为基础设计出的第一个方案是为“金雀巢”咖啡做的。

> 早已显而易见（在他“显而易见”之后又过了 20 分钟，塔塔尔斯基才接着写道），衡量广告公司之效果有两个基本标志，即植入和吸引。“植入”表示记住广告的人所占的百分比。“吸引”表示借助广告产生需求的人所占的百分比。然

---

① 大卫·奥格威（1911—1999），美国广告学家。——译注

② 英文：《一个广告人的自白》——原注

③ 英国作家奥威尔（1903—1950）1949 年发表的《1984》被视为反乌托邦文学的代表作之一。——译注

④ 罗塞尔·瑞夫斯（1910—1984），美国广告学家。——译注

而问题在于，一则显然糟糕的广告能够保证获得高度的植入，却绝对不能保障获得高度的吸引。同样，一次很好地揭示了商品特性的广告过程能够保证获得高度的吸引，却不能保障获得高度的植入。因此，我们建议采用一种新方法，即创造一种独特的二元广告，在这种广告中，植入功能和吸引功能由不同的信息组来完成。我们试以“金雀巢”咖啡的广告过程为例来看看这一方法。

广告过程的第一步，就是要将“金雀巢”的商标植入尽可能多的人的意识（我们假定一切方法皆可运用于此）。比如，可组织在一些大商场和车站布设假雷，假雷的数量越多越好。然后以一个恐怖组织的名义给内务部和反侦局打电话，称安放了爆炸装置。但是，警察在恐怖分子指明的地点进行搜查，结果只发现了装在口袋和提包里的大量听装“金雀巢”。第二天一早，所有的报刊和电视都公布了这一消息，在此之后，植入阶段就可以被认为是完成了（其成功直接依赖于行动的广泛性）。在这之后，第二阶段，即吸引阶段，立即开始。在这一阶段，广告过程要按经典规则进行；与第一阶段相联系的只有这个基本广告词：“金雀巢咖啡：口味爆炸！”我们列出这样一个广告片脚本。

街心公园里的一个小铺。小铺里坐着一个身穿红色运动服的年轻人，他面色冷峻。与街心公园隔一条路，一座豪华私宅前停着一辆“奔驰－600”和两辆吉普车。年轻人在看表。镜头转换，私宅里走出几个穿深色西服、戴深色眼镜的人，这是保安人员。他们从四周走向“奔驰”，其中一位用对讲机下达命令。私宅里走出一个身材矮小、脸上有缺陷的胖子，他担心地环顾四周，小跑着走下台阶，向汽车走去。他刚一消失在“奔驰”的深色车窗玻璃之后，保镖们就坐上了吉普。“奔驰”开动，就在这时，接连响起三次巨大的爆炸声。三辆汽车被炸成碎片，飞上了天；那几个人刚才站立过的马路也被一阵烟雾所笼罩。镜头转换，小铺里的年轻人从包里掏出一个小暖壶和一只描有金色条纹的红色茶杯。他冲了一杯咖啡，抿了一口，享受地闭上了眼睛。画外音：“哥们偷偷撕了它。但搅和的却不是它，而是其余的一切。金雀巢咖啡。真正的口味爆炸。”

但是，“吸引”这一概念不仅有利于工作，它还迫使塔塔尔斯基去深入思考他要吸引什么人，吸引他们去干什么，还有更为重要的一点，这就是：谁在吸引他，吸引他去干什么。

在他阅读一篇文章时，他第一次有了上面的想法，这篇文章有一个花哨的题目，叫《膨胀的欲望中已出现狂喜……》，是谈论“祭祀色情影片”的。文章的作者叫萨沙·勃洛。根据行文判断，作者是一位性别不明、冷漠厌倦的人，他在狂饮的间隙写作，为的是将自己的观点转达给其余十来个同样堕落的超人。萨沙·勃洛的语气是明确的：萨德和萨克·马索克不配做他的看门人，而查尔斯·曼森最多也只能端烛台①。一句话，他的文章就形式而言完全是一只罪恶的苹果，其中的蛆虫，毫无疑问，就是远古的那条蛇。

但是，塔塔尔斯基在生意场里已经混得久了。首先，他知道，所有这些苹果也许可以用来引诱莫斯科郊区那些刚刚步出童年天堂的中专生。其次，他怀疑祭祀色情片的存在，只有在目睹了活生生的祭祀参加者之后他才能相信这一点。最后，也是主要的一点，他与这位萨沙·勃洛非常熟悉。

这是一个已不年轻的胖男人，秃顶，神情忧郁，是三个孩子的父亲。人们叫他埃狄克。他干过一阵房屋租赁，后来开始为数家杂志写稿，什么话题都谈，有三四个笔名。“勃洛”的笔名是他和塔塔尔斯基一起想出来的，他们在澡盆下面找到一瓶浅蓝色的玻璃清洗液（他们在找被埃狄克老婆藏起来的伏特加酒），瓶子上有“勃洛”这个词，他们决定借用过来。在这个词中，能感觉出无穷无尽的潜在活力，同时还能感觉到某种非人类的东西，因此埃狄克便选中了它。他以这一笔名发表的文章，全都充满无

① 萨德（1740—1814），法国作家；萨克·马索克（1836—1895），奥地利作家；查尔斯·曼森（1934 年生），美国杀人组织“曼森家族”首领，被判终身监禁。——译注

边无际的自由，也就是说，充满爱恨交织的双重情感，给这样的文章署上诸如“西多罗夫”或“彼图霍夫”之类的名字是荒唐可笑的。在莫斯科那些亮光光的杂志上，对这种双重情感有大量需求，需求量之大，使得人们不禁要问：这一情感是由何人植入的？对这一问题进行思考，说实话，是可怕的，但是读完那篇谈膨胀欲望之狂喜的文章之后，塔塔尔斯基突然明白了：植入这一情感的不是某个恶魔般的间谍，不是某个披着人皮的堕落的魂灵，而是埃狄克。

当然，不止埃狄克一个，来莫斯科的也许有两三百个这样的埃狄克，这些被日常生活的油烟呛着、被众多孩子拖累着的多面手。他们的生活并非像他们的作品所表现出来的那样，是在可卡因、狂饮和关于巴勒斯和沃霍尔的争论中度过的[①]，是在尿布和无处不在的莫斯科蟑螂之间度过的。他们没有假绅士的傲慢，没有时而涌起的淫欲，没有冷漠的公子气派，没有对撒旦精神的嗜好，甚至没真正打算去咽一次酸邮票[②]，尽管每天都会用到“酸”这个字眼。但是，他们却有消化、钞票和住处方面的问题，他们的外表不像人们在熟悉了他们的创作之后所愿意相信的那样近似

① 巴勒斯（1914 年生），美国作家，写有《裸露的午餐》等小说；沃霍尔（1928—1987），美国艺术家，电影制片人。——译注

② 指毒品。——译注

杰瑞·奥尔德曼，而更像德尼·德·维托。①

塔塔尔斯基无法将确信的目光投向萨沙·勃洛为他描绘的远方，因为他清楚这一远方在埃狄克的秃脑袋中产生时的生理学，埃狄克为生活所迫，被固定在自己的电脑前，就像那些奥地利士兵被固定在机枪后面一样。要相信他的产品，比通过这样的色情电话获得快感还难：你知道，在电话中那个因欲望而沙哑的女声后面藏着的，不是通过照片展示给你的那位金发女郎，而是一个着了凉的老太婆，她一边织着长袜，一边照着纸条念一套标准化的词句，她的鼻涕滴落在那张纸条上。

“但是，我们，也就是我和埃狄克，怎么能知道该将他人吸引到什么地方去呢？”塔塔尔斯基想，“一方面，当然很清楚，就是直觉。做什么、怎样做的问题用不着回答，当绝望达到一定度数，你自己就会开始捕捉一切。比如说，你用饥饿的胃就能感觉到主要的倾向。但是，这一倾向本身是自何而来的呢？如果说，世界上所有的人，对此我深信不疑，都在试图捕捉、出售它，就像我和埃狄克一样，或者都在试图破译、发表它，就像所有这些亮光光杂志的编辑一样，那么，到底是谁想出它来的呢？”

关于这一主题的思考是阴郁的。这些思考体现在了他于此之

① 奥尔德曼和德·维托是美国当代电影演员，前者模样威严可怖，后者矮小滑稽。——译注

后不久为“爱丽儿”洗衣粉所写的一个短片脚本中。

脚本以莎士比亚《暴风雨》中的人物形象为依据。庄严的、雷鸣般的音乐响起。镜头中是一座海边的峭崖。夜。峭崖下方，朦胧的月光下，咆哮的海浪在翻滚。远处可见一座古堡，它同样被月光照亮。峭崖上站着一个非常美丽的姑娘。这就是米兰达。她身穿中世纪的红丝绒长裙，头戴披有纱巾的帽子。她举手向月，三次重复一句奇怪的咒语。当她第三次说到那句咒语时，远处响起一声惊雷。音乐更为响亮，更为不安。月亮透过乌云，将一道宽宽的光线投射在米兰达脚下的悬崖上。她的脸上一阵惊慌，看来，她既害怕即将发生的事情，又想要它发生。传来一阵女性的歌声，那歌声充满恐惧和幸福，这歌声似乎传导出了米兰达的心境。一个阴影沿着月光滑下，阴影越来越近，当旋律渐强，我们看到一个高傲、漂亮的精灵，他衣衫飘动，长长的头发被月亮镀上一层银光。他头上戴一顶薄薄的钻石王冠。这就是爱丽儿。他几乎飞到了米兰达的身旁，他停在半空中，向她伸出手。片刻的斗争之后，米兰达也向他伸出了手。下一个镜头：相互接近的两只手的特写。左下方是米兰达柔弱、苍白的手，右上方是精灵透明、闪亮的手。两只手相互触及，耀眼的光芒覆盖了一切。下一个镜头：两袋洗衣粉。一袋上写着：“爱丽儿。”另一暗淡、苍白的袋子上写着：“普通凯列班。”米兰达的画外音：“我是从女友那儿听说爱丽儿的。”①

有可能，这个短片的具体创意源于挂在塔塔尔斯基桌子上方的那张大幅黑白照片。这是一家商店的广告，画面上是一个年轻男人，他留着长发，下巴上蓄着整齐的胡须，一件宽大、考究的大衣随意地披在肩头，风吹鼓了大衣，这便与天边隐约可见的一叶船帆构成了呼应。海浪拍打着礁石，溅上岸来，几乎打湿了他那双漆皮鞋。他的脸上挂着阴郁、冷酷的神情，不知为何，他有些像展翅飞翔的鸟，那些鸟（不知是鹰还是海鸥）正从“摄影商店”的招牌飞向阴霾的天空（塔塔尔斯基更认真地看了看照片，确认天边隐约可见的一只小船也正是由那家商店漂来的）。

画面的构成充满如此之多的浪漫色彩，与此同时它又是如此地不浪漫，这使得塔塔尔斯基在一连数天的凝视之后终于明白，这幅照片试图依据的所有概念都是在十九世纪前后形成的；其残余与基度山伯爵的势力一同步入了二十世纪，但是，在二十一世纪即将到来的时候，伯爵的遗产已被挥霍殆尽。人类智慧为了用它剩余的最后几个非商业形象做生意，已经无数次擅自出卖过这

---

① “爱丽儿”洗衣粉中译“碧浪”其外文名称（Ariel）与莎士比亚《暴风雨》一剧中的精灵爱丽儿同名，下面提到的米兰达是剧中女主人公，凯列班是一个丑陋凶残的奴仆。——译注

种浪漫。现在，即便真心愿意受骗，几乎也无法相信被出卖的外在和所指称的内在这两者的吻合。这是一个空洞的形式，它早已不再指称它应该明码指称的东西了。蛾子蚕食了一切：看到照相馆照出的一幅假扮尼贝龙根人①的照片，人们想到的不是浪花和胡须所表征的高傲的哥特精神，而是这样一些问题：摄影师要价高不高，为这张照片付给模特多少钱，当模特用自己隐私的润滑剂弄脏了公家的春装裤子的裤裆时，他是否交了罚款。这不仅涉及塔塔尔斯基桌子上方的这张照片，也涉及童年时激动过他的每一张图画：棕榈树，轮船，傍晚蓝色的天空，要想保持一种能力，将自己对幻想世界的眷念投射在这些百分之百的商业标记上，就得去做医院里的白痴。

塔塔尔斯基完全陷进了自己的推算。其结果，一方面，他和埃狄克为其他人制作了虚假的生活全景图（就像博物馆里对大会战的再现，在那里，观众的面前堆有沙子，再摆上几个有窟窿的靴子和一些弹壳，而坦克和爆炸则是画在墙壁上的），完全听命于预感，什么该买，什么不该买。他，以及这极其繁重的广告生意的其他参加者，都步入了这一视觉信息圈，并试图改变它，好让他人的灵魂与金钱道别。目的很简单，即将这些金钱中的很小一

---

① 德国古代民族，德国英雄史诗《尼贝龙根之歌》中曾写到尼贝龙根人与匈奴人的战争，瓦格纳的歌剧《尼贝龙根》以及其他许多欧洲文艺作品都曾涉及尼贝龙根人的主题。——译注

部分挣到手里来。另一方面，为了让自己试着去接近这幅全景图的对象，也需要钱。实际上，这如同试图逃进墙上的画中去一样，也是愚蠢的。的确，如塔塔尔斯基感觉的那样，一位富人可以超越虚假现实的界限。他可以越过为穷人划定的全景图的界限。富人的世界是什么样的，塔塔尔斯基其实并不十分清楚。他的意识中旋转着的只是一些模糊的形象和广告中的印记，他自己已经很久不再转播这些广告印记了，因为他已不再相信它们。显而易见，只有在富人那里才能够了解到，有力的算计可以为一个人开辟出多么宽广的地平线，一次，塔塔尔斯基就了解到了这一点，但这纯属偶然。

得了一小笔稿费，他去“穷人”酒吧喝酒，他听到了两个有名的电视节目主持人的谈话，已经是半夜，可他俩仍继续着在另一个地方开了头的畅饮。塔塔尔斯基坐在离他俩只有两米远的地方，可他俩丝毫也未注意到他，就像他是店铺里一个起装饰作用的稻草广告人。

尽管这两个主持人已经醉得可以了，却还没有丧失出众的仪表，没有丧失每一个衣服皱褶里那种全息摄影般的闪光，似乎，不是他们的肉体坐在塔塔尔斯基的邻桌，而是一台巨大的电视在他的身边工作着，那台电视正在播放他们两人的节目。发觉了这一很难解释、却明确无误的效果之后，塔塔尔斯基想到，在阴间的澡堂里，这两个人将不得不久久地刮洗那渗入他们灵魂细孔里的他人的关注。不过，即便是在醉酒的状态里，塔塔尔斯基也警觉起来：永恒再次想获得澡堂的形式。按下这一念头，他一心听了起来。主持人在谈事情，其中的一位，在塔塔尔斯基看来，遇到了一些合同上的问题。

“哪怕他们给延到明年也行啊。”其中的一位握起拳头说。

“就算他们给延了，”另一位说道，“然后呢？一年过后，还是老问题。你还得去吃伐力多①……”

“我去偷上一大笔钱。”头一个轻声说，像是在道出秘密，又像是在开玩笑。

“往后呢？”

“往后？往后我有一个严谨、周密的计划……”

他往桌子上一趴，给自己倒了些伏特加酒。

“缺 50 万，”他说，“我就想偷这么多。”

“什么计划？”

“你谁都不会告诉吧？听着……”

他将手探进上衣的内襟口袋，在那里摸索许久，最后掏出一张折了两折的亮光光的纸。

“这就是，”他说，“都写在这里……不丹王国。世界上唯一一个禁止电视的国家。明白吗？完全禁止。这里写着，在他们那里离

---

① 一种药物。——译注

首都不远的地方有一块殖民地，住的全是前电视巨头。如果你一生都在电视行业工作，那么，你退休时最大的惊人之举就是去不丹。”

“就是为了去不丹你才需要50万？”

“不是。我要还清这里的钱，好让他们往后别去不丹找我。你能想象吗？禁止！一台电视机也没有，只有反间谍机关里才有！只有使馆里才有！”

第二个人接过那张纸，打开它，读了起来。

“也就是说，你明白吗，”头一个接着说，“如果有人私藏电视，被当局知道了，警察就会去他家，明白吗？他们会抓住这个家伙，将他送进监狱。也可能干脆枪毙他。”

在说到“家伙”这个词时，他带着一种磕响马刀似的语气，只有在那些为了误解的社会契约而失去其爱情欢乐的潜在同性恋者那里，才能听到这样的语气。第二个人明白这一切，但没有生气，他看了一眼那篇文章。

“啊，”他说道，“是从杂志上剪下来的。的确有意思……谁写的？哪儿……什么个埃杜尔特·德比尔相……”

塔塔尔斯基站起身来，差点弄翻椅子，他向厕所走去。两个电视人对他们自己工作所持的态度并不使他感到惊奇，虽说这些人的精神反常程度使他有可能假设，他们当中的某个人甚至爱上了自己的工作。要他命的是另一件事。萨沙·勃洛有一种本事，他在他喜欢的材料后面总要署上他的真姓实名。而世界上他最喜欢做的事情，就是用他汹涌想象的产品去冒充真实事件的记录，不过他也克制自己，很少这样做。

就在那冰凉的白色便池上，塔塔尔斯基踏上了可卡因之路，他没有弄碎小粉团，将一张100卢布的钞票卷成卷（美元钞票已经用光），把白粉吸了进去，然后，他掏出自己的小本子，写道：

> 其上绘有不存在世界之全景图的那堵墙，本身是不会改变的。但是，花上一大笔钱却可以买来画出的太阳、蔚蓝的海湾和轻轻的风，作为窗外的风景。遗憾的是，埃狄克又将成为这段文字的作者，但是，即便如此也无所谓，因为，用来放置所购风景的窗户本身也是画出来的。因此，墙壁或许同样是画出来的？但是，是谁画的，画在什么上面呢？

他抬眼看了一下厕所的墙壁，似乎希望在那里看到答案。瓷砖上有一行用红色签字笔写下的短句，短句中的字母圆滚滚的，一副兴高采烈的样子：

TRAPPED？MASTURBATE！①

① 英文：“中计啦？请手淫！”——译注

回到大厅，他坐得离主持人稍远一些，打算遵循一下民间的智慧，放松一下，享受享受。但是，却没享受成，就像每一次那样。在一长串客户的脏手里倒来倒去的极其恶劣的莫斯科可卡因，会在鼻咽部留下一股药店的味道，从氨苯磺胺的味道到阿司匹林的味道，并使身体产生出沉重的紧张和颤抖。据说，在莫斯科卖到150美元一克的白粉，根本就不是什么可卡因，而是爱沙尼亚的“斯皮达”和俄国什锦药物的混合物；此外，一半的客户都总是用从某个杂志上裁下来的那张“丰田佳美”广告画来包白粉，塔塔尔斯基因一个难以承受的不解之谜而苦恼，这就是，那些人不仅靠别人的健康来赚钱，而且还能靠公关服务来赚钱。每一次，塔塔尔斯基都会扪心自问，为什么他和其他人会花上那么大的一笔钱，只是为了迫使自己接受一种有失尊严的、不卫生的治疗，在这种治疗过程中，连一秒钟真实的享受也没有，而只有瞬间出现又渐渐消散的快意。他脑中浮现出的唯一解释是这样的：人们去闻可卡因，而金钱，以及那约定俗成的仪式所需要的卷成卷的百美元钞票，甚至比白粉本身还要重要。他想到，如果可卡因在药店里只卖20戈比一克，就像治牙疼的漱口水一样，那就只有潘克分子才会去吸它，就像在世纪之初那样。如果“即时贴”胶水价值1000美元一小瓶，那么，莫斯科所有的黄金青年都会乐于去闻它，那时，在自己四周散布浓重的化学气味，抱怨脑神经元的死亡，在厕所里久久地独居，都将被视为一种优雅。酸溜溜的杂志会登出一些敏锐的 cover stories[1]，专论治疗过程中戴在头上的塑料袋所具有的美学（萨沙·勃洛显然会这么写），并会悄悄地为这些材料配上一些钟表、裤衩和香水广告……

“啊！”塔塔尔斯基大叫一声，拍了一下脑门，又掏出笔记本，翻到了字母“O”打头的那一页[2]，他写道：

将青年系列（不取决于生产者）的香水与金钱和君主韦斯巴芗[3]联系起来（茅房税，广告词“钱无味道”）。一组随意的镜头。例如：

钱也有味道！

“本雅明”

大老板的新香水

装起本子，他觉得恶劣感受的高潮已经过去，他完全能够走到吧台前，再弄点什么东西喝一喝。他想要点龙舌兰酒，走到侍者跟前，他却要了一份他已无法承受的“斯米尔诺夫”伏特加。他就站在吧台旁干了一杯，然后又要了一杯，走回自己的桌子。

---

① 英文：“封面故事。”——译注
② 俄语中的“香水”（одеколон）一词是以字母“O”开头的。——译注
③ 韦斯巴芗（9—79），古罗马皇帝，弗拉维王朝创建人。——译注

在他身边适时地出现了一个邻座，这是一个40岁左右的男人，留着油光光的长发，蓄着胡须，身穿一件有些奇怪的绣花上衣，从外表上看，这是一个典型的前嬉皮士，是与过去和现在均不相和谐的那些人中的一员。他的脖子上挂着一个大大的铜十字架。

“对不起，”塔塔尔斯基说道，“我坐在这里。”

“你就好好坐你的呗，”邻座说，“你怎么，你需要整张桌子?”

塔塔尔斯基耸耸肩，坐在他的对面。

“我叫格里戈利。”邻座热情地说道。

塔塔尔斯基抬起疲倦的眼睛，看了他一下。

“我叫沃瓦。”他说。

格里戈利接住塔塔尔斯基的目光，皱了皱眉头，心怀怜悯地摇了摇头。

“妈的，”他说，“你吸白粉?”

“是的，”塔塔尔斯基说，“吸得很少。”

“傻瓜，”格里戈利说，“你好好想想，鼻腔的黏膜几乎就是敞开的大脑……这白粉是哪儿来的，是什么人通过哪些部位钻进去的，你想过没有?”

“刚刚想到，”塔塔尔斯基承认，“‘通过哪些部位’是什么意思?除了鼻子，还能通过哪些部位钻进去呢?”

格里戈利看了看四周，从桌子底下拿出一瓶伏特加，对着瓶嘴喝了一大口。

"你也许知道有一个叫哈罗德·罗宾斯①的美国作家？"他藏起酒瓶，问道。

"不知道。"塔塔尔斯基回答。

"他完全是个傻瓜。但所有的英文女教师都读他的小说，因此在莫斯科才有那么多他的书，孩子们的语言才那么差。他的一本小说中有个主要人物是黑人，是个职业男妓，引诱富裕的白人大婶。治疗之前，这个黑人会在他那个巨大的黑色倒刺上撒一些……"

"我明白了，别说了。"塔塔尔斯基说道，"我马上要吐出来了。"

"……撒一些纯可卡因。"格里戈利心满意足地把话讲完了，"你要问，在这里要这么个黑人干吗？我来回答你。不久前我读了《世界的玫瑰》，也就是一个谈论人民灵魂的东西。安德列耶夫写道，人民的灵魂是一位女人，名叫娜夫娜。后来我就有了一个幻觉，她像是躺在梦境里，躺在一块白色的石头上，一个模糊的黑影俯身向她，那个黑影有一副短短的翅膀，容貌看不清，接着，也就是说，将她……"

格里戈利用双手将一个看不见的方向盘放在自己的肚皮上。

"你想知道你们大家都在使用什么东西吗？"他将那张扭曲的

---

① 哈罗德·罗宾斯（1916—1997），美国作家。——译注

脸挪近塔塔尔斯基，小声说道，“对了。就是他撒在自己身上的那东西。在他插入的时候，你们就又闻又吸。在他抽出的时候，你们就四处跑着找那东西……而他一直在插入又抽出，抽出再插入……”

塔塔尔斯基俯身在桌子和吧台的间隙处，他吐了出来。他小心地抬眼看了看侍者，侍者正在与一个顾客谈话，似乎什么都没看到。环顾四周，塔塔尔斯基看到墙上有一幅广告画。画上画的是诗人丘特切夫，他戴一副夹鼻眼镜，手里端着一个杯子，膝盖上披一块方格毛毯。他敏锐、忧郁的眼神投向窗外，空着的一只手在抚摩身边坐着的一条狗。但是令人感到奇怪的是，丘特切夫的扶手椅好像不是立在地板上，而是立在天花板上。塔塔尔斯基将目光稍稍放低些，读到了这样一句话：

用理智无法理解俄罗斯，
俄罗斯只能被人信仰。①
“斯米尔诺夫”

四周一片静谧。塔塔尔斯基伸了伸腰。他感到自己好多了。

---

① 这是俄国诗人丘特切夫（1800—1856）的名句，原文是用拉丁文拼写的俄文。——译注

格里戈利把身子向后一仰，又抓起酒瓶喝了一口。

“讨厌，”他指出，“应该干净地生活。”

“是吗？怎么了？”塔塔尔斯基问道，并用餐巾纸擦了擦嘴。

“只有 LSD①。只要直接服用，只要心怀祈祷。”

塔塔尔斯基摇了摇头，就像一条刚从水里钻出来的狗那样。

“哪儿能弄到那东西？”

“什么哪儿？”格里戈利生气了，“喂，这边来。”

塔塔尔斯基听话地站起身，绕过桌子，坐到格里戈利身边。

“我收集它们已有八年了。”格里戈利说着，从上衣里面掏出一个不大的集邮册，“你瞧瞧。”

塔塔尔斯基打开集邮册。

“没什么东西，”他说道，“有多少不重样的？”

“是这样的，”格里戈利说，“我这里的东西只是为着交换和卖钱的。我家里还有满满两个这样的本子。”

“怎么，它们的作用不同？”

格里戈利点了点头。

“为什么？”

“首先，化学成分不同。我自己也了解不深，但总要往酸里掺点什么。那里头有非那明，有巴比妥酸盐，或是其他什么东西。

① 一种毒品。——译注

当这一切一同起作用时，效果就是累积性的。但最主要的一点是，这是一张图画。你不会因为吃了梅尔·吉布森①或者一枝红石竹花而难堪的，明白吗？你的大脑会记住这一点的。当酸味到达你的大脑，一切就会按指定的方向进行。很难解释……你一次也没尝过这东西？”

“没有，”塔塔尔斯基说，“我大多吃蛤蟆菇。”

格里戈利抖动一下，画了一个十字。

“那还有什么可对你说的呢，”他用不信任的目光看着塔塔尔斯基，说道，“你自己应该明白的。”

“我明白，我是明白。”塔塔尔斯基随意地说道，“可你这些东西，连皮带骨的，也有人要吗？也有爱好者？”

“什么都有人要。因为什么人都有。”

塔塔尔斯基翻过一页。

“嘿，有你的，真漂亮啊，”他说，“这是《爱丽丝漫游奇境》？”

“是的。但这是一套。25 个剂量。很贵。这一服很好，带耶稣受难像的。但我不知道，它和你的蛤蟆菇般配不般配。希特勒这服我建议你别买。开头很凶，但之后必定会有几秒钟永恒的地狱折磨。”

---

① 梅尔·吉布森（1956 年生），美国演员。——译注

“怎么会这样呢，几秒钟的永恒折磨？如果总共只有几秒钟，又怎能是永恒的呢？”

“这只能去体验了。唔，也可以不体验。”

“明白了，”塔塔尔斯基说道，又翻过一页，“你的‘世界玫瑰’药呢，是哪一服？你这里有吗？”

“不是药，是梦幻。”格里戈利纠正道，“这里没有。那是一种罕见的票子，有常胜龙的图案。属于德国的‘圣约翰的 Bad trip’① 系列。我同样建议你别买。它们比一般的货更高级、更厉害些，也很硬。这甚至不是小邮票，而是贴有标签的药片。有很多东西。知道吗，我想给你推荐这一种，带蓝色图案的这种。很柔和，很棒。效果非常好……”

引起塔塔尔斯基注意的是三个一模一样的淡紫色小方块，它们的一边是一张“泰坦尼克”邮票，一边是另一张邮票，上面是一个微笑着的东方神仙。

“这三张一样的是什么东西？”他问，“这画的是什么人？留着胡子，戴着帽子？搞不清楚，像是列宁，又像是山姆大叔。”

格里戈利赞许地笑了笑。

“这就是本能，”他说，“这里画的是什么人，我不知道。但这个东西很凶。它的独特之处就在于酸和代谢物的混合。因此，它的

① 此处意为“圣约翰的毒品”。——原注

效果来得非常快，非常厉害，20 分钟就来。这里的剂量也大，够一个排的士兵用。如果你没吃过蛤蟆菇，我是不会给你这东西的……”

塔塔尔斯基发现，保安员在留神地看着他俩。

“我要了，”他说，“多少钱？”

“25 美元。”格里戈利说。

“我这里只有 100 卢布。”

格里戈利想了一秒钟，然后摆了摆手。

“好吧。”他同意了。

塔塔尔斯基递给他一张卷成一个卷的钞票，接过邮票，把它装进胸前的衣袋。

“瞧，”格里戈利收拾起邮册，说道，“你别再闻这种破烂了。这东西不会给任何人带来任何好处。只会让人疲劳，为昨天的事感到羞愧，让人流鼻血。”

“你知道什么叫比较定位吗？”塔塔尔斯基问。

“不知道，”格里戈利回答，“是什么？”

“这是一种广告术，采用它，你能获得出色的技巧。”

格里戈利打算说点什么作为回答，但他没来得及，桌子上方出现了保安员的沉重身躯。

“哥们儿，”保安员说道，“你们该找个暗些的去处。你们这事已干了 40 秒啦。”

通向自我的路

第二天早晨，塔塔尔斯基被一阵电话铃声吵醒。他的第一个感觉就是遗憾，铃声打断了一段奇异、美妙的梦，睡梦中，塔塔尔斯基在接受一场考试。在梦里，他起初接连抽出三张口试考签，然后沿着一个长长的螺旋形阶梯向上爬去，那阶梯有些像他就读的第一所学院（他曾在那里学过电熔炉）一幢大楼里的楼梯。他得自己去找主考人，可是每一次，当他推开一扇门的时候，他看到的不是教室，而是莫斯科郊外黄昏时的原野，在那个值得记忆的傍晚，他与吉列耶夫曾在那片原野上散步。这非常奇怪，因为在寻找的过程中，他已经向上爬了好几层。

彻底醒来之后，他立即想起了格里戈利和他的邮册。“我买了，”他恐惧地想，“也吃了……”他跳下床，走到桌边，打开上层抽屉，看到那张印有微笑的淡紫色面孔的邮票。“没吃，”他想，“谢天谢地……”他将那邮票摆到抽屉最深处的角落里，又用一个装彩色铅笔的盒子罩住它。

与此同时，电话铃一直在响。“是普金。”塔塔尔斯基认定，他抓起话筒。

“喂，”一个陌生的声音说道，“我可以与塔塔尔斯基……唔……先生说话吗？”

塔塔尔斯基并不生气，根据对方慌乱的语调他明白，对方错误地先道出姓氏，然后才说到那个社会化的冠词。①

“是我。”

“您好。我是‘秘密顾问’事务所的弗拉基米尔·哈宁。季马②·普金把您的电话剩在了我这里。我们今天能见个面吗？最好是现在。”

“怎么回事？”塔塔尔斯基问道，根据这个“剩在了”一词他已经明白，普金发生了什么不妙的事。

“季马去世了。我知道您和他在一起干活。而他是和我一起干的。因此我们间接地认识。至少，您干的几件正等普金回话的活儿，现在就在我的桌子上。”

“这是怎么回事？”

---

① 在俄语中若称“某某先生”，“先生”应置于姓氏之前。——译注

② “季马”是“德米特里”的爱称。——译注

“见面再谈。”这位新相识说，“您记一下地址。”

一个半小时之后，塔塔尔斯基走进巨大的《真理报》楼群，曾几何时，全苏联几乎所有报纸的编辑部都坐落在这里。值班室里有为他签发的出入证。他上到八楼，按房号找到房间；这房间的门上挂着一个金属小牌，上面有“意识形态部”几个字，明显的苏维埃遗迹。

哈宁一个人待在房间里。这是一个中年男子，留着胡须的脸很好看，他坐在桌子后面，正匆忙地写着什么。

“请进，请坐。”他说道，并未抬起头来，“我马上就完。”

塔塔尔斯基向房间深处挪了两步，看到墙上贴着的一张广告画，他差点儿一口呛住。根据照片下方的文字可知，该广告介绍的是一种可轮流使用公租房的新型休闲方式，塔塔尔斯基已经听说，这也是一种欺骗，就像生活中其余的一切那样。但问题不在这里。一米宽的照片上是三棵长在某个天堂岛屿上的棕榈树，这三棵棕榈树和他在祭祀塔上捡到的“议会”牌香烟盒上的全息图画一模一样。然而，与广告词相比，甚至连这些棕榈树也是小事一桩了。照片下方是一行黑色的大字：

IT WILL NEVER BE THE SAME!

“我说了，您请坐！这里有椅子。”

哈宁的声音将塔塔尔斯基唤出恍惚。他坐下来，笨拙地握了握隔着桌子朝他递过来的那只手。

“那边怎么了?”哈宁瞥了瞥广告画，问道。

“没什么，”塔塔尔斯基说，“很好看。”

“啊！明白了，”哈宁用那样的腔调说道，似乎他明白了某种真相，“就是说，是这样的。先谈谈普金……”

塔塔尔斯基渐渐地恢复常态，听了起来。

这显然是一桩有预谋的抢劫案，而且据一切迹象看来，抢劫者知道普金在纽约干过出租车司机。故事听起来很恐怖，也非常逼真：普金刚发动汽车，就有两个人坐进他汽车的后座，向他说出一个地址：第二林荫道，27 街街角。在一种不由自主的恍惚状态中，普金离开原地，拐进胡同，这便是普金来得及告诉给警察和医生的一切。他身上有七个弹孔，是穿透椅背击中的。普金随身携带的数千美元不见了，还有一个文件夹，普金一直到死都在不停地念叨那个文件夹。

“文件夹，”哈宁忧郁地说，“倒是没丢。这就是。他把它忘在了我这里。你想看一看吗?我先打两个电话。”

塔塔尔斯基接过一个无色的硬纸活页夹。他回忆起普金那张满是胡须的脸，它像这个活页夹一样也是无色的，而普金那两个黑纽扣眼睛就像夹子上的两颗塑料铆钉。看来，夹子里装的是普金本人的作品，普金说过很多次，他并不仅仅在以一个旁观者的身份来评价别人的作品。有些词句是用英文写下的。“也许，”塔塔尔斯基认定，“他在纽约就已经开始干广告了。”趁哈宁在电话里谈着什么价钱的时候，塔塔尔斯基看到了两个真正的杰作。第一个杰作是为 Calvin Klein① 写的：

优雅的、近乎女性化的哈姆雷特（普通修辞学称为 unisex②），穿一身黑色紧身衣，外面只穿一件天蓝色上衣，他缓步在墓地徘徊。他在一座坟墓边停下，弯下腰，从草丛里捡起一个粉红色头骨。特写：哈姆雷特微微皱眉，看着头骨。后景是一个个富有弹性的臀部特写，其上有 CK 两个字母。另一个画面：头骨，手，蓝色上衣上的字母 CK。下一个镜头：哈姆雷特扔掉头骨，并用脚后跟踢它。头骨高高飞起，然后呈弧线落下，就像投向篮筐的篮球一样，准确地落向一个铜花环，那花环握在一座坟墓的一个大理石天使的手里。广告词：

JUST BE. *CALVIN KLEIN*③

---

① 美国时装品牌，名称取自设计师本人姓名，由卡尔文·克雷恩（1942年生）于 1968 年创建。——译注

② 英文，意为“不分男女”，“中性服装”。——译注

③ 英文：“来吧。卡尔文·克雷恩。”——原注

塔塔尔斯基喜欢上的第二句广告词是为莫斯科的 Gap① 连锁店准备的，从前面几句话就能明确地看出，它的对象是约有四万人的说英语的阶层。广告上打算画上安东·契诃夫的像：第一次，他穿一身条纹西服，第二次只穿一件条纹西服上衣，却没了裤子；这样，他的两条光光的瘦腿间的缝隙便醒目地突现出来，有些像一个哥特式计时沙漏。然后，已经不见了契诃夫，但他两腿间的缝隙轮廓再次出现，真的变成了沙漏，沙漏中几乎所有的沙都在向下流。文字是这样的：

RUSSIA WAS ALWAYS NOTORIOUS FOR THE GAP BETWEEN CULTURE AND CIVILIZATION. NOW THERE IS NO MORE CULTURE. NO MORE CIVILIZATION. THE ONLY THING THAT REMAINS IS THE GAP. THE WAY THEY SEE YOU. ②

又翻了几页，塔塔尔斯基看到了自己为“议会”牌香烟写的

① 美国休闲时尚品牌，创建于 1969 年。——译注

② 英文：“俄国以文化和文明间的鸿沟而著称。如今再无文化。再无文明。唯一的留存就是鸿沟。就是他们看你的方式。”这是一个双关语，gap 一词意为鸿沟，Gap 则为时装品牌连锁店。——原注

那页纸。事情很快便清楚了，夹子里的其他东西全都不是普金想出来的。想象立即绘制出一个伪装的广告思想巨人的肖像来，这位巨人的裤子既可以与莎士比亚合穿，也可以与俄国的历史合穿。但是，这个虚拟的普金，就像元素周期表末尾的那个重金属，只在塔塔尔斯基的意识中存在了区区可数的几秒钟，然后就消失了。

哈宁道了声再见，挂上话筒。塔塔尔斯基抬起眼睛，惊奇地发现桌上放了一瓶龙舌兰酒、两个杯子和一盘切开的柠檬，哈宁在电话交谈的时候已灵巧地准备好了这一切。

“我们喝点追悼酒?”他问。

塔塔尔斯基点了点头。他们碰碰杯，干了一下。塔塔尔斯基用牙床抵着一块柠檬，开始紧张地造一个适合此场景的句子，但是，电话铃又一次响了起来。

“什么？什么?”哈宁对着话筒问道，“我不知道。这件事很严重。你马上直接去银行委员会……是的，是的，去塔上。”

挂上电话，他认真地看了塔塔尔斯基一眼。

“现在，”他说着，从桌上拿走了酒瓶，“我们来看看你最近的几件活儿，如果你不反对的话。我想，你是明白的，是季马把你的活儿拿到我这里来的。”

塔塔尔斯基点点头。

“也就是说，是这样的……关于‘议会’牌香烟，我没什么可说的，很好。但是，既然你已经涉及这个主题，干吗还要克制自己呢？放松些！向前走，走到底！就让一个人像叶利钦那样站在所有四辆坦克上面，一只手里拿朵花，另一只手里端个杯子……”

“是个主意，”塔塔尔斯基兴奋地赞同道，他觉得，他面前坐着的是一个富有理解力的人，“但是如果这样，就应该去掉议会大厦，用它来做这种威士忌酒的广告……怎么，商标上的四朵玫瑰哪去了……”

“‘4 Roses’威士忌？”哈宁说道，皱了皱眉头，“没什么，可以。你找个时间写下来。”

他将几张用回纹针别在一起的纸挪到自己手边，在那几张纸中，塔塔尔斯基立即认出了自己费了很大的劲为“丹碧科”公司编写的那份材料，那家公司是生产果汁的，但不知为何却打算出售股份。两个星期前，塔塔尔斯基将那份材料交给了现已死去的普金。这不是一个脚本，而是一个创意，也就是说，是一个体裁相当乖谬的作品：一个设计人员仿佛在向那些非常富有的人解释，告诉那些富人该如何继续生活，并求他们为这类解释付给他少量的钱。那几张文字熟悉的纸上被画满了红道道。

“啊哈，”哈宁瞧着在纸上做下的记号，说道，“我们这里还有些问题。首先，有一个建议会让他们生气。”

“哪一个？”

“我马上读给你听。”哈宁说着，又翻过几页，“哪儿……画了红道的……可这里几乎全是红道……啊哈，在这里，画了三道线。你听着：‘因此，股份广告中存在两种方法：一种是在投资人处树立股权公司的形象，一种是在投资人处树立投资人的形象。用专业语言来说，这两种方法就叫作“投资方向”和“投资伙伴”。循序渐进地采用这两种方法，需要大量的……’没事，这正是他们喜欢的……啊哈，在这儿：‘我们认为，在活动开始之前考虑改变一下公司的名称是明智的。这是因为，俄国的电视上正在频繁播出卫生用品丹碧丝的广告。这一概念已在消费者的意识中占据非常稳固的位置，要想排挤或替代它需要付出巨大代价。丹碧科和丹碧丝之间的联系对于一家生产清凉饮料的公司而言是非常不利的。这一名称还会导致这样的联想：“药瓶饮料。”我们认为，只要将公司名称中的倒数第二个元音改动一下就足够了：丹布科或是丹别科。这样一来，消极联想便会完全排除……’”①

哈宁抬起眼睛。

“你训人的话够多的，好样的。”他说道，“但是，没有人会提这样的建议，你怎能不明白呢？要知道，他们把全部的心血都投进了自己的这么个‘丹碧科’。对于他们来说这就像……长话短说，人们和自己的产品完全融为一体了，你却要对他们说那样

① 在俄文中，该饮料公司的名称（Тампако）与妇女卫生用品商标“丹碧丝”（Тампакс）及“药瓶塞子”（тампон）的发音都很相近。——译注

的话。这就好比在对一位妈妈说：您的孩子，当然，有些难看，但我们往他脸上抹点颜色，就会正常了。”

“可那个名称的确让人讨厌啊。”

“你想要什么，是要他们幸福，还是要你自己幸福？”

哈宁是对的。塔塔尔斯基觉得自己双倍地愚蠢，他想起，在自己职业生涯刚刚开始的时候，他曾对“设计台”的小伙子们阐释过这一思想。

“整个创意怎样？”他问，“那儿还有很多。”

哈宁又翻过一页。

“怎么对你说呢？这里又画了道道，在结尾，这里谈的还是股份……我读读：‘因此，对“投资方向”的回答就是“投向美国”，对“投资伙伴”的回答就是“尚未投资给‘MMM’或其他公司、正等着投向美国的所有人”。这便是活动第一阶段结束之后的心理结晶，不过我们要指出，广告不能保证将投资人的财产转移到美国，它只应唤起这样一种感觉……’顺便问一句，你在这里标出黑体干吗？一个很聪明的地方，是吗？这样，下面……‘在镜头中广泛使用星条旗、美元和鹰来达到效果。建议将红杉树作为活动的主要象征物，红杉树上的叶子由百元美钞构成，这能引起有关童话中摇钱树的潜在联想……’”

“这里有什么不妥吗？”塔塔尔斯基问。

“红杉是一种针叶树。”

塔塔尔斯基沉默了几秒钟，用舌尖舔着牙齿上突然被发现的一个虫眼。然后他说道："那有什么？可以把美元卷成小卷。"

"你知道'施来马兹尔'这个词是什么意思吗？"哈宁问。

"不知道。"

"我也不知道。他们在这纸边上写着，要把这'施来马兹尔'，也就是说，你，别再去他们那儿要活干了。他们不喜欢你。"

"明白了，"塔塔尔斯基说，"他们不喜欢我。但是，如果一个月之后他们换了名称呢？如果两个月之后他们按我的建议干了呢？到那个时候怎么办？"

"没办法，"哈宁说，"你自己清楚。"

"我清楚，"塔塔尔斯基说，叹了一口气，"其他的订单怎么样？那里有一份是为'West'牌香烟做的。"

"也垮了，"哈宁说，"你的香烟一直弄得很成功，可这一次……"

他又翻过几张纸。

"我能说什么呢……镜头……哪儿……在这儿：'两个裸体男人的背影，两个人一高一矮，侧身相拥着，在高速公路上拦车。矮个子的手上有一包"West"牌烟，高个子扬起手，想拦住一辆车，一辆驶近的天蓝色"凯迪拉克"。矮个子拿着香烟的手与高个子举起的手处于同一水平线上，因此便构成了另一层含义——

“舞蹈含义”：镜头似乎使那充满自由预感的激情舞蹈静止了片刻。广告语：Go West。’这来自嬉皮士们的一首歌，他们是根据我们的国歌写的那首歌，是吗？很棒，没什么说的。但是，接下来你这里有一长段谈的是目标群中那部分异性追求者。你干吗要这样写呢？”

“不是，我……我想，如果客户遇到这样的问题，他就会明白我们考虑到了这……”

“客户遇到的完全是另一种问题。这客户是罗斯托夫的一个商人，一位主教用两百万美元的香烟还他的债。是他这个商人，当然，不是那位主教，在‘异性追求’这个词的旁边写道：‘这是什么玩意，同性恋？’就把创意收了起来。很可惜，一个杰作啊。如果反过来，如果是商人给主教还钱，那结果就万岁了。很清楚，那里完全是另一种文化。但是没法子。我们的生意就是一场赌博。”

塔塔尔斯基沉默不语。哈宁揉了揉香烟，抽了起来。

“赌博，”他意味深长地重复道，“你近一段时间赌运不佳。我知道为什么。”

“请您解释。”

“你看到了吗，”哈宁说，“这是一个非常脆弱的关头。你起初努力要弄明白人们喜欢什么，可你后来又将这一切作为谎言塞给他们。而人们都希望塞给他们的那些东西是貌似真实的。”

塔塔尔斯基绝对没有料到这样一种解释。

“怎么？什么？什么叫‘貌似真实’？”

“你并不相信你的所为。你并未全身心地参与其中。”

“我并不参与，”塔塔尔斯基说，“这不用说。而您想要什么？要我把这么个‘丹碧科’放进灵魂？普希金广场上的任何一个人也不会这样做。”

“不应该仅仅是故作姿态。”哈宁皱皱眉头。

“不，”塔塔尔斯基说着，安静了下来，“您没全懂我的意思。现在，所有人都一个姿态，只是要为自己正确地定位，对吗？”

“对。”

“所以我说，一个人也不会这样做。这里的问题并不在于厌恶。在所有场合下，每个人都在挣钱，无论客户喜欢与否。我应该首先……这，您都明白。然后就等客户来决定……而如果按照您那些条件，绝对没有一个人会去干的。”

“大街上的人也许不会去干，”哈宁打断话头，“可我们，如果想在这一行里混下去，就得去干。我们要做的还不止于此。”

“我不知道，”塔塔尔斯基说，“我不完全相信。”

“我们来干，瓦瓦。”哈宁说道，盯着塔塔尔斯基的眼睛看了一下。

塔塔尔斯基警觉起来。

“您怎么知道我不叫沃瓦，而叫瓦瓦？”

“普金说的。至于定位……就算我们认定，你已经完成了自我定位，我弄懂了你的意思。你愿意来我这里干吗?”

塔塔尔斯基又看了一眼那幅有三棵棕榈树的广告画，那画上有保证永远新鲜的英文许诺。

“干什么工作?”

“策划。”

“如果翻译过来，”塔塔尔斯基问，“就是创作者?”

哈宁温和地笑了笑。

“我们这里用不着什么创作者，”他说，“策划，瓦瓦，就叫策划。”

来到大街上，塔塔尔斯基漫步向市中心的方向走去。

突然找到活儿干的快乐，他几乎没有感觉到。让他不安的只有一件事情，他坚信，他从未给普金说过关于其真实姓名的故事，他一直自称弗拉基米尔。不过也存在着一种微弱的可能性，他在醉酒后说过这事，但后来却忘了，他曾和普金一起大醉过两三回。其他一些解释则与面对克格勃的遗传性恐惧紧密搅和在了一起，因此，塔塔尔斯基便立即放弃了那些解释。

再说，这也并不重要。

“This game has no name.”他小声说道，握紧了揣在衣袋里的拳头。

那个未建成的苏维埃祭祀塔在他脑中浮现，其细梢末节均历历在目，竟使得那已被忘却的蛤蟆菇颤抖又数次抵达指尖。一种神秘的力量推出大量暗示，他惶恐的内心也同时看到了这些东西：起初是带有棕榈树和熟悉词句的广告画，然后是哈宁似乎偶然地在数分钟内数次提到的“塔”和“赌博”等词，最后，就是这个最叫人不安的“瓦瓦”。

“也许是我听错了。”塔塔尔斯基想，“也许，他的发音就那样……但要知道，我是问了的，他怎么知道我叫瓦瓦。他则说是从普金那里知道的。不，不可能醉到那样的程度，不可能。”

约 40 分钟沉思、缓慢的步行之后，他来到马雅可夫斯基雕像旁。他停下脚步，将雕像仔细研究了一阵。苏维埃政权给诗人永久套上的那件铜上衣又再次时髦起来，塔塔尔斯基记起，前不久，他刚刚在 Kenzo① 的广告上见到过与这相同的样式。

围着雕像转了一圈，欣赏了那位大嗓门魁首可靠的后背，塔塔尔斯基彻底明白了，沮丧已潜入他的内心。那沮丧可以用两种方法来排解，喝上 100 克伏特加，或是赶紧去购物，花掉 50 美元（一段时间之前，塔塔尔斯基惊奇地发现，这两种方式能唤起相同的轻微欣悦感，那感觉能持续一到一个半小时）。

---

① 由日本设计师高田贤三（1939 年生）于 1970 年创建的时装品牌。——译注

由于刚才回忆到与普金的同醉，伏特加是不想喝了。塔塔尔斯基看了看四周。周围的商店很多，却尽是些非常专门化的店面。比如，百叶窗他就派不上任何用场。他开始打量特维尔大街另一侧的招牌，一个招牌让他吃惊地颤抖了一下。这也未免太过分了：在花园环路一幢楼的正面，有一个呈锐角的招牌泛着白光，招牌上的字清晰可辨："伊丝塔。"

一两分钟过后，有些气喘吁吁的塔塔尔斯基已走近入口。这是一家很小的短命商店，刚刚由一个面包铺改建而成，却又立即带上了衰落和即将倒闭的迹象：橱窗上的广告公布五折甩卖。

店内，在因墙上的镜子而加重一倍的拥挤中，有几列长长的挂着各式仔服的衣架，还有一个长长的摆满鞋的货架，货架上的鞋子大多是旅游鞋。塔塔尔斯基完全像是莱蒙托夫笔下的恶魔，向这皮革橡胶的华丽物品投去苦闷的目光，在他高高的额头上却没有任何其他的反应。此外，显而易见的是：这里也有一种抛弃。10 多年前，一位海外远亲带来的一双旅游鞋就是生活中一个新阶段的起点，鞋底的花纹就像是手上的掌纹，据之可以提前一年预测未来。获得一双旅游鞋所带来的幸福是无法衡量的。如今，如果想获得如此规模的幸福，至少得购买一辆吉普车，要不就是一幢楼。塔塔尔斯基没有买车买楼的钱，他也不指望在可以预见的未来拥有车房。不错，旅游鞋倒是有能力买上一车厢，但旅游鞋已经不再能让人心花怒放了。塔塔尔斯基皱了皱眉头，花了几秒钟来想，这一现象用职业语汇该怎么说，想起来之后，他掏出笔记本，翻到字母“H”打头的那一页，那里写有“不动产”一词①。他匆忙写道：

幸福也有通胀，需要为同等规模的幸福付出更多的钱。用于不动产广告：

女士们、先生们！在这四壁之后你们永远不会遭遇认识论矛盾。因此，你们完全没有必要知道这是什么。

“需要帮忙吗?”一位年轻的女售货员问道。

塔塔尔斯基做了一个安抚的手势，将笔记本翻到最后一页，他将所有用处较小的感想都记在这里，他继续写道：

物质主义。一如先知奥列格打算做的那样，亦即为物进入皇城。第一个收破烂的人（还有一个强盗，遇上哈扎尔人②）。一个赴伊斯坦布尔的包机航线和旅游购物广告片可以是这样的：

女士们、先生们！那里过去和现在都是俄国的土地！另

---

① 俄文中的“不动产”一词以字母“H”开头。——译注

② 哈扎尔人是5—11世纪生活在伏尔加河下游的一个突厥人部落。——译注

一种方案："返回源头。"

"您需要什么？"年轻的女售货员又重复了一遍。她一定不喜欢顾客在笔记本上写着什么，这样做的结果，完全有可能是一批检查人员的到来。

"我需要一双鞋子，"塔塔尔斯基带着礼貌的微笑回答，"轻便的，夏天穿。"

"便鞋？旅游鞋？运动鞋？"

"运动鞋，"塔塔尔斯基说，"我已经很多年没穿运动鞋了。"

那姑娘将他领到鞋架前。

"瞧，"她说，"台子上就是。"

塔塔尔斯基拿起一只白色的高帮运动鞋。

"什么牌子的？"他问。

"No name."姑娘说，"英国的。"

"什么什么？"他不解地问。

姑娘将鞋后帮朝上，他在鞋后跟上看到一块橡胶标签，上面有"NO NAME"几个字。

"你们这儿有43号的吗？"塔塔尔斯基问。

他穿着一双新运动鞋走出商店，用塑料袋包起来的旧皮鞋放在了提包里。他已经确知，他今天一天的行程都不是偶然的，因此他非常害怕出错，走的不是地方。犹豫片刻，他沿着花园街漫步向下走去。

走了50多米，他来到一个香烟亭前。塔塔尔斯基走近烟亭，想买包烟，让他吃惊的是，这里有许多种避孕套，其种类之多，竟如在药店一般。在那些印有古怪文字的马来西亚“卡马－苏特尔”牌避孕套之间，有一种半透明的奇怪用具，它用蓝色橡胶制成，带有许多粗刺，非常像电影*Hellraiser*①中那个主要恶魔的脑袋。这东西的下方有一个牌子，上面写着：“可供多次使用。”

但是，引起塔塔尔斯基注意的是一个方方正正的黑黄红三色方块，带有一个印章一样的德国鹰，外画一个双道的黑圈，上有“Sico”字样。它似乎适合小号标准，因此，塔塔尔斯基买了整整两盒。在包装盒的背面这样写道：“购买Sico避孕套，您能信赖传统的德国质量和检验。”

“聪明，”塔塔尔斯基想，“非常聪明。”

好几分钟里，他一直在想着这个题目，编着广告词。终于，一个合适的句子清晰地浮现在他的脑海里：

“Sico。避孕套世界的‘宝马’。”他轻声说道，从口袋里掏出笔记本。翻到字母“П”打头的那一页②，他记下了自己的发现。在那里，他还发现了另一个内容相同、但已被忘却的广告词，那

---

① 里克·博塔根据英国小说家可利夫·巴克（1952年生）的同名惊悚小说改编的电影，中译《猛鬼追魂》（1987）。——译注

② 俄文中的避孕套一词以字母“п”开头。——译注

为波兰和印尼合作生产的“Passion”① 牌红色避孕套所写的：

小、好且红。

装好本子，塔塔尔斯基看了看四周。他站在凯旋花园街和另一条拐向右边的街道的交接处。他正对面的墙壁上有一幅招贴画，上有“通向自我的路”几个字，还有一个指向街角的黄色箭头。塔塔尔斯基的心一阵惊慌，随后才浮现出一个朦胧的谜底：“通向自我的路”是一家商店。

“那还用说。”塔塔尔斯基小声嘟囔道。

在毗邻的院落里转悠了半天，才找到那家商店，在走进商店的时候他回忆起，吉列耶夫说起过这个店铺，将它简称为“通我路”。那儿也不见大招牌，只有一幢不起眼的两层小楼的门上挂着一块小牌，上面有“营业”二字。塔塔尔斯基当然明白，这样的装潢不是由于考虑不周，而是为了激起隐秘的预感。然而，这一手法还是对他产生了作用，走在通往商店的楼梯上，他发现自己已处在一种轻微的景仰状态之中。

进门后，他马上就明白，本能将他领到了该来的地方。柜台上方挂着一件黑背心，上面有切·格瓦拉的像，还有一行文字：

---

① 英文，意为“激情”。——译注

“Rage Against the Machine.”① 背心下方有一个小牌牌，上写：“本月畅销！”这并不奇怪，塔塔尔斯基知道（他甚至还在一个创意中写到这一点），在激进的青年文化领域，最为畅销的就是一种暴动，这种暴动是精心分装的，是政治正确的，而它所反抗的世界也充斥着政治正确，一切都已分装待售。

“多大号的？”塔塔尔斯基问女售货员，女售货员很可爱，有一种巴比伦-亚述特征。

“就剩一件了，”她回答，“刚好适合您穿。”

他付了钱，将背心藏进包里，犹豫不决地留在柜台前。

“这里有套新来的水晶球，您买上一套吧，趁它还没被别人抢光。”姑娘柔声细语地说道，手里摆弄着一摞印有北欧古文字的婴儿围嘴。

“做什么用的？”塔塔尔斯基问。

“用来观察。”

塔塔尔斯基正打算问，是通过这些球观察什么呢，还是观察这些球的内部，可他却突然发现墙上有一个小架子，先前，这个小架子被塔塔尔斯基刚刚买下的那件背心挡住了。两个莫名其妙的东西，蒙着显眼的一层灰尘，静立在架子上。

---

① 英文：“暴力对抗机器”（或译“愤怒对抗体制”），美国一支摇滚乐队的名称。——原注

“请问，”他说，“那是什么东西？是飞盘吗？上面的花纹是什么？”

“这是高级比赛飞盘，”姑娘说，“而您称作花纹的东西，是蓝色的字母‘хум’。”

“有什么用处吗？”塔塔尔斯基问，他的意识中闪现出和蛤蟆菇以及吉列耶夫有关的阴沉记忆，“它和普通飞盘有什么区别呢？”

姑娘微微撇了撇嘴。

“您在玩带有蓝色字母‘хум’的飞盘时，您不仅仅是在扔一个塑料圆盘，而是在创造功绩。扔10分钟带有蓝色字母‘хум’的飞盘，所创造的功绩相当于数小时的思考。”

“啊——哈，”塔塔尔斯基不太信服地拖长声音说道，“为谁创造功绩呢？”

“什么为谁？……”姑娘扬起眉毛说，“您是要买东西呢，还是就想聊聊天？”

“买东西，”塔塔尔斯基说，“但我得知道我买的是什么。高级比赛飞盘的右边是什么？”

“这是图板。经典作品。”

“它是干什么用的？”

姑娘叹了口气。显然，这一天她已经被白痴们搞烦了。她把图板从架子上拿下来，放到塔塔尔斯基面前的柜台上。

"放在一张纸上，"她说，"可以用这些接头和打印机连接。往这里放纸，然后按慢速分行输入。最好装卷纸。在这个槽里放一支笔，最好是圆珠笔。手朝上，这样，就像我演示的这样。然后，您就会与神灵联系上，您让手随意运动，笔就会记录下接收到的文字。"

"我说，"塔塔尔斯基说，"您别生气，可我的确想知道，能与什么样的神灵联系上？"

"您先买下，我再告诉您。"

塔塔尔斯基掏出钱包，数出了足够数量的钱。对于一小块上了油漆、装了三个小轮子的胶合板来说，这副图板是太贵了，而这东西价格上的不可思议却给出一种信任感，无论怎样深刻的解释，都未必能创造出这样的信任感。

"这是钱，"他说着，将钞票放在柜台上，"能与什么样的神灵联系上呢？"

"这个问题的答案取决于您个人的能力，"姑娘说，"尤其取决于您对神灵存在的信仰程度。如果您按第二章提供的方法停止内在对话，您就会和抽象的神灵联系上。如果您是一个基督徒，或者崇拜恶魔，就可能和具体的神……您对什么样的灵魂感兴趣呢？"

塔塔尔斯基耸了耸肩膀。

姑娘拿起用一根黑皮带吊在她脖子上的水晶球，透过水晶球直盯着塔塔尔斯基的脑门中心看，看了两三秒钟。

“您的职业是什么？” 她问，“您做什么工作？”

“做广告。” 塔塔尔斯基回答。

姑娘将手伸到柜台底下，从那里掏出一个普通的方格笔记本，翻看了一阵，笔记本上有用细线画出的表格。

“您啊，” 她终于说道，“最好将接收到的文字看成是潜意识的心理能量的自由流露，这种流露是借助文字的运动习惯完成的。这是对广告业人士身上的奥革阿斯牲口棚①的一种独特清扫方式。这种方式最不会让神灵生气。”

“对不起，对不起，” 塔塔尔斯基说道，“您是想说，神灵如果知道我是广告业人士，就会生气？”

“我认为是这样的。因此，防止他们发怒的最好方式就是怀疑他们的存在。归根结底，这个世界中的一切就是一个阐释问题，对招魂会的伪科学描述也同样是正确的，就像其余一切东西一样。然后，任何一个高尚的神灵都会同意他并不存在的说法。”

“有意思。但神灵怎能猜到我是一个广告业人士呢？我脑门上写着字吗？”

“不是，” 姑娘说，“是广告上写着，说广告出自您的脑门。”

---

① 出自希腊神话，奥革阿斯牲口棚中有3000头牛，30年不曾打扫，后由大力神赫拉克勒斯引来河水，一日之间冲洗干净。——译注

塔塔尔斯基差点儿为这些话动起气来，但在短暂的思考之后，他更多地感觉到一种荣幸。

“我说，”他说道，“如果我有一些精神问题需要咨询，我就来找您。您不反对吧？”

“一切都在真主手中。”姑娘回答。

“对不起，”一个瞳孔很大的小伙子突然向姑娘转过身来，在此之前，他一直在静静地盯着一个大水晶球看，“怎么会这样呢？那佛的意识呢？要知道，真主的手不过是在佛的意识里。您想就这个问题展开争论吗？”

姑娘在柜台后面有礼貌地笑了笑。

“当然不想。”她说，“真主的手不过是在佛的意识里。但是关键在于，佛的意识仍然是在真主的手中。”

“就像石川啄木①写的那样，”一个刚刚走近柜台的顾客插进话来，他面色阴沉，像恶魔梅菲斯特一样，“别争了，别争了……我听说，您这里有日加尔金大师的小册子《宗教生物的夏天思想》。您能给看一看吗？好像就在那个架子上，不，不，在那边，左边，胫骨长笛的下边……”

① 石川啄木（1886—1912），日本诗人。——译注

HOMO ZAPPIENS[①]

桌上的图板看上去就像是某个欧洲小城的中心广场上停放着的一辆坦克。旁边摆的一瓶开了盖的"Johnny Walker"[②] 则像是市政厅。塔塔尔斯基刚刚喝了一口的红酒也可引起此类联想。这酒的容器，又瘦又长的酒瓶，像一座哥特式教堂，而这酒瓶空空如也，则使人联想到历史上流血事件的毫无意义以及俄国思想的普遍危机。塔塔尔斯基对着瓶嘴，喝干剩下的酒，然后将空瓶扔进废纸篓。"一场温柔的革命。"他想道。

他身穿印有"Rage Against the Machine"字样的背心坐在桌

---

① 这是作者造的一个拉丁词，意为在看电视不断调换频道的"换台者"。——译注

② 创建于1820年的苏格兰威士忌品牌，通译"尊尼获加"，又译"约翰走路"。——译注

前，把图板的使用说明读了一遍。他在地铁站口买的那支笔毫不费劲地卡在了沟槽上，他还用螺丝对它进行加固。那支笔由一根细弹簧吊着，弹簧可以使笔紧贴纸面。而纸张，整整一小叠纸，已经摆在了图板的下面，可以开始了。

他环顾一下房间，本想将双手放在图板上，却又突然神经质地站起身来，在房间里来回走动，还放下了窗帘。又思忖了片刻，他点燃一根蜡烛，置于桌子上方。接下来再做什么准备，就简直是可笑的了。实际上，后面的那些准备工作已经很可笑了。

他坐到桌边，双手放在图板上。“来吧，”他想，“现在怎么干？要不要大声地说出点什么来？”

“呼唤切·格瓦拉的神灵。呼唤切·格瓦拉的神灵。”他说道，可他马上又想到，不能光是呼唤神灵，还要向神灵提个什么问题。“我想知道……唔，比方说，关于广告业的什么新鲜事，是艾拉·瑞斯和奥格威同志所没有谈到的。”他说道，“好让我比所有人都懂得更多。”

就在这时，他手掌下面的图板像犯了癫痫病一样抽搐起来，卡在沟槽里的笔在纸张的上方写下了一行粗大的印刷体字母：

作为二元论最高阶段的同一性

塔塔尔斯基急忙松开手，恐惧地将那行文字看了好一会儿。

然后，他将双手放回去，图板便又动了起来，只是笔下出现的已是一行行细密、齐整的文字：

这些思想最初是为古巴武装力量的杂志 *Oliver Verde*① 所准备的。但是，如果我们如今仍抓住诸如此类的小细节不放，那就是愚蠢的，如今我们已确知，那个让杂志面世、让武装力量开展活动的整个存在计划，都仅仅是一系列意识瞬间的延续，在每一个新的瞬间都有关于之前瞬间的概念，这样，所有的瞬间便连接在了一起。即便这一延续自古以来从未中断，可意识自身还是从未意识到自己。因此，人一生的状态是悲惨的。

但是，为人类的解放而奋斗的伟大战士悉达多②却在他的许多著作中指出，人一生悲惨状态的主要原因，首先就是由于他意识到了人、生活和悲惨状态的存在，也就是二元论，这一理论强迫人们将事实上从未存在、也永远不会存在的东西划分成了主体和客体。

塔塔尔斯基取出写满了字的一张纸，将双手放在图板上，图

① 西班牙文：《绿橄榄》。——译注
② 佛教创始人释迦牟尼的本名。——译注

板再次颤动起来：

悉达多能将这一普普通通的真理传给很多人，是因为在他那个时代，人们的情感还是纯朴、有力的，他们的内心世界还是明朗、纯净的。一个耳闻的字眼，就可以完全改变一个人的一生，就可以顷刻将他度向彼岸，度向不受任何限制的自由。但是从那时起，已过去许多个世纪。如今，佛的话语为所有人所知，可获得拯救的人却不多。毫无疑问，这与新的文化状况有关，各种宗教的古代文献都将这样的文化状况称之为终将来临的“黑暗世纪”。

战友们！

这样一个黑暗世纪已经来临。与此相关的首先是所谓的目视心理发生器，或曰第二种客体，在人的一生中所发挥的那种作用。

在谈到二元论产生于对世界进行主体和客体的假定划分时，佛所指的是第一号主客体划分。黑暗世纪的一个主要特征就是，对人的一生产生决定性影响的，是在佛的时代根本不存在的第二号主客体划分。

为了解释一下什么是一号客体，什么是二号客体，我们在此举一个简单的例子，即电视机。电视机被关掉后，它就是一号客体。这不过是一个镶有玻璃屏幕的匣子，这匣子我们爱看不看。当某人的视线投向那乌黑的屏幕时，控制其眼睛之运动的完全是内在的神经冲动，或是其意识中发生的心理过程。比如，此人可能会发现，屏幕上满是苍蝇屎。或者，他会打定主意，最好买一台比这大上两倍的电视机。或者，他会想到，最好将电视机摆在另一个角落里。一台没有打开的电视机，与佛的时代人们所接触的那些东西没有任何区别，那些东西可以是一块石头，草茎上的一颗露珠，或是一支箭头裂开的箭，一句话，可以是佛在谈话中列举到的一切。

但是，当人们打开电视机，电视机便从一号客体变成了二号客体。它便成了性质完全不同的另一种现象。盯着屏幕看的人也许觉察不出惯常的变形，可这种变形却是巨大的。对于观者来说，作为物质客体的电视机已经消失，具有重量、尺寸和其他物质特性的电视机已经消失。取而代之的是，观者会觉得自己参与到了所有聚集者均非常熟悉的另一个空间。

塔塔尔斯基看了看四周，似乎想在自己身边看到那些聚集者。当然，什么人也没发现。从图板下取出又一张写满了字的纸，他估算了一下，看那些纸张是否够用很久，然后，他又将手掌放在那根小木棍上。

战友们！

问题仅在于，到底是谁在参与其中。是否可以说，这就是观者本人？我们再问一遍，即便此人非常有身份，是否可以说看着电视的那个人仍是他本人？

我们认为不是。原因如下。当一个人看着关掉的电视机，他眼睛的运动和他的注意力都受他自己的意志冲动控制，即便这些冲动是混乱的。没有任何图像的黑屏幕不会对那些冲动产生任何影响，即使有影响，也仅仅是作为一个背景。

一台打开的电视机事实上永远不会只播出一幅由一个静止镜头拍摄的静止画面，因此，电视中的图像就不是背景。相反，电视中的图像是急速变化的。每过几分钟就会出现镜头的转换，或是某个对象的迭出，或是另一个机位的切入，图像由摄像师以及站在他身后的导演不停地切换。图像的这种变化，就叫作技术切换。

这里，我们请求大家集中注意力，因为下面一点很难理解，虽说其实质非常简单。此外，还有可能产生一种感觉，觉得此处所谈的都是某种不存在的东西。我们要大胆地指出，这里所谈的是第二个千年之末一个最实际的心理现象。

可以让假定的心理过程去呼应由各种技术切换造成的屏幕上的图像变化，这种心理过程也许会强迫观者将注意力从一个事件转向另一个事件，从发生的事情中区分出最有趣的东西来，也就是说，让他去控制自己的注意力，就像摄制组为他所做的那样。出现了这一心理过程的一个虚拟主体，在电视播放期间，它代替人而存在，并进入人的意识，就像一只戴着橡皮手套的手。

这就像一种为神灵所控制的状态；区别在于，这样的神灵并不存在，存在的只有被控制的征兆。这样的神灵是假定的，但是，当某位电视观众相信摄制组，随意地将自己的注意力从一个客体转向另一个客体，它就会成为这样的神灵，而这样一种实际上并不存在的神灵，就会控制住他和成千上万的其他电视观众。

这一过程可以称之为集体不存在的体验，因为，那取代观者意识的虚拟主体，是绝对不存在的，它不过是剪接师、摄像师和导演的集体努力所造成的一种效果。另一方面，对于看电视的人来说，没有什么能比这个虚拟主体更真实。

问题还不止于此。普洱寺的正山认为，有些节目，比如说一场足球比赛，地球上五分之四以上的人都会同时观看，在这种情况下，这一虚拟效果就会将人生因果报应的集体意象从人们的总意识中排挤出去，其后果可能是无法预料的（完全可能，除了熔化金属的地狱、剪刀树的地狱和其他种种地狱外，还会出现一个新的地狱——永恒的足球锦标赛的地狱）。但是，其利弊尚未弄清，无论如何，这也是将来的事。

我们感兴趣的不是明天那可怕的前景，而是同样可怕的今天的现实。

我们来做第一个总结。与二号客体亦即打开的电视机相吻合的，是二号主体，亦即虚拟的观者，他会像剪辑和导演组那样控制自己的注意力。情感和思想，观者肌体中肾上腺素和其他荷尔蒙素的分泌，都由摄像师操纵，都取决于他人的考虑。当然，一号主体难以觉察出他为二号主体所替换的那个瞬间，因为，在替换之后就已经没有觉察者的存在了，二号主体是非现实的。

但是，他还不仅仅是非现实的（实际上，“非现实”这个词适用于人类世界中的一切）。找不到词语去描述其非现实的程度。这是两种虚无的相叠，是一座空中城堡，其基础就是深渊。可能会产生一个疑问：为什么要在这些虚无中挣扎，去测量其非现实的程度呢？但是，一号主体和二号主体间的差异是非常重要的。

一号主体相信，现实，就是物质世界。而二号主体却相信，现实，就是电视中所展示的物质世界。

作为荒谬的主客体之划分的产物，一号主体是虚幻的。但是无论如何，其思想和情绪的混乱运动是有观者的，可以作一个比喻来说，一号主体经常独自看着电视节目，渐渐地忘记了他是观者，并与节目相互混淆了。

从这一观点来看，二号主体是一个绝对难以置信、难以描述的东西。这是一个在观看另一个电视节目的电视节目。参与这一过程的有情绪和思想，但产生这些情绪和思想的那个人却绝对是缺场的。

人们急速地在电视机上换台，从一个节目转向另一个节目，以免看到广告，这叫作 zapping。资产阶级的思想相当细致地研究了热衷“换台”者的心理状态以及相应的思维类型，这种思维类型已逐渐成为当今世界的基本类型。但是，被这一现象的研究者所观察的那种类型的换台，是与电视观众自身对节目的切换相吻合的。

受导演和摄像师控制的观众所进行的切换（亦即技术切换造成的二号主体的强加感应），是另一种类型的换台，是强加的，除了在禁止电视的不丹，在世界各国，对此类换台的研究工作事实上都是非公开的。但是，借助这种强加的换台，电视机变成了对电视观众进行远程控制的操纵台，这种强加的换台不仅仅是组织镜头的方法之一，而且是电视广播的基础，是广告和信息场作用于意识的主要方式。因此，二号主体接下来将以 Homo Zappiens 的身份出现，或者简称“霍扎”。

我们再重复一下这个非常重要的结论：电视观众不愿看一组广告，于是就给电视机换台，与此相同，对图像所进行的那些瞬间的、难以预料的技术切换，也在切换着电视观众。

在步入Homo Zappiens状态的同时，他自己也变成了受到远程控制的电视节目。也就是在这样的状态中，他度过了自己一生中相当长的时光。

战友们！当代人的状况不仅是悲惨的，甚至可以说它是不存在的，因为，人自身就几乎是不存在的。什么都不存在，甚至无法让人伸出手指，说上一句这就是Homo Zappiens。"霍扎"，不过就是入睡灵魂的发光体发出的余光；这是一部关于另一部电影拍摄过程的电影，是在一间空房子里通过电视播出的。

由此必然会提出这样一个问题：当代人为何落入了这一境地？有谁试图替代迷途的Homo Zappiens去填充"霍扎"的一立方的空虚？

答案自然很明白：没有谁。但是，我们不会仅仅局限于对局势的这种痛苦的荒诞议论。为了更深地理解这一局势，我们会想起，电视存在的一个主要原因就是其广告功能，这一功能是与金钱的运动联系在一起的。因此，我们不得不转向一种被称为"经济学"的人类思想。

对一、二号主体由于其虚构的富裕过程而产生的虚幻关系，这种伪科学就叫作经济学。

从这一学科的观点来看，每个人都是一个有机体的细胞，古代的经济学家称这一有机体为饕餮。在完全彻底解放阵线的教材里，它被称为 ORANUS（俄语为 ротожопа）。这更符合其真实的天性，留给神秘投机的地盘也更少了。每一个这样的笼子，也就是每一个具有经济性质的人，都有一层独特的社会心理膜，它能让金钱（金钱在饕餮的体内扮演着血液或淋巴的角色）向里或向外来回通过。从经济学的观点来看，每一个饕餮细胞的任务就是尽量多地向膜内放钱，而尽量少地向外放钱。

但是，饕餮作为一个整体的绝对命令，要求其笼子结构不断为日益增大的金钱洪流所洗刷。因此，饕餮在其进化过程中（它处在与软体动物相近的发展阶段上）发展出了一种最简单的神经系统，这一系统叫作“媒体”，其基础就是电视。这一神经系统通过其虚拟的肌体传输能控制单细胞活动的神经作用。

这些作用有三种类型。它们分别叫作口腔哇噻冲动、肛门哇噻冲动和置换哇噻冲动（这些名称来自商业化的感叹词“WOW！”）。

口腔哇噻冲动强迫细胞吞噬金钱，以便消除由自我形象和理想的“超我”形象之间的冲突所造成的痛苦，这一冲突是由广告所导致的。我们会发现，问题不在于物质，不在于那些为体现这种理想的“我”而可以用金钱买到的物质，问题在于金钱本身。的确，许多百万富翁都穿着破旧，驾着便宜的汽车，但是，为了能使自己这样做，就先得成为一个百万富翁。在这种情形下，一个乞丐却可能由于认知上的不协调而痛苦，因此，许多穷人往往追求贵重、漂亮的衣着，不惜花去最后一笔钱。

肛门哇噻冲动强迫细胞排泄金钱，以便体验上述两种形象相吻合时产生的快感。

既然所描述的两种作用——吞噬金钱和排泄金钱——是相互矛盾的，肛门哇噻冲动便是以一种隐蔽的方式进行的，人们也真的以为，满足不是来自花钱这一行为本身，而是由于拥有了各种物品。虽说，显而易见的是，比如，一只花5000美元买来的手表，作为一个物质对象，比起一只价值50美元的手表来，就能给人带来更多的满足，问题全在于金钱的数量。

口腔哇噻冲动和肛门哇噻冲动的名称，是类比括约肌的功能给出的，虽说，将它们比作吸气和呼气要更恰当些：由它们引起的情感像是一种独特的心理窒息，或者相反，是一种空气过量。虽说，哇噻刺激可以随时随地出现，但是在赌场里的牌桌旁，或是在证券交易所进行投机时，口腔—肛门刺激会达到最紧张的程度。

置换冲动会在人的意识中压抑、置换所有的心理过程，这些心理过程会妨碍与饕餮细胞的完全融合。当心理刺激物中缺少口腔—肛门成分时，置换冲动就会出现。置换冲动，就是无线电干扰机，jammer，它能终止某个不爱听的广播电台的播出，发出强烈的干扰。有两句英语谚语很好地体现了它的作用："Money talks, bullshit walks." "If you are so clever, show me your money."① 没有这一作用，饕餮也许就无法强迫人们去发挥其细胞的功能。置换冲动将所有与金钱运动无直接联系的细微心理过程结合为一体，在它的作用之下，世界开始被彻底视为饕餮的化身。这导致出一个可怕的后果。伦敦房地产交易所的一位经纪人曾这样描述他的观感："世界，就是生意与金钱的相遇之处。"说这一心理状态已经广为传播，这并非夸大其词。当今的经济学、社会学和文化学所探讨的一切，实际上就是对饕餮那些交换的体内过程的描述。

就本质而言，饕餮是一个虚拟的极其简单的寄生型有机体。但是它的特性在于，它不是吸附在某一个作为供体的有机体上，而是用其细胞制造别的有机体。它的每一个细胞，都是一个具有无限可能性和天赋自由权的人。奇怪的是，饕餮作为一个有机体，就进化的程度而言却远远低于其任何一个细胞。它既不具备抽象的思维，甚至也不具备自我反省能力。可以说，一美元钞票上画有的那个三角形的著名眼睛，

① 这两句英语的意思为"金钱万能"。——译注

实际上什么东西也看不见。它不过是由奥德萨城的一位画家随意涂在金字塔表面上的东西，仅此而已。因此，为了不让迷恋者患上精神分裂症，最好用一块黑头巾将它蒙起来……

塔塔尔斯基的脑中涌现出一个突如其来的思想。他放开图板，拿起那支他曾用来戳透酒瓶塞的铅笔，以勉强可以辨认的草书在纸的一角上写道：

1. “Ray - ban” 眼镜①广告片：头领被释放，结尾：奥托·斯科尔兹内②的大幅特写，蒙眼布上的字为“Ray - ban”。2. 别忘了：“Sony Black Trinitron”③ 的广告片/广告画。自由女神像。她手中高举的不是火炬，而是一个闪亮的显像管。

塔塔尔斯基想了想，将“Sony”改成了“Panasonic”，接着又写道：“取代书籍的，是电视节目表。”然后，他带着轻微的羞耻感将手掌又放回到图板上。图板保持着屈辱的静止。塔塔尔斯

---

① 美国著名眼镜品牌，中译“雷朋”。——译注

② 奥托·斯科尔兹内（1908—1975），德国纳粹特种部队头目，因成功解救墨索里尼而出名。——译注

③ 英文，意为“索尼黑色三束彩色显像管”。——译注

基等了片刻。什么动静也没有。无论如何，在他身上，职业人士还是比浪漫主义者更为强大，为此，也不得不付出代价。

他脑海中有了一个新的念头。他再次拿起笔，在第一段文字的下方接着写道：

Sony Black Trinitron 的广告片/广告画。制服袖口的大幅特写。几个手指掰了一盒烟，又在桌上摸索着。声音：

“您见到我的烟斗了吗，高尔基同志？”

“我把它给扔了，斯大林同志。”

“为什么？”

“因为，斯大林同志，世界无产阶级的领袖只应该拥有‘索尼’显像管的烟斗！”①

（另一种可能的变化：松下，ViewSonic 显示器。）再考虑考虑。

再次将双手放回图板的时候，塔塔尔斯基几乎已经认定，什么动静都不会再有，神灵是不会原谅背叛的。但是，他的手指刚一触及那冰凉的木质表面，图板就动了起来：

---

① 俄文中的“烟斗”和“显像管”是同一个单词。——译注

饕餮既无耳朵也无鼻子，既无眼睛也无大脑。当然，它绝对不是恶的化身或地狱的恶果，像许多宗教生意的代表人物所认定的那样。它什么渴望也没有，因为它根本就没有渴望抽象之物的能力。这是一块毫无意义的息肉，它没有激情，没有愿望，只是一味地吞噬、抛弃着空洞。与此同时，它的每一个细胞却都有一种潜在的意识，认为自己绝对不是饕餮的细胞，相反，饕餮只是其智慧所诉诸的那些渺小对象中的一个。正因为要封锁这种可能性，饕餮才需要置换冲动。

先前，饕餮只具有植物性神经系统；电子大众传媒的出现表明，它已在进化过程中生出中枢神经。当今，饕餮能抵达每一个人的主要的神经末梢就是电视。我们在前面已经谈到，电视观众的意识是如何为虚拟的 Homo Zappiens 的意识所取代的。现在，我们来看一看三种哇噻冲动的作用机制。

从理论上说，一个状态正常的人能够压制哇噻冲动，与之保持对立。但是，一个无意中已与电视节目融为一体的 Homo Zappiens 就已不再是一个个体，而仅为一种状态。二号主体无法对所发生的一切进行分析，就像一段公鸡打鸣的录音无法做到这一点一样。甚至连对屏幕上的一切进行评价的错觉，也只是被感应到的心理过程的一部分。

在电视节目中，亦即在二号主体的意识中，每过几分钟，就会播出一组广告短片，其中的每一则短片，都是能与心理的不同文化层面产生共鸣的口腔、肛门和置换这三种哇噻冲动之复杂、精细的组合。

如果与身体的体验过程作一个不雅的类比，那就是，人们先麻醉病人（用二号主体置换一号主体），然后进行一次快速催眠，用一种假定的反射联系来强化对其所有阶段的记忆。

在某个时刻，二号主体关掉电视，便又重新成为一号主体，也就是说，中心成为一个普通人。在此之后，他已不再直接接受三种哇噻冲动。但是，会出现一种与剩磁现象相类似的效应。大脑开始自己产生那些作用。这些作用自发地出现，与其他一切思维出现的背景相吻合。如果处于“霍扎”状态下的主体常受到三种哇噻冲动的影响，那么，在回归正常状态的时候，他就会受到因其大脑而自动振荡的三种哇噻因素的影响。

人经常地、周期性地落入“霍扎”状态，常受到置换哇噻冲动的照射，其结果，意识中便出现了一个特殊的过滤器，它让人只能吞噬那种充满口腔—肛门哇噻内容的信息。因此，人甚至没有可能提出有关其实质的问题。

然而，其实质究竟是什么呢？

在众多我们无立锥之地的环境的作用下，每个人只能自己去回答这一问题。一个普通人，无论其状态多么卑微，都仍有可能给出答案。至于二号主体，则不具备这一可能性，因为他自身就是不存在的。此外（可能，正因为如此），饕餮那在信息空间里散布三种哇噻冲动的媒介系统，也向“霍扎”提出了一个自我识别的问题。

由此展开了一个最有趣、最奇特的问题。由于二号主体没有任何内在本质，其做出回答的唯一可能性，就是提高电视中播放的那些物质对象的组合来确定自我，而那些物质对象显然既不是他，也不是他的组成部分。这使人联想到否定神学①，否定神学认为，只能通过神并不实在这一点来确定神，只不过，我们在此指的是否定人类学。

对于二号主体来说，他对“我是什么?”这一问题的回答只能是这样的：“我是开着某辆车的人，是住着某间房的人，是穿着某件衣的人。”其自我确定只有通过对消费品的罗列才能完成，而转换只能通过其变化来完成。因此，大部分广告对象都与特定类型的个人、性格、爱好或素质相关。其结果，便出现了由这些素质、爱好和性格构成的一个确凿无疑的组合，它能够造成一种真实个性的印象。有可能构成的组合，其数量实际上是无止境的，选择的可能性也同样是无

---

① 否定神学认为，涉及神的一切观念和概念都无法同神的本性相比，因而主张否定这些观念和概念，以说明神的绝对彼岸性。——译注

止境的。广告是这样表述的："我是一个平静、自信的人，因此我购买这双红鞋。"想在其素质上添加一些平静和自信的第二种主体，为达到目的，想到应拥有一双红鞋，他在肛门哇嚓因素的作用下实现了愿望。在经典的情形之下，口腔—肛门刺激首尾相接，构成一个圆圈，就像那个众所周知的蛇咬着自己尾巴的例子：需要百万美元，为了在富人区买一幢房子，需要一幢房子，为了有个穿着红鞋走路的地方，需要一双红鞋，是为了获得平静和自信，这种平静和自信能让人挣来百万美元，而挣钱是为了买房子，在那房子里可以穿着红鞋走路，并因此而获得平静和自信。

当口腔—肛门刺激的两端合拢了，就可以认为，广告魔法的目的达到了：出现一个虚幻的结构，它没有中心，虽说所有的对象和素质都通过这一虚拟的、被称之为 identity① 的中心而相互联系的。

Identity，就是处在某一发展阶段上的第二种主体，在这一阶段上他能独自存在，不需要三种哇嚓冲动的经常性激活，而只处于被其大脑独自振荡的三种末梢哇嚓因素的作用之下。

Identity，就是一个虚幻的自我，这一回声道出了一切。对当代人的状态进行分析的资产阶级思想认为，突破 identity

① 英文："认同"。——原注

返回自我，是一个巨大的精神成就。也许这是可能的，因为，自我不是相对存在的，identity 也不是绝对存在的。问题仅仅在于，这是不可能的，因为那种突破既无起点又无目的，也无人去突破。尽管这样，我们仍可假设，在这种情况下，“回到自我!”或“走向自我!”的口号即便没有含义，也是具有美学根据的。

将三种哇噻冲动置于人的心理中更为细致的过程，就会派生出当代文化所有平庸的多样性。在这里起着特殊作用的是置换冲动。它就像是落煤镐的轰鸣，盖过一切声响。除了哇噻口腔刺激物和哇噻肛门刺激物之外，所有外在的刺激物都被过滤了，人也会对缺乏口腔或肛门构成的一切失去兴趣。在我们这篇不长的文章中，我们没有对广告的色情方面进行考察，但是我们要指出，性之所以越来越诱人，仅仅是因为它象征着那种可以转化为金钱的活力，而不是相反。任何一个内行的心理分析师都会承认这一点。归根结底，当代人对与金钱的吞入或释放无关的一切，实际上都抱有深刻的怀疑。

这一点的外在表现就是，生活变得越来越枯燥，人则变得越来越算计，越来越冷漠。在资产阶级的科学中流行一种对行为新代码进行解释的方式，试图保存、灌装激情能量，这与小圈子经济学和当代生活方式的需求相关。实际上，人们生活中的激情并未减少。但是，置换哇噻因素的不断作用却造成，人的所有激情能量仅在与口腔或肛门哇噻主题相关的心理过程区域里摇摆不止。众多资产阶级社会学家本能地感觉到了大众媒介在所发生的聚合成就中的作用，但是，正像小阿连德同志所说的那样，“他们是在一间永远不会出现的房间里寻找一只从未存在过的黑猫”。即便他们将电视称作假肢，是为愁眉苦脸、身材干瘪的“我”准备的假肢，或者，即便他们说道，传媒夸大了已变得不真实的个性，他们还是放过了主要的东西。

只有曾经真实的个性，才可能变得不真实。为了愁眉苦脸、身材干瘪，这个“我”先得存在。在上文，同样，在我们以前的那些文章中（见《俄国问题和光辉道路①》），我们揭示过这种观点的错误。

在置换哇噻因素的作用下，黑暗世纪的文化和艺术会退化为口腔—肛门主题。这种艺术的基本特征可以简单地归纳为饕餮性。

一只装满百元美钞的黑提包，已经成为一个最重要的文化现象，成为大部分电影和书籍的中心因素，而它在生活中的运动轨迹便成了一个主要的情节主线。更确切地说，这样一种大黑包在艺术作品中的出现，使受众的兴趣转向了银幕

① “光辉道路”是秘鲁共产党的别称。——译注

上或文本中正在发生的事情。我们得指出，在某些情况下，装钱的提包并不直接出现；在这种情况下，代而发挥其功能的，要么是那些众所周知的所谓“明星”的参与，要么是关于电影制作成本及其票房收入的无休止宣传。将来，没有一部艺术作品会是简简单单地创作出来的；堆成山的书籍和电影，其主要内容都将是对“可口可乐”的潜在歌颂和对“百事可乐”的攻击，或者相反，是对“百事可乐”的歌颂和对“可口可乐”的攻击。

在口腔—肛门冲动网的作用下，人的体内发育成熟一个内在检察官（“内在党委”的另一种说法，这一说法对于市场时代来说更有典型意义）。它经常对评价财产的真实性进行评价，发挥惩罚功能，强迫意识因认知不协调而默默地忍受痛苦。与口腔哇噻冲动相呼应的，是内在检察官扬起的“loser”①小旗。与肛门哇噻冲动呼应的是“winner”② 小旗。与置换哇噻冲动呼应的是这样一种状态，在那时，内在检察官同时扬起了“winner”和“loser”两面小旗。

可以列出 identity 的几种固定类型。这便是：

1. 口腔哇噻型（基本类型，在其周围构成情绪和心理生

① 英文：“输家。”——原注

② 英文：“赢家。”——原注

活，即对金钱的苦心追逐）。

2. 肛门哇噻型（基本类型，即对金钱的充满快感的释放，或是对其置换对象的操纵，又称为肛门哇噻快感）。

3. 置换哇噻型（可以与前两个类型中的任何一个组合），当实际的麻木出现时，除了口腔—肛门刺激物之外，它对一切刺激物均无动于衷。

这一分类的相对性表现在，同一identity，对于处在较低哇噻等级上的人来说，可能是肛门型的，而对于处在较高等级上的人来说，则可能是口腔型的（当然，无论什么样的“自在identity”都是不存在的，这里谈的是纯粹的副现象）。线性的哇塞等级构成多种结构相近的identity，这种线性等级叫作小圈子索。这是一种独特的社会永动机；其秘密就在于，任何一种identity都会与更高一级上的另一种identity作经常性的校对。在民间文学中，这一伟大原则在“To keep up with the Johnes.”①这句俗语里得到了反映。

按小圈子索的原则组织起来的人，就像是穿在一根绳子上的一串鱼。但是在我们这里，这些鱼还活着。而且，在口腔和肛门哇噻因素的作用下，他们似乎还在顺着小圈子索往他们觉得是向上的方向爬行。强迫他们这样做的是本能，或

① 英文，意为“与人同步”。——原注

者更恰当地说，是追求生活意义的渴望。而从经济形而上学的观点来看，生活的意义，就是口腔 identity 向肛门 identity 的转换。

情况并不局限于，受三种剩余哇噻因素影响的主体会被迫将自身视为 identity。在与另一个人发生联系时，他也会同样在那个人那里看到 identity。能够对人进行评定的一切，已由黑暗世纪的文化确定了其与口腔—肛门坐标系的关系，并被置入了巨大饕餮的上下文。

置换哇噻人会对他遇到的每个人进行研究，将其作为一段充满商业信息的短片。另一个人的外貌、话语和举止，立即被解释为一组哇噻符号。会出现一个非常迅速、不受控制的过程，它由意识中时现时灭的口腔、肛门和置换三种冲动连续构成，其结果，人与人之间的关系得以确定。Homo homini lupus est,① 一句著名的拉丁文这样说道。但是，人对于人来说早已不再是狼。人对于人来说，甚至不是策划，不是商人，不是杀手，也不是排外主义者，并不像当代社会学家所认为的那样。一切都要可怕得多，也更简单得多。人对于人来说就是哇噻，甚至不是对于人来说，而是对于同样那个哇噻来说。因此，在文化坐标系的当代系统中，那句拉丁语听

① 拉丁文："人对于人而言是狼。"——译注

起来就是这样的：哇噻哇噻哇噻！

这一点不仅与人相关，而且也与我们所关注的一切相关。在对我们看到的东西进行评判时，如果没有遇见那些熟悉的刺激因素，我们就会感到深深的忧伤。

我们的理解会出现一种独特的二进制现象：任何一种现象都会成为口腔—肛门矢量的线性组合。每一个意念都有一个精确的金钱表达。即便该意念显然是非商业性的，也会立即产生这样一个问题：这个非商业化的类型具有多大的商业价值。由此而来的，便是人人都熟悉的一种感觉：一切都依赖于金钱。

的确，一切都依赖于金钱，因为金钱早已只认金钱本身，而其余的一切则是被禁止的。口腔—肛门的蠕动成为唯一许可的心理反应。大脑的其余一切活动都被冻结。

第二种主体绝对是机械的，因为它是电视显像管中电磁过程的回声。它所具有的唯一自由，就是在购买一件商品时喊一声“哇噻！”而这种照例购买的商品，通常就是一台新电视。正因为如此，饕餮的控制冲动才被称为哇噻冲动，而无意识的同一性观念则被称为哇噻主义。至于与哇噻主义相适应的政治制度，有时则被称为电视体制或传媒体制，因为电视节目在其中成了选择的客体（甚至是选择的主体，如前面所说的那样）。应当记住，当今大众传媒经常使用的“民主”一词，与十九世纪和二十世纪初流行的“民主”一词已经完全不同。这是两个所谓的同音同形异义词；老的“民主”一词由希腊语词根“demos”构成，而新的“民主”一词则来自词组“demo-version”①。

好的，我们现在来做结论。

认同，就是处于某一发展阶段上的二元论，在这个发展阶段上，最大的组合结束了人的意识的转化，人的意识在口腔、肛门和置换三种哇噻冲动的不断作用下开始独自产生三种哇噻因素，其结果，便是个性被经常、彻底地置换，取而代之的是所谓的identity。认同，就是具有三种性质的二元论，就是1. 死亡的二元论；2. 腐朽的二元论；3. 数字化的二元论。

可以给出有关identity的多种不同定义，但这是毫无意义的，因为它毕竟不是真实的存在。如果说，在人类历史先前那些阶段上，还可以谈论人对人的压迫，或抽象概念对人的压迫，那么，在认同的时代，这种压迫已经无从谈起。在认同阶段，可以为其自由而斗争的那个人已从人们的视野中完全消失。

---

① 意为“范本”，西方文字中“民主”一词的前缀“demo”具有“人民”“示范”等多种含义。——译注

因此，基督徒谈论已久的那个世界末日，意识的哇噻化必将导致的那个世界末日，在一切方面都将是绝对安全的，因为，其安全会受到威胁的那个人消失了。世界的末日就将是电视节目。战友们，这使我们大家充满了难以名状的幸福。

切·格瓦拉

永恒，夏，于苏美尔山

“又是一个苏美尔。我们全都是苏美尔人。”塔塔尔斯基轻声地说道，抬起了眼睛。

窗帘外，新的一天那灰蒙蒙的光亮已在荡漾。图板的左边是一摞写满了字的纸，肩膀上疲倦的肌肉疼得要命。在写下的那些东西中，他只记得“资产阶级思想”这一个词。他从桌边站起身来，走到床边，和衣躺了下去。

“什么叫资产阶级思想?”他想，“鬼才知道。也许，是指金钱。还能指什么呢?”

静静的港湾

在将塔塔尔斯基带向新工作岗位的那部电梯中，有一幅孤零零的画，但这幅涂鸦却立即表明：近处跳动着一颗能做广告生意的心脏。涂鸦画是一个经典主题，即“Jim Beam”牌威士忌酒①广告的变体，画上，一个最普通的汉堡包进化成一个复杂的多层夹肉面包，夹肉面包变成更费解的彩色饰条，饰条又变成了开头那个最普通的汉堡包，这是在证明：一切都是循环往复的。电梯壁上，写有一个巨大的、拖着长长阴影的立体字：

屌

① 中译“占边”威士忌。——译注

下方一行小字是对“占边”威士忌广告词的重复：

YOU ALWAYS GET BACK TO THE BACICS. ①

题词所暗指的整个进化过程都被省略了，这使塔塔尔斯基赞赏不已，他在这种简洁中感觉出了大师的影子。此外，尽管主题临近冒险，可文字中并无弗洛伊德主义的影子。

这位无名大师，完全有可能就是他在哈宁那儿工作时的两位设计人同事中的一个。他俩分别叫谢廖沙和马留塔，他们实际上是两个完全相反的人。谢廖沙是一个个子不高、身材瘦削的金发男子，戴一副金丝眼镜，他竭尽全力地想装扮得像一个西方的广告人，可他却不知道西方的广告人到底是个什么样子，于是，他就按照他自己在这方面的奇怪想象来行事，其结果，他给人造成的印象是，这是一个令人感动的俄国人，是一个几乎绝种的俄国人。

马留塔是一个健康的壮汉，穿一件褪色的仔服，就其不幸而言他是塔塔尔斯基的同志，因为他也因浪漫父母对奇名怪姓的爱好而吃了苦头。但是，这一共同的不幸并未使他们相互接近。当他与塔塔尔斯基谈起他心爱的话题，谈起地缘政治的时候，塔塔

① 英文：“你永远将返回基础。”——原注

尔斯基说，他认为，地缘政治的基本内容就是右半球和左半球难以调和的冲突，就像有些人的脑球生来就有这样的冲突一样。在此之后，马留塔对塔塔尔斯基就不甚友善了。

总的说来，马留塔是个可怕的人。他是个激烈的反犹主义者，但这并不是因为他有着某些不喜欢犹太人的理由，而是因为，他在竭尽全力地保持一种爱国者的意识，他合乎逻辑地推认，一个名叫“马留塔”的人除此之外是别无出路的①。而马留塔为了解世界大事而常读的所有那些分析性小报，则都认定反犹主义是爱国主义意识一个必不可少的特征。因此，在为自我塑造而付出了长期的努力之后，马留塔看上去更像一个黎巴嫩黑手党的恶棍，一个愚蠢、廉价的士兵，这使得塔塔尔斯基真的想到，如果说，这些廉价的士兵在狡猾地将现实转化为他们那种模样，那还能说他们是愚蠢的吗？

相互认识了之后，塔塔尔斯基和哈宁的两位雇员交换了装有自己设计方案的文件夹；这有些像是几只狗的会面，它们在初次相遇的时候总要相互闻上一阵子，以便相互定位。翻看着马留塔的文件夹，塔塔尔斯基好几次惊讶得颤抖起来。他在“雪碧”广告的创意中开玩笑地描述的那种未来（一个伪斯拉夫美学风格的

① “马留塔”不是一个典型的俄国人名，还有些女性味，故有此处的“竭尽全力”和上文的“吃苦头”之说。——译注

盾形头饰，透过军事转折的黑色硝烟越来越清晰），也在这几张复写出的纸上完完全全地呈现了出来。最使塔塔尔斯基震惊的，是为“哈雷－大卫松”摩托车广告片所写的脚本：

一个俄国小镇上的街道。前景：镜头模糊，几辆四散而去的摩托车，威胁着观众。远处现出一座教堂，钟声鸣响。礼拜刚刚结束，人们沿街走来。行人中有两个青年，他俩身着红衬衣，衬衣下摆没有塞进裤腰，可能，这是两个正在休假的军校学员。特写：每人手里都拿着一个葵花花盘。特写：吐着瓜子壳的嘴。特写：前景——摩托车的车把和油箱，后景——我们那两位困惑地打量着摩托车的主人公。特写：从花盘上抠下葵花子的手指。特写：两位主人公对视了一下；其中一个对另一个说：

“我们排里有个中士名叫哈雷。那是头野兽。但成了酒鬼。”

“那怎么了？”另一个问道。

“没怎么。俄国人现在没法活了。”

下一个镜头：一个身材巨大的犹太人走出房门，他身穿黑色皮夹克，戴一顶黑色宽檐帽，蓄着长鬓发。我们的两个主人公与他并肩一比，显得又小又瘦，他俩不由自主地后退几步。犹太人坐上摩托，发动机器，摩托一阵轰鸣，几秒钟后就不见了踪影，只留下一团蓝色的油烟。我们的主人公又对视一下。提起过中士的那一位，吐出口里的瓜子壳，叹息地说道：

“这些大卫松们还要将哈雷们骑上多少年啊？俄罗斯，醒一醒吧！”

（或者：“世界全史。哈雷－大卫松。”也可以用一句柔和些的广告词：“哈雷摩托。缺了大卫松可不行。”）

起先，塔塔尔斯基认为这是讽刺，可在看了马留塔的其他文本之后塔塔尔斯基明白了，在马留塔这里，葵花花盘和瓜子壳都是正面的美学特征：马留塔在读了那些分析性小报后坚信，葵花子是和一个爱国者的意识紧紧联系在一起的，于是，他就自我献身般地、义无反顾地将对葵花子的爱嫁接到了自己的身上，就像他嫁接了反犹主义一样。

第二个广告文字作者谢廖沙，则一连几个小时地翻阅西方杂志，边查字典边翻译广告词，他认为，在一个半球里适用于吸尘器的广告词，一定完全适用于在另一个半球里嘀嗒作响的挂钟。他操着很好的英语，久久地向他的可卡因经纪人、一个名叫阿里的巴基斯坦人咨询着西方广告所含有的那些文化密码和识别暗语。阿里在洛杉矶住过很久，他即便不能对大多数疑问做出解答，至少还能就他自己也不明白的东西令人信服地撒谎。也许，正是由于对广告理论和整个西方文化的深刻了解，谢廖沙对塔塔尔斯基的第一个设计评价很高，塔塔尔斯基的这个广告是以隐秘的哇噻技术为基础的，那技术是自格瓦拉的招魂会得来的。这是一家旅游公司的广告，该公司组织去阿卡普尔科①的旅游，广告词是这样的：

哇噻！阿卡普尔科之行，趁现在！

“简洁。”谢廖沙简短地说道，握了握塔塔尔斯基的手。

反过来，谢廖沙的一个早期作品也赢得了塔塔尔斯基的由衷赞叹，可作者本人却认为这个作品是不成功的：

不，你已不再是海员……朋友们在激烈地指责你对攻打邻居的冷漠。可你微笑作答。你也从未是海员——你仅仅是终生漂流在这静静的港湾。

“静静的港湾”养老金基金会

马留塔从来不碰西方的杂志，他读的要么是些小报，要么是

① 墨西哥一处旅游胜地。——译注

那册老是摆在同一个地方的集子《诸神的黄昏》①。但是，塔塔尔斯基很快就惊奇地发现，尽管谢廖沙和马留塔的精神取向和个性品质迥然不同，可他俩却同样深深地陷在饕餮的黑暗深渊之中。许多细节和特征都体现出了这一点。例如，在对塔塔尔斯基谈起他俩一个共同的熟人时，他俩就会轮流用这样的术语来描述：

“喂，你知道吗，”谢廖沙说道，“从心理上说这只是个初出茅庐的经纪人，他一月挣600美元，可年底却有望达到1500……”

“而且，”马留塔举起手指补充道，“他和他的女人去吃‘比萨饼’，俩人花了40美元，他还觉得很爽。”

在这句话之后，肛门哇噻因素的作用便立即将马留塔给覆盖了：他掏出价格不菲的手机，在手里把玩一阵，然后打了一个完全没有必要的电话。

此外，谢廖沙和马留塔也在出产惊人一致的产品，塔塔尔斯基是在他俩的文件夹中看到两份同一对象的作品之后才明白这一点的。

在塔塔尔斯基到来前的两三个星期，哈宁事务所派下一个大任务。一些黑道上的人想尽快卖掉一批假运动鞋，他们向哈宁定做一条“耐克”广告，因为他们的漆面鞋正是冒牌“耐克”的。

① 苏联国家政治出版社1989年出版一部反教权主义文集，收有尼采、弗洛伊德、加缪、萨特等人的文章。——译注

他们本想将货投到郊区的市场上去，可这批货实在太多了，因此，那些黑道上的人在自己的计算器上做了一阵魔法，就决定出血制作一条电视广告，以便加快周转。而且，他们还要求广告一定要有劲，“要这个样子的，”他们中的一位说道，“立马把每个地方都砸上钉子”。哈宁提供了两个方案，一个是谢廖沙的，一个是马留塔的。谢廖沙在干活的过程中读了不下十本英语广告参考书，最后写出了这样一个文本。他有根有据地写道：

本设计利用了俄国消费者因大众媒介而熟知的美国文化参照（American Cultural Reference），而所用事件正是圣迭戈神秘宗教团体“Heaven's Gate”① 的集体自杀，他们的目的是赢得轻盈的躯体，以便往后奔向彗星。大家知道，所有的自杀者都躺在简简单单的双层床上；镜头保持着严峻的黑白色调。死者的脸上蒙着普通的黑布，脚上则穿着黑色的“耐克”运动鞋，鞋上有一个白色符号，叫 swoosh。另一个方案以互联网上关于此事的图像报道为美学基础：电视屏幕上的小幅画面，重复着电脑显示屏上的内容，电脑显示屏的中央反复播放着人们所熟悉的 CNN 的相关报道。最后，带有“耐克”标记的鞋底被展示了相当长一段时间，然后，镜头中出

① 英文：“上帝之门”。——译注

现的是床的背后，那儿贴着一张绘图纸，上面用黑色图画笔画了一个彗星似的swoosh：

镜头拉得更低一些，可以看见用那同一支水彩笔写下的一句广告词：

JUST DO IT.

马留塔在写作脚本的时候，除了下水道般肮脏阴暗的小报，除了所谓的爱国报纸及其阴暗的末日论定位，什么也不读，然而，他却显然看了许多部电影。他的方案是这样的：

热带丛林中一个越南小村的街道。前景是一家第三世界国家中典型的“耐克”公司的作坊，我们从门上挂着的招牌“Nike Sweatshop No. 1567903”① 得知了这一点。四周是高大的热带树木，一截挂在栅栏上代替钟的铁轨敲响了。作坊的入口处站着一个手持卡拉什尼科夫自动步枪的越南人，他穿着绿卡其布裤子和黑衬衣，这会使人想起影片《猎鹿人》。特

① 英文：“耐克工厂第1567903号。”——原注

写：握着自动步枪的手。镜头推进门内，我们看到两个长长的工作台，台子两边坐着身缚锁链的工人。这场面使我们回忆起电影《宾虚传》中被罚到船上做划桨手的苦役犯。所有工人都穿着破烂不堪的美国军服。这是最后一批美军战俘。他们面前的台子上是完工程度不等的“耐克”运动鞋。所有战俘都有鬈曲的黑色大胡子和高高的鹰钩鼻。(后一句是用钢笔写在两行文字之间的，看来，在文本已经打印之后，马留塔又有了新想法。)战俘们有些不满意，起初，他们轻声地嚷嚷着，然后就开始用未黏合的运动鞋敲打台子。响起这样的叫喊声：“我们要见美国领事!”“我们要见联合国特使!”突然，自动步枪射出一梭子弹，打在天花板上，喧闹立即停止。身穿黑衬衣的越南人站在门口，手中的自动步枪还在冒烟。坐在那里的每个人都在看着他。那个越南人用手温柔地抚摩一下自动步枪，然后用食指指向身边那个堆满未完工运动鞋的台子，断断续续地用英语说道：

“Just do it!”

话外音：“耐克。善的胜利!”

一次，碰见哈宁一个人在办公室里，塔塔尔斯基就问道：“请问，马留塔的这些个东西，怎么，有时也能派得上用场?”“派得上，”哈宁说道，将他正在看的一本书放在一旁，“当然，派得上用场。要知道，运动鞋虽然是美国的，但还是要让它们符合俄国的心理。因此，这一切都非常合适。当然，我们也要稍作编辑，把它撑起来。”

“广告商喜欢吗?”

“我们这儿的广告商是这样一些人，你得去对他们解释，他们喜欢什么，不喜欢什么。还有，广告商为什么要在我们这里做广告呢?”

塔塔尔斯基耸了耸肩膀。

“不，你得回答，请回答。”

“为了出售商品。”

“那是在美国，在美国才是为了出售商品。”

“那么，就是为了获得有钱有势的自我感觉。”

“这是三年前的事，”哈宁以教训的口吻说道，“而现在，情况就不同了。现在，客户喜欢向那些紧盯屏幕和生活的大男人们展示，他可以抓起一百万美元，扔进垃圾桶。因此，广告做得越差，效果就越好。观众就会产生这样一种感觉，认为订购人和制作人都是十足的蠢货，但这时，”哈宁抬起一个指头，使了一个狡猾的眼色，“观众的大脑里就会出现一个冲动，想知道这得花多少钱。于是，关于订购人的最终结论就将是这样的：他虽然是个十足的蠢货，可他的生意却做得不错，他能一次次地播出任何东西。没有比这更好的广告了。这样一个人在任何地方都能得到信贷，不费吹灰之力。”

“有意思。”塔塔尔斯基说。

“是啊。这你在埃尔·瑞斯的书里可读不到。”

“从哪里才能获得如此深刻的生活知识呢?”

“从生活本身。”哈宁一针见血地说。

塔塔尔斯基向摆在哈宁面前桌子上的那本书瞥了一眼。那书非常像供中央委员阅读的秘密版的《卡内基日报》，封面上有一个三位数的期号，下面是一个打字机打出的书名:《虚拟商业与交际》。书中夹着几个书签；在其中一个书签上，塔塔尔斯基读到了这样的批注:“建议。裂体组合。”

“是本谈计算机的书吗?”他问道。

哈宁拿起书，放进了抽屉。

“不是，”他不情愿地说道，“谈的就是虚拟商业。”

“这是什么东西?”

“简单地说，”哈宁说，“就是这样一种商业，其基本商品就是空间和时间。”

“怎么讲?”

“就像我们这儿一样。你瞧，整个国家早已不再生产任何商品了。你为哪一件俄国产品做过广告设计吗?”

“不记得了，”塔塔尔斯基回答，“虽说，等等，有一件，是给‘卡拉什尼科夫枪’做的。但这可被视为创意广告。”

“瞧，”哈宁说，“什么是俄国经济奇迹的主要特色？俄国经济奇迹的主要特色就是，经济越来越糟糕，与此同时商业却在发展，在加强，并步入了国际舞台。现在你想一想，你身边的人都在做什么买卖？”

“什么买卖？”

“完全非物质的买卖。在买卖播出时间和广告空间，在报纸上或是大街上。但是，时间本身并不能被播出，就像空间不能成为广告一样。物理学家爱因斯坦第一个通过第四维将空间和时间结合了起来。他提出一种相对论，也许你也听说过。苏维埃政权也做过这样的事情，但方式是反常的，这你也知道：让囚犯们排成一排，给他们一人一把铁锹，让他们午饭之前在栅栏边挖出一道壕沟来。而现在，这事就非常简单了，黄金时间的一分钟播出，其价值相当于核心杂志上的两个彩页。”

“也就是说，钱就是第四维？”塔塔尔斯基问。

哈宁点点头。

“此外，”他说道，“从货币现象学的观点来看，这就是世界建筑其上的本体。有一个名叫罗伯特·波西格[①]的美国哲学家，认为世界是由道德价值构成的。但是，在六十年代似乎是这样的，

① 波西格（1928 年生），美国哲学家，其《禅与摩托车修理术》（1974）一书曾畅销数百万册。——译注

知道吗，当时有‘披头士乐队’，有迷幻药。从那之后，许多东西就明朗化了。你听说过宇航员的罢工吗?”

“好像听说过。”塔塔尔斯基答道，隐约想起报上的一篇文章。

“我们的宇航员飞行一次能得到两万至三万美元，而美国宇航员却能得到20万至30万。于是，我们的宇航员就说：我们不愿飞向三万美元，我们也想飞往30万。这意味着什么？这就意味着，他们飞行的目的地其实不是未知星体闪烁的亮点，而是具体数目的硬通货。这也就是宇宙的本质。而空间和时间的非线性就在于，我们和美国人消耗同样多的燃料，飞行同样长的里程，却得到了完全不同数量的钱。这就是宇宙的主要秘密之一……”

哈宁突然打住了话头，抽起雪茄来。

“长话短说，现在还没有彻底弄清所有问题，”他说着，显然是想结束谈话，“但我认为，从原则上讲，卢布也像美元一样是取之不竭的。现在，你干活去吧。”

“可以读读那本书吗？”塔塔尔斯基问道，向哈宁收藏秘密读物的那张桌子点了点头，“为了共同发展?”

“与时间共同发展。”哈宁说道，甜蜜地笑了一下。

但是，即便没有秘密读物，塔塔尔斯基也已经开始了对虚拟商业时代之交际的思考。通过观察同事们的行为举止他很快就明白了，这些交际的基础就是所谓的黑色PR，或者，就是哈宁说出的全称："black public relation"[①]。塔塔尔斯基第一次听到这个词组时，心里突然浮现出文学院的一个歌手，他曾用忧愁的男低音唱道："黑色的公关，背负命运的重负……"但是，在这个海盗词组的背后实际上并无任何浪漫色彩。它已经完全失去了那些由神学家和罗恩·贺伯特[②]的其他追随者们所添加的消极含义，那些人将 black PR 理解为通过大众传媒发起的一场进攻。

一切均完全相反，广告如同在寒冷的俄国大地上进行的其他各种人类活动一样，也被死死地与黑钱的流通捆在一起，在实际操作中又表现为这样两种情况。首先，记者们乐于欺骗自己的杂志和报纸，从自然而然地落入他们视野的人那里拿黑钱，而且，需要付钱的不仅是那些想与"马克西姆"相提并论的餐厅老板，还有那些想与马尔克斯相提并论的作家，因此，文学批评和餐厅批评的界限就变得越来越纤细、越来越假定了。其次，广告撰稿人也心满意足地欺骗自己的公司，他们通过公司找到客户，然后背着上司和客户达成口头协议。塔塔尔斯基四下观察了一阵，便小心翼翼地步入这片田地，并立即取得了成功。

第一次是为"Diesel"[③] 仔服的经销商做的设计，设计是以俄

---

① 英文："黑色公共关系。"——译注

② 罗恩·贺伯特（1911—1986），美国作家，所谓山达基教创始人。——译注

③ 意大利的时尚品牌，中译"迪赛"。——译注

国民间文学为基础的。这是一个粗糙，甚至粗俗的方案，是塔塔尔斯基采用“尼科拉喝的非可乐”那样的风格匆匆写就的。一组视觉画面是这样的：水泥地基上立着一台巨大的、满是油污的柴油发动机，机器旁站着两个胖胖的、留着小胡子的傻男人，两人都赤身裸体（这可能是“West”香烟广告上那次未成行的西方之旅的回声）。旁边是一条河，一片沙滩；根据两个哥们儿身体上大滴大滴的水珠可以得知，他们刚从水里钻出来。他俩用手捂着私处，惊讶地对视着观众。画外音：

我和伊万·伊里奇
在开柴油发动机。
我是傻瓜，他是傻瓜，
我们脱下了“迪赛”！①

通常，塔塔尔斯基都是与公关人员联系，但这一次他却被叫到公司合伙人那里，这家公司正打算成为“Diesel”的经销商。这是一个面色忧郁、彬彬有礼的年轻人。把塔塔尔斯基带来的两页纸读了好几遍，他哼哼几声，想了想，给女秘书打个电话，要

① 英文中的“迪赛”(Diesel) 和“柴油发动机”(diesel) 是同音词。——译注

她备好纸张。半个小时之后，昏头昏脑的塔塔尔斯基走到门外，他的内襟衣袋里装着一个信封，信封里有2500美元，合同规定，这一作品的一切权利都完全地、无条件地转归年轻人的公司。

现在看来，这个赚头完全是理想的。塔塔尔斯基不想放掉成功的蓝色尾巴，便立马又弄出一个相同的东西来。这个方案对民间文学的模仿相当庸俗（不过这并未影响到市场价值），只能指望所用的那数目不多的几个词：

三八节我送给妖怪
钻石项链戴比尔斯，
还有阿玛尼耳环，
正是操他妈的东西！①

模仿得绝对准确，甚至连商标名称和骂人脏话的韵脚也得以保留。塔塔尔斯基的脑中闪过一丝怀疑，广告中的女妖怪恐怕就是自忘川游来的冥神，她曾在他的最近一首诗（《什么是夏，夏就是秋》）中出现，而耳环和项链，则是世界共济会为结满蛛网的澡堂终于做出的背叛而付出的代价。但是，他很快就赶开这个

① “戴比尔斯”（De Beers）是南非著名钻石品牌；阿玛尼（Armani）是意大利著名时尚品牌，创建于1975年。——译注

念头，认为这是个无用的念头。总之，很难相信，不久之前他还在为寻找那些早已被市场民主的诗歌所拒绝的无意义韵脚花费如此之多的时间。仅仅数年前，生活还曾那样地轻柔，与万事无干，那时，还可以花费数千瓦的精神努力去解那些绝对得不到补偿的智慧死结，这一切让人觉得简直不可思议。

第二段顺口溜听起来很假，就统领莫斯科生活的非理性意识来看，它肯定能用。但不知为何，没能见到“戴比尔斯”的代表，甚至连他们的PR也没能见到；塔塔尔斯基有这样一种感觉，他跳了起来，用双手谦恭地抓住一片沉默的虚空。后来才清楚，“阿玛尼”根本就没在莫斯科做过广告，因为他们在这里连一家小铺也没有。耳环就像两个小小的叶赛宁，吊在塔塔尔斯基的良心上，于是，欢乐的民间文学的闪光便在他的意识中熄灭了。

两个月之后，塔塔尔斯基偶然得知一个令人屈辱的细节：原来，“Diesel”未来的经销商之所以付钱，并非因为他决定在广告中采用塔塔尔斯基的文本，而更像是出于某些迷信、玄妙的原因。他的合作伙伴和主要财东的名字的确就叫伊万·伊里奇，他付钱给塔塔尔斯基是一种独特的消灾尝试，以躲避恶毒的、猜测甚多的萨满教。让塔塔尔斯基感到安慰的是这样一个消息，他们还是脱下了“迪赛”：伊万·伊里奇和他的合伙人最终未能成为经销商。

然而，比起蛋白体在第四权力时代的存在方式，黑色公关仍是一个更广泛、更重要的现象。可是，塔塔尔斯基无论如何也无法将关于这一现象之本质的各种猜测联结为一个清晰、完整的理解。有什么东西不够使。他在自己的笔记本上杂乱无章地写道：

> Public relations，就是人与人之间的关系。人们想挣钱，以便获得自由，或者，在自己不间断的痛苦中至少获得一个喘息。而我们，广告撰稿人，在 target people 的眼前翻转了现实，于是，人们便开始用各种东西来象征自由，时而是熨斗，时而是带有翼片的垫圈，时而是柠檬。有人因此付钱给我们。我们自屏幕发出影响，然后，他们相互影响，也影响到我们这些作者，这就像是放射性污染，这时，是谁引爆的炸弹已经不再重要。所有的人都试图彼此显示自己已经获得自由，其结果，我们不过是在这样行事，借助交往和友谊的名义，我们在彼此炫耀各种各样的黑色大衣、手提电话和真皮座椅的轿车。一个封闭的圆圈。这个封闭的圆圈就叫作黑色公关。

塔塔尔斯基深深地陷在对这一现象之本质的思考之中，因此他一点儿也不感到吃惊，当哈宁在走廊上拦住他，抓着他的衣襟对他说道：

“我发现，黑色公关的问题你已经完全搞清楚了。”

“差不多了，”刚刚还在想着这个问题的塔塔尔斯基机械地说，“只是还缺点中心成分。”

“那我就来告诉你缺的是什么。你缺的是这样一种理解，black public relations 只存在于理论之中。而在生活中，只有灰色公关的位置。”

“有意思，”塔塔尔斯基来劲了，“非常有意思！震撼人心！而在实际操作中这又意味着什么呢?”

“在实际操作中这就意味着，要打开天窗说亮话。”

塔塔尔斯基哆嗦了一下。他脑袋里那些朦朦胧胧的思想眨眼之间就烟消云散，一种可怕的清晰逼近了。

“这怎么讲?”他轻轻地问。

哈宁抓起他的手，领他沿走廊走着。

“你从‘迪赛’那里拿到了 2000 绿票子?”他问。

“是的。”塔塔尔斯基不自信地答道。

哈宁的中指和无名指稍稍使了使劲，这样一来，一方面，像是还没有“动手”；可另一方面，又像是已经“动了手”。

“现在，你要记住，”他轻声说道，“你在我这里干活，就得听我的。不管怎么说，都是这样的。因此，经计算得出，有 1000 绿票子是我的。或者，你是想去纯粹的市场?”

“是的，我……我很愿意，”塔塔尔斯基难为情地嘟囔道，“也就是说，我恰好愿意……也就是说，我愿意。我本想与人分享，只是不知道该怎么谈。”

“你也别不好意思。什么事都能想出法子来。你知道该怎么办吗？你今天来我家做客。我们喝两杯，聊聊天。你得同时扔掉那个自由价值。”

哈宁住在一个新装修的大套住房里，这住房里让塔塔尔斯基吃惊的是那几扇配有金锁的雕花橡木门，门上的木头已经开裂，手指头宽的裂缝里涂满了胶漆。迎接他的哈宁，已经醉了，他情绪甚佳，塔塔尔斯基一迈进门槛就递给哈宁一个信封，这时，他皱了皱眉头，挥了挥手，似乎耻于做这样的事，但就在挥手这一动作的末尾，他从塔塔尔斯基手中抽过信封，又很快将信封藏在了什么地方。

“咱们来吧，”他说，“丽莎做了些吃的。”

丽莎是一个高个子女人，脸色发红，像是用了什么化妆品后脱了皮。她请塔塔尔斯基吃的是菜卷。塔塔尔斯基自幼年起就仇恨菜卷，当时，他认为菜卷就是活蒸鸽子①。为了压抑厌恶，他喝了许多伏特加酒，于是到吃甜点的时候，他几乎已经达到了哈宁那样的醉酒程度，因此，交谈就变得相当轻松了。

“您这是个什么东西？”塔塔尔斯基的脑袋冲墙上一点，问道。

---

① 俄语中的“菜卷”（голубцы）和“鸽子”（голубь）两词很相近。——译注

墙上挂着一张斯大林风格宣传画的复制品，几面带有黄色流苏的沉重红旗，红旗之间，大学主楼欢乐地泛着蓝色的光泽。宣传画显然要比塔塔尔斯基年长20岁，但画面看上去却是全新的。

“这个？这是在你之前给我干活的一个小伙子用电脑画出来的，”哈宁回答，“瞧，那儿原本是镰刀斧头和星星，但他将那些东西抠掉了，换成了‘coca - cola’和‘coke’。”

“真的，”塔塔尔斯基吃惊地说道，“一下子还看不出来，这些黄色的小字。”

“仔细看看就能看出来了。这幅画原先挂在你那张办公桌的上方，可小伙子们却不爱看它。马留塔为旗子而生气，谢廖沙却为可口可乐而生气。我只好把它拿回家里来。”

“马留塔会生气？”塔塔尔斯基感到奇怪，“他自己桌子上方就有这样的题词……您看到他昨天贴上去的东西了吗？”

“还没有。”

“他桌子上方写着这样一句话：‘怎么弄钱？’这倒没什么，这个冲动我们都能理解。可如今，这句话下面又写上了这样的字：‘每个品牌都有自己的神话。每个杰米德都有自己的命运，每个阿勃拉姆都有自己的纲领。’”

“这有什么？”

塔塔尔斯基立即感觉到，哈宁的确没有在这句格言中看出任何奇异来。此外，塔塔尔斯基自己也立即不再觉得那格言有什么奇怪了。

“我不明白，‘每个品牌都有自己的神话’，这是什么意思?”

“神话? 这就是我们对词组‘brand essence’[①] 的翻译。也就是所有想象政治的一个集中表达。比如，‘万宝路’的神话就是真正男人的国度。‘议会’烟的神话就是爵士乐，如此等等。你连这也不知道?”

“不，我当然知道。您把我看成什么人了? 我只是觉得这个译法很奇怪。”

“有什么办法，”哈宁说道，“亚洲嘛。”

塔塔尔斯基从桌边站起身来。

“您家的卫生间在哪儿?”他问。

“出了厨房，下一个门。”

塔塔尔斯基走进卫生间，看到入口对面的墙上有一幅钻石项链的照片，照片上有一行字：“De Beers. Diamonds are forever.”[②] 这使得塔塔尔斯基一时走了神，几秒钟之后他才想起他来卫生间的目的。想起来之后，他便扯下一张卫生纸，在那上面写道：

1. 品牌精华（神话）。可以取代“心理结晶”植入一切

---

① 英文：“品牌精华。”——译注

② 英文：“戴比尔斯。钻石恒久远。”——原注

创意。

2. 有坦克停在桥上画面的“议会”烟，修改广告词。用“All that jazz”① 取代“祖国的炊烟”。画面的另一种方案：格列边希科夫坐在山顶的荷花中抽烟。远处的地平线上是莫斯科的教堂圆顶。山下有一条路，路上行进着坦克车队。广告词：

议会牌香烟

趁爵士乐尚未响起。

将卫生纸藏进前胸的口袋，为了保密，又放水冲了冲厕所，然后，塔塔尔斯基回到厨房，径直走到那幅红旗“可口可乐”的广告画前。

“太棒了。”他说，“怎么画出来的，啊？”

“你这么以为。这有什么可大惊小怪的呢？你知道‘广告’一词在西班牙语中是什么意思吗？”哈宁洋腔洋调地说，“就是‘宣传鼓动’。要知道，你我都是意识形态工作者，只是你还不知道。是宣传家和鼓动家。顺便说一句，我从前也在意识形态领域干过。是共青团中央一级的。我的所有朋友如今全都是银行家，

① 英文：“一切皆爵士乐。”——译注

只有我一个……我对你说吧，我不需要改革。以前说：‘个人无足轻重，集体才是一切。’现在说：‘意象无足轻重，渴望才是一切。’宣传鼓动是不朽的。只需要换换词。”

塔塔尔斯基突然产生出一个慌乱的预感。

“喂，”他在桌边坐下，说道，“您是不是在郊外召开的积极分子会议上讲过话？”

“讲过啊，”哈宁回答，“怎么了？”

“是在菲尔萨诺夫卡？”

“是在菲尔萨诺夫卡。”

“原来是这么回事，”塔塔尔斯基说道，猛地干了一杯酒，“我一直觉得您的脸很熟，可无论如何也记不起来是在哪儿见过。只是您那时可没留胡子。”

“怎么，你也去过菲尔萨诺夫卡？”哈宁带着兴奋的惊异问道。

“去过一次，”塔塔尔斯基回答，“您在那儿带着一身酒气上了讲台，我当时以为您一张口就会吐出来……”

“好了，你别当着老婆的面说得太多……虽说，是啊，我们去那儿主要就是为了喝酒。好日子啊。”

“什么？您的话讲得真棒，”塔塔尔斯基继续说道，“当时我已经准备上文学院了，所以我甚至感到难受。我在忌妒。因为我清楚，我永远也学不会你那样的语言操纵能力。什么含义也没有，却又能使人立即明白一切。也就是说，你明白的并非那个人想说的，因为他实际上什么都不想说，可你却明白了生活的一切。我认为，那些积极分子会议就是为了这个目的而举办的。那天晚上，我坐下来写一首十四行诗，诗没写成，却喝了个大醉。”

“我谈的是什么，你还记得吗？”哈宁问道。可以看出，回忆使他感到愉快。

“好像谈的是二十七大及其意义。”

哈宁清了清嗓门。

“我认为，对于你们这些共青团积极分子们而言，”他用响亮、规范的声音说道，“用不着去解释，我们党的二十七大的决议为什么不仅是意义深远的，同时又是承前启后的。但是，这两个概念在方法论上的区别，甚至会使宣传家和鼓动家也时常产生困惑。然而要知道，宣传家和鼓动家就是明天的建筑师，他们不应对他们建设未来的计划有丝毫的不解……”

他打了一个响嗝，断了话头。

“对对，”塔塔尔斯基说道，“现在我可认准了。真是了不起，您将意义深远和承前启后的区别整整解释了一个小时，我清楚地理解了每一句话。但是，当我想将任何两句话放在一起来理解的时候，却像是撞上了一堵墙……不行。用自己的话来转述，也不行。虽说从另一方面来说……就像，怎么来理解‘Just do it’？‘Just do it’和‘Just be’有什么区别呢？”

“这问题我谈过了，”哈宁说着，倒了一杯酒，“都是一回事。”

“男子汉们，你们这是喝的什么酒呀，”一直沉默至此的丽莎说道，“该提议碰个杯什么的。”

“对，我们来碰个杯，”哈宁说着，又打了一个嗝，“但是你明白吗，这个祝酒不仅要意义深远，而且要承前启后。就像一个共青团员向一个共产党员那样祝酒，明白吗？”

塔塔尔斯基扶着桌子站起身来。他看了看宣传画，想了想，然后举起酒杯说道：

“同志们！让我们在想象的海洋中淹死俄国资产阶级！”

巴比伦邮票

回到家里，塔塔尔斯基感到内心涌起一阵久违的热情。哈宁的变态将不久前的一切均置于一个奇怪的前景，在此之后则必定会发生什么神奇的事情。塔塔尔斯基思考着该做些什么，他不安地在整套房子里绕了好几圈，后来想起在“穷人”咖啡馆买到的那张邮票。邮票就那样放在桌子里，这段时间一直没找到吃它的理由，再说，真的去吃也有些可怕。

走到桌边，他从抽屉里拿出邮票，仔细地看了看它。一张满是坚硬胡须的脸在冲着他讪笑；这位无名氏头戴一顶奇怪的头饰，像是头盔，又像是帽檐非常窄的尖顶帽。“头戴尖顶帽，”塔塔尔斯基想，“也许是个丑角。这么说，会很开心的。”他没再多思，将邮票扔进嘴里，用牙齿将它嚼成一小团纸浆，咽了下去。然后，他躺到沙发上，等待效果。

但是，光这么躺着很无聊。他站起身来，点着一根烟，在房间里又转了一圈。走到壁橱边，他想到，在莫斯科郊外的那次奇遇之后，他就没再翻过“吉哈马特 -2”的文件夹了。这是一个经典的置换范例：他一次也没有想到要读完文件夹里的材料，虽说另一方面，他似乎又从未忘记这件事情。邮票的事也同样是这样的，似乎，这两样东西都是为某个特别时刻准备下的，在生活之正常、顺利的流动中，那样的时刻永远不会出现。塔塔尔斯基从壁橱的上层取下活页夹，回到房间。文件夹里有许多张贴在纸页上的照片。他刚刚打开活页夹，有一张照片就掉了下来，他从地上将照片捡了起来。

照片上是一幅浮雕的局部：一片天空，其上刻有硕大的星体。在照片的下方可以看到两只高举的手掌，但手掌被照片的边缘截去了一段。星体是实在的，古老、巨大而又生动。对于人类来说，那样的星体早已陨灭，它们仅仅留给了远古雕像上的石头主人公们。不过，塔塔尔斯基想，自那时起，星体自身未必发生过变化，发生变化的是人类。浮雕上的每个星体都由一个中央圆圈和八道锐利的光线构成，八道光线之间布满一束束对称的波浪线。

塔塔尔斯基发现，在这些波浪线的周围闪烁着一些勉强可辨的红绿纹理，仿佛，他是在看着一个效果很差的监视器屏幕。照片光亮的表面泛出宝石和彩虹一般的光泽，这光泽变得比照片上的图像更引人注意。“开始了，”塔塔尔斯基想，“的确，快得很……”

找到照片脱落的那一页，他用舌头舔了舔干燥的胶水，将照片又贴回了原处。然后，他小心翼翼地翻过一页，用手掌平压着，想让照片贴得更紧一些。朝下一幅照片扫了一眼，他差点失手丢掉文件夹。

照片上的那张脸，竟与邮票上的一模一样，只不过角度不同，是侧面像，但毫无疑问是同一张脸。

这是那同一幅浮雕的完整照片。塔塔尔斯基认出了星体的局部，此刻，那些星体很小，很难辨认，而举向星体的那双手原来是一个很小的人伸出的，他站在一座建筑物的顶端，静止不动的姿势中充满着畏惧。

浮雕上的中心人物，也就是塔塔尔斯基认出其脸的那个人，他的形象比站在顶上的那个人和周围其他所有的人都要大上好几倍。这是一个头戴尖顶铁帽的男人，他的嘴角挂着神秘莫测、半醉半醒的笑容。他那张脸在古代的刻画中显得很是奇异，甚至怪诞，那张脸如此寻常，使得塔塔尔斯基完全能够认定，那浮雕并不是作于3000年前的尼尼微①，而是作于上个世纪末的埃里温或加尔各答。这男人的脸上蓄着的，不是古代苏美尔人应有的那种对称、拳曲的铲形连鬓胡，而是稀疏的山羊胡，这使他有些像红

① 尼尼微，亚述古城，在今伊朗境内。——译注

衣主教黎塞留[1]，又有些像山姆大叔，还有些像列宁爷爷。塔塔尔斯基急忙翻过一页，找到了与这幅照片相关的文字：

恩齐杜（为恩齐[2]所造），渔夫之神，恩齐神（大地之主宰）的仆人。大赌局的庇护神。主管池塘和运河；此外，求助恩齐杜以驱除各种食道疾病的一些咒语亦流传至今。如《旧约》中的亚当一样，亦由黏土制成，据称，有赌局问题的黏土版就是恩齐的肉体，而在他的寺庙中制成的庆典饮料，就是他的血液。

阅读是困难的，因为思绪跟不上，字母则在五彩缤纷地闪烁着。塔塔尔斯基开始看神像的细部。恩齐杜裹一身缀满椭圆甲片的法袍，他手中握着的两道弦呈扇形流向地面，这使人联想到被小人国军队用绳子缚住双手的格利佛。在他的周围，并没有应由恩齐杜庇护的池塘和运河，他行走在一个燃烧的城市中，城中三四层高的楼房刚刚与他的腰部平齐。在他的脚下是一些躺倒的人体，那些人都同样地叉开两手，看一眼这些人，塔塔尔斯基发现

---

① 黎塞留（1585—1642），1622 年起为法国枢机主教，1624 年起为法国首相。——译注

② 恩齐，苏美尔神话中的三大最高神之一，另两位为安努和恩利勒。——译注

了苏美尔艺术和社会主义现实主义之间确凿无误的联系。恩齐杜手中的弦是图上最有趣的细节。每道弦的终点都是一个大轮子，轮子的中央有个草草画着一只眼睛的三角形。人体被穿在弦上，就像塔塔尔斯基童年时将一条条鱼穿在钓线上，在院子里晾晒。

下一页上有一个放大的浮雕局部，其中是那些穿在弦上的人。塔塔尔斯基感到一阵轻微的恶心。浮雕以令人厌恶的自然主义展示出，绳子从嘴巴进入每个人体，又从他的屁股钻出来。一些人的双手向两旁伸开，另一些人则用双手抱着脑袋，在人与人之间悬挂着一些大头鸟。塔塔尔斯基继续读了下去：

> 根据传说，恩杜，恩齐的妻子（据另一种说法为恩齐的女性化身，这不大可信；也可能是与伊丝塔形象的混淆），有一天坐在运河的岸上，抚弄着丈夫送给她的五彩珠串。阳光灿烂，恩杜昏昏欲睡。她手中的珠串掉了，落进水中，四散着沉没。在这之后，彩珠们意识到他们是人，便在四周的水域安家落户。他们建起自己的城市，有了自己的帝王和神仙。这时，恩齐便抓起一团黏土，捏出一个渔夫像。他赋予泥像以生命，并称他为恩齐杜。恩齐给他一锭金线，要他下到水下，去捞起所有的彩珠。“恩齐杜”的名字中包含着恩齐本人的名字，这个名字具有异乎寻常的力量，因此，彩珠服从神的意志，就会自动穿在那根金线上。另一些研究者认为，

恩齐杜是采集死人的灵魂，用这根线穿着将他们带往死人王国，就这一意义而言，他近似阴间摆渡人的跨文化形象。

在稍后一段时间里，恩齐杜开始履行市场和小职员庇护人的功能；留下许多图画，描绘了商人和官吏向恩齐杜寻求帮助的场景。这些祷告反复求助道："超越金线上的强者""具有尘世的恩利勒神力。"（见《恩利勒》）在关于恩杜的神话中，末日论的主题显而易见，当恩齐杜刚一将大地上的所有活人穿在他那根线上，生命就马上停止了，因为，人们又重新成了伟大女神项链上的念珠。这一将在未来发生的事件，是与世界的末日相等同的。

古代传说中有一个很难解释的主题：有些文献中详细地描写，人的念珠如何沿着恩齐杜的线向上爬行。他们的爬行并不需要手，手是用来捂住眼睛和耳朵的，或是用来赶开飞鸟的，那些白色的飞鸟竭力想把他们从线上拉下来。而人的念珠则攀附在线上，先将线头吞下，然后再轮流地用口腔和肛门抓住线。在关于恩齐杜的神话中为何出现这样一些庞大固埃[①]式的细节，还不十分清楚，也许，这是另一个未能流传至今的神话留下的余音。

---

① 庞大固埃是法国作家拉伯雷（1483—1553）的小说《巨人传》中的人物，其性格粗野而又幽默。——译注

还必须注意到恩齐杜线末梢的轮子。轮子上绘有类似眼睛的东西，它被画在一个三角形内。真实与神话在这里相交：古代苏美尔战车的轮子的确是用三角形的铜板来加固的，那铜板从外面钉在车轮上。而铜板上近似眼睛轮廓的图像，则象征着用来绕金线的锭子。车轮是运动的象征；因此，在我们面前自动运动着的便是恩齐神的锭子（比如，试比较阿里阿德涅线团①，或先知以西结②所看到的多目车轮）。“恩齐”这个名字的力量如此之大，即便这锭子开头只有一个，人们也会以为其数目无限之多。

塔塔尔斯基在房间的黑暗中觉出一道闪光。他认定这是外面什么亮光的反射，便站起身来，朝窗外望了一眼。窗外，任何有趣的事情都不曾发生。他看到了自己的沙发在窗玻璃上的反光，感到很吃惊，这个栖身之处已让他腻味，他多次想将它扔到污水坑去，点火烧掉，可是，在镜子般的反射中，这沙发却成了陌生的、惊人美丽的室内装饰中最好的组成部分。回到原处，他眼角的余光再次觉出一道闪光。他移动目光，可那道光也跟着移动，

① 阿里阿德涅为克里特王弥诺斯之女，她用小线团帮助雅典英雄忒修斯逃出迷宫。——译注

② 以西结，公元前 7 世纪的古犹太先知，《旧约》中有《以西结书》。——译注

似乎，那道光的源头就是角膜上的一个点。“是这样的，”塔塔尔斯基高兴地想到，“药劲上来了。”他的注意力转向这个点，仅在那里停留了一瞬间，但这已足以让事件在大脑中留下痕迹，这个事件在记忆中逐渐显现，就像显影盘里的照片那样。

他站在夏天里一个小城的街道上，小城里满是一模一样的单门独院。小城中竖起一个高大的建筑物，像是锥形的工厂烟囱，又像是电视塔，很难说清那到底是什么东西，因为，在那座烟囱塔的顶部还有一支白色的火炬在耀眼地燃烧，火光非常强烈，四周因高温而颤抖不止的空气扭曲了塔的轮廓。可以看到，塔的下部像一座阶梯式的金字塔，而上部，在白色的光芒中，什么细节也辨认不出来。塔塔尔斯基想，如果火焰不那么强烈的话，这东西倒有些像油田里常见的天然气井口上的火苗。

在一座座房屋敞开的窗户后面，在街道上，静静地站着一些人，他们脸朝上，在仰望着这个白色的火焰。塔塔尔斯基也抬起目光，这时，他立即腾空而起了。他感到，那火焰在吸引着他，如果他不将目光掉转开来的话，那火焰就会将他拖到天上去，将他烧焦。不知从什么地方，他了解到了有关这火焰的许多情况。他知道，许多人在他之前已经去了那里，他们在前面拖着他。他知道，有许多人只能在他之后才能去到那里，他们在后面推着他。塔塔尔斯基强迫自己闭上眼睛。待再睁开眼，他发现，塔已经移动了位置。

此刻他看到，这并非一座塔，这是一个高耸于城市之上的巨大人体。被他当作金字塔的东西，此刻看来是披落的衣物，像是法袍。光源，就是那人头上的锥形头盔。塔塔尔斯基清楚地看清了那张脸，在该长胡须的地方，是些与亮闪闪的攻城铁锤相类似的东西。那张脸朝向塔塔尔斯基，于是，塔塔尔斯基明白了，他之所以看到的不是火焰而是脸和头盔，仅仅是因为这火焰正看向他，事实上，火焰中并没有任何人体。在投向塔塔尔斯基的视线中有一种期待，但是，他还未及想一想，他自己欲说什么或欲问什么，他是否想要什么，在此之前，那人体即已给了他回答，并将目光从他身上移开。在刚刚有脸和头盔出现的地方，又恢复了先前那种难以忍受的火光，于是，塔塔尔斯基垂下了眼睛。

他发觉身边站着两个人，一个男人，身穿一件绣有船锚图案的衬衣，一个男孩，身穿一件黑色足球衫；他俩手拉着手，向上望着，可以发现，他们几乎融化了，流进了火焰之中，而他们的身体，周围的街道，乃至整个城市，都只是影子。

在整幅画面彻底熄灭之前，塔塔尔斯基猜透了，他所看到的火焰不是燃烧在上方，而是在下面燃烧，似乎，他看到的是太阳在水洼中的反光，他忘记了，他所看的并不是太阳实际所在的方向。太阳究竟在什么地方，这是什么东西，他都没来得及弄清楚，然而，他却弄清了其他一些非常奇怪的事情：这并非太阳映照在水洼里，是其余的一切——街道、房屋、其他的人和他自己——

却映照在太阳里，太阳与这一切都毫无干系，因为它甚至对这一切都毫无所知。

关于水洼和太阳的想法使塔塔尔斯基的心中充满了幸福，由于喜悦和感激，他竟然笑了起来。生活中的所有问题，感到难解和可怕的一切，都一下子不存在了，世界竟像他那个映在窗玻璃中的沙发，在一瞬之间改变了面貌。

塔塔尔斯基缓过神来，他坐在沙发上，手里捏着他还未及翻过的那一页。他的耳朵中跳动着一个模糊的词，像是“西鲁克赫”，又像是“西鲁福”。这是那个人体给出的答案。

“西鲁克赫，西鲁福，”他重复道，“不清楚。”

刚刚体验到的幸福又立即为恐惧所取代了。他想，不应该知道那些东西，因为他不清楚该如何与这样的知识共同生活。“如果只有我一个人知道这一点，”他神经过敏地想道，“那么，会不会是有人强迫我知道这一点并继续向前走呢？我要是突然告诉了别人呢？虽说，从另一个方面来讲，如果只有我一个人知道这一点，又有谁能强迫或是不强迫呢？还有，等等，我其实又有什么可说的呢？”

塔塔尔斯基沉思起来。他没有任何特别的东西可告诉给任何人。要知道，你无法去告诉醉了酒的哈宁，说不是太阳映照在水洼里，而是水洼映照在太阳里，说生活中没什么可忧伤的。也就是说，讲出来当然是可以的，只是要……塔塔尔斯基挠了挠后脑勺。他回忆起来，这已是他生活中第二个诸如此类的发现：在与吉列耶夫一同吃下蛤蟆菇后，他曾抵达某种无比重要的东西，后来，的确又忘了个一干二净。他的记忆中只剩下了这样一句应该是包含着真理的话："没有死亡，因为线索消失了，而球却依然存在。"

"上帝啊，"他低声说道，"要拖点东西来这里有多难啊……"

"是这样的，"那个轻轻的声音说道，"任何深度和广度上的发现，都不可避免地依赖词语。而词语则不可避免地依赖其本身。"

塔塔尔斯基觉得这个声音很耳熟。

"谁在这儿？"他打量着房间，问道。

"西鲁福来过。"那声音回答。

"这是一个名字?"

"This game has no name，"那声音回答，"这更像是一种职务。"

塔塔尔斯基忆起他是在何处听到这个声音的了，——是在莫斯科郊外森林中的那个军事建筑物里。这一次，他看见了说话者，或者更确切地说，他在一瞬之间毫不费力地想象出了那个人的样子。起初他觉得，出现在他面前的是一个狗一样的东西，像是一只猎狗，但有着有力的利爪和竖立的长脖子。这野兽生着一张长方形脑袋，脑袋上有一副锥形耳朵，它的脸虽然显得有些狡猾，但非常可爱，脸的上方是一个漂亮的冠子。似乎，它的两肋还生有一副翅膀。打量了一阵之后，塔塔尔斯基清楚了，就其大小和奇异程度而言，这个动物最合适的名称也许就是“龙”，况且，它还披着一身五彩缤纷的鳞片（不过在这个时刻，房间里几乎所有的东西都是五彩缤纷的）。尽管这东西具有明显的爬行动物特征，但它仍体现出了温厚和善良，因此塔塔尔斯基并不感到害怕。

“是的，一切都依赖于词语。”西鲁福重复道，“据我所知，人在毒品的作用下所获得的深刻发现，都是由临界剂量的醚所引起的。获得者在自己体内找到了记录发现的力量，尽管这非常复杂。记录看上去是这样的：‘整个宇宙都散发着石油的气味。’你离这样的深度还非常遥远。好了，这全都是多情善感。你最好还是说一说，你是在哪儿弄到这张小邮票的？”

塔塔尔斯基回忆起“穷人”咖啡馆里那个集邮者以及他的集邮册。他正打算回答，可西鲁福打断了他的话头：

“是集邮者格里戈利。如我所料。他手里有多少张？”

塔塔尔斯基回忆起集邮册的那一页和透明塑料袋里那三个淡紫色的小方块。

“清楚了，”西鲁福说，“也就是说，还有两张。”

说完这句话后他就消失了，这时塔塔尔斯基也缓过神来。他知道，一个人在犯了所谓的谵妄症时会发生什么样的事情，关于谵妄症，他在十九世纪俄国经典作家那里读了很多。对于幻觉，他没有任何控制。下一个偶然的思想会将他扔向何方，这也完全不得而知。他感到恐惧。他站起身来，疾步走向卫生间，将脑袋放在水龙头下，一直冲到他感觉到了刺骨的凉意。擦干头发，他回到房间，再一次看了看房间在窗玻璃上的投影。如今，熟悉的陈设成了对某种即将发生的恐怖事件的哥特式装饰，而沙发则变得像一个供摆放大型动物用的祭坛。

“吃这破东西有什么用呢？”他忧愁地想道。

“什么用也没有。”西鲁福说着，又出现在他的意识那未知的一维里，“总的说来，人没有必要服用任何毒品。尤其不必服用那些能引起精神分裂的东西。”

“我自己也清楚。”塔塔尔斯基轻轻地回答，“现在清楚了。”

“每个人都有一个他生活其中的世界，”西鲁福训诫地说道，“一个人之所以成为人，是因为他除了这个世界之外什么也看不到。而当你服用了超剂量的致幻剂，或者，当你吞食了过多的蛤蟆菇，这就完全是不成体统了，你做出一个非常冒险的举动。你步出了人的世界，如果你知道，在这一时刻有多少双无形的眼睛在看着你，你或许就永远也不会这样做了。如果你看到了哪怕是一小部分在这一刻看着你的人，你或许就会由于恐惧而死去。你是在用这样的举动宣布你不足以为人，你想成为别的什么东西。首先，若想不再为人，先得死去。你想死去吗？”

“不想。”塔塔尔斯基回答，真诚地将一只手放在胸前。

“那你想成为什么？”

“我不知道。”塔塔尔斯基伤心地说。

“这正是我谈的问题。而且，如果是一张从幸福的荷兰传来的邮票，也就罢了。可你吃下的完全是另一种东西。这是编号通行证，是工作证件，吃了它，你就移居到了一个绝对没有任何满足的领域。在那里，不允许无所事事地闲逛。而你就没有任何事情可做。是没有吗？”

“是没有。”塔塔尔斯基赞同道。

“我们来解决和集邮者格里戈利有关的问题。一个病人，一个收藏者。他的通行证是偶然得到的。可你为什么要吃下它呢？”

“想体验一下生活的活力。”塔塔尔斯基说道，抽泣了一声。

“生活的活力？那你就体验去吧。”西鲁福说。

塔塔尔斯基清醒过来，他唯一的希望就是，他刚才得到的体验永远别再在他身上重复了，他没有任何词语可描述那样的体验，有的只是深深的恐惧。为了那种体验不再重复，他甘愿面对一切。

“还想体验吗？”西鲁福问。

“不了，”塔塔尔斯基说，“求求你，不需要了。我永远永远也不再吃这脏东西了。我保证。”

“你去向地段民警保证吧。如果你能活到天亮的话。”

“什么？”

“没什么。不过你要知道，这是供 5 个人用的通行证。可你这里是一个。还是你一个顶五个?”

当塔塔尔斯基又一次清醒过来，他想到，他的确未必能熬过今夜。他刚刚变成了五个人，这五个人全都不好，塔塔尔斯基突然意识到，以单数存在，这是一个很大的幸福，他接着又感到吃惊，盲目至极的人们竟不会珍惜这样的幸福。

“求求你，”他恳求道，“别再对我做这样的事了。”

“我并没有对你做任何事，”西鲁福回答，“一切都是你自己做的。”

“我可以解释一下吗?”塔塔尔斯基悲戚地请求，“我知道我犯下了一个错误。我知道不应该看巴比伦塔，可是我也没……”

“巴比伦塔与这有什么相干?”西鲁福打断话头。

“我刚刚看到它了。”

“巴比伦塔是不可能看见的。”西鲁福回答，“巴比伦塔只能去登，我是以巴比伦塔看门人的身份告诉你这一点的。而你所看到的，是巴比伦塔的截然对立体，可以说，那就是迦太基矿。也就是所谓的‘托菲特’。”

“什么叫‘托菲特’?”

“就是举行祭祀火刑的地方。在锡拉岛、西顿、迦太基等地都有过这样的深坑，在那些深坑里也的确烧死过人。顺便说一句，迦太基就是因此灭亡的。这些深坑又被称为‘格耶那’①，是因古代的一个山谷而得名的，人们在那道山谷里首次发现了这门生意。我也许还可以补充说，《圣经》称这为‘火药般的下流’，不过，你反正也没读过《圣经》。”

“我不明白。”

“好。你可以认为，托菲特，这就是普通的电视机。”

“我还是不明白。这么说，我是在电视机里?”

“就某种意义而言是这样的。你看到了一个你们的世界正在其中燃烧的技术空间。有点像一个垃圾焚烧站。”

塔塔尔斯基在自己注意力的边缘又一次看到了那个手握闪亮弦线的身影。这一幕持续了一秒钟。

“这莫非是恩齐杜神吗?”他问道，“我刚刚读了关于他的文字。我甚至知道他手中的弦线是什么意思。当伟大女神项链上的念珠认定自己是人，他们就会散落到整个水域……”

“首先，这不是神，更确切地说，恰恰相反。恩齐杜，这只是他众多罕见名字中的一个，他流传更广的名字是瓦阿尔。或者是巴鲁。在迦太基，人们试图向他献上牺牲，烧死一些孩子，可这毫无意义，因为他并不打折扣，接连烧死了所有人。其次，并不是念珠认定自己是人，而是人们认定自己是念珠。因此，你称之

① 意为“地狱”。——译注

为‘恩齐杜’的那个人，将这些念珠收集起来，焚烧他们，是为了人们有朝一日能够明白，他们绝不是念珠。明白吗？”

“不明白。什么是念珠？”

西鲁福沉默了片刻。

“怎么对你解释呢？念珠，就是你的切·格瓦拉称为 identity 的东西。”

“这些牌牌是哪儿弄来的？”

“哪儿也没弄来。它们事实上是不存在的。”

“那么是什么在燃烧呢？”塔塔尔斯基不相信地问道。

“什么也没有。”

“我不明白。如果有火，那么就意味着有什么东西在燃烧。有什么一种物质。”

“你读过陀思妥耶夫斯基吗？”

“什么什么？”

“知道吗，他写过布满蛛网的澡堂？”

“我知道。坦白地说，他让我难以忍受。”

“那也没用。他的一部小说里有个佐西马长老，这位长老曾满怀恐惧地猜测物质之火。不清楚他为何如此害怕那种物质之火。物质之火，这便是你们的世界。应当照看你们在其中燃烧的那种火焰。你就属于照看者。”

“属于照看者？”

“你不是写广告词的吗？也就是说，你是那些人中的一个，他们在强迫人们去看消费之火。”

“消费之火？消费什么东西？”

“不是消费什么东西，而是消费什么人。一个人认为他是在消费，可实际上，是消费之火在将他焚烧，同时给予他微薄的欢乐。这就像是你们甚至在孤身一人时也乐此不疲的没有风险的性生活。一种生态学意义上纯净的垃圾焚烧技术。但是，你反正是弄不明白的。”

“谁是垃圾呢，谁是？”塔塔尔斯基问，“是人，是吗？”

“人就其天性而言是美好的，伟大的，”西鲁福说，“几乎像西鲁福一样美好和伟大。但是他们对此一无所知。而垃圾，就是他们的无知。这便是那实际上并不存在的 identity。在焚烧自己 identity 垃圾的时候，此生的人是在场的。你得同意，在这火边烤火，要胜过在这火中活活地被烧死。”

“人为什么要看这火焰呢，如果这火中燃烧着他的生命？”

“你们反正弄不明白，该如何对付这些生命。而且，无论你们看向何方，你们看到的都将是你们的生命在其中燃烧的火焰。仁慈就在于，在你们那儿，电视机和超市代替了火葬场。而真理则在于，它们的功能是一样的。然后，火焰，这不过是一个比喻。你看到了它，是因为你吃下了进入垃圾焚烧场的通行证。大多数人则只能看到他们眼前的电视屏幕。”

说完此话，他就消失了。

“喂。”塔塔尔斯基喊道。

没有应答。塔塔尔斯基又等了一秒钟，他明白了，他是在独自面对自己那个打算沿街叫卖的大脑。应该马上让自己干点什么。

“打个电话，”他嘟囔道，“打给谁呢？打给吉列耶夫！他知道该怎么办。”

很长时间都无人接电话。最后，在第 15 次或第 20 次响铃之后，传来了吉列耶夫阴沉的声音：

“喂。”

“安德列吗？你好。我是塔塔尔斯基。”

“你知道现在几点了吗？”

“听着，”塔塔尔斯基急忙说道，“我有麻烦了。我的药吃多了，专家说是五个人的量。简单地说，把整个肉联厂都给吃了。怎么办？”

“怎么办？我不知道怎么办。遇到这种情况，我就念咒语。”

“能给我一段吗？”

“我怎么给你？需要传授才行。”

“有没有不需要传授的呢？”

吉列耶夫沉思起来。

“马上，你等一会儿。”他说着，将话筒搁在桌子上。

数分钟里，塔塔尔斯基一直在听着由电波沿着电线送来的遥远声音。起初，可以听见断断续续的谈话声，有个女人气恼的声音长时间地穿插其间，然后，一个孩子尖厉、不止的哭泣压倒了一切。

“你拿笔记下来，”吉列耶夫终于说道，“奥姆－梅拉菲封－博瓦－克哈－沙，我一个字母一个字母地再重复一遍：o，m……”

“我记下了，”塔塔尔斯基说，“这是什么意思?”

“意思并不重要。把注意力完全集中在声音上，明白吗？你有伏特加吗?”

“好像有。有两瓶。”

“你可以大胆地喝干它。就着这句咒语喝，非常好。一个小时后，一切都会过去。明天我再给你打电话。”

“谢谢。喂，是谁在那儿哭?”

“儿子。”吉列耶夫回答。

“你有儿子？我还不知道。叫什么名字?”

“纳姆哈依。”吉列耶夫不情愿地回答，“明天见。”

放下话筒，塔塔尔斯基奔向厨房，口中还急速地念叨着得来的咒语。拿出一瓶“绝对”牌伏特加酒，将酒倒进茶杯，他分三口喝光酒，又喝了一壶凉茶，然后走进卫生间，回到房间则是可怕的。他坐在澡盆沿上，眼睛盯着门，念道：

“奥姆－梅拉菲封－博瓦－克哈－沙，奥姆－梅拉菲封－博瓦－克哈－沙……”

这句话非常难念，因此，脑袋里便再也没有其他思想的容身之地了。平静的几分钟过去之后，一阵醉意的暖流涌遍全身。塔塔尔斯基几乎已经安定下来，可是突然，他在视线的边缘又发现了那种熟悉的闪亮，他紧握双拳，更快地念咒语，但是，一个新的幻觉已经无法阻止地出现了。

在刚刚还是卫生间房门的那个地方，腾起一个近似焰火的东西，在红黄色的火焰就要熄灭的时候，他看到眼前有一丛燃烧的灌木。灌木的枝丫上冒出耀眼的火舌，像是沾满燃着的汽油，可是在火中，灌木那深绿色的叶子却没有烧焦。塔塔尔斯基正想仔细地看一看那灌木，却见一只握成拳头的手自那灌木丛中央向他伸来。塔塔尔斯基向后仰去，差一点倒在澡盆里。拳头松开了，塔塔尔斯基看到那手掌里是一根湿漉漉的带刺的小黄瓜。

待灌木消失，塔塔尔斯基已不记得他是否接过了那根黄瓜，但是嘴里却分明有一道咸味。也许，这是咬破的嘴唇流出的血。

“不，吉列耶夫，你的咒语不管用啊。”塔塔尔斯基低语着走进厨房。

又喝了些伏特加（这需要付出努力），他回到房间，打开电视。响起一阵庄严的音乐，屏幕上的蓝色斑点荡漾开去，变成图像。在转播一场音乐会。

“上-上帝啊，请你倾听！”一个脸上涂了粉的男人一边转动着凸出的眼睛，一边唱道，他戴着蝴蝶领结，燕尾服上套着一个缀满珠片的背心。在歌唱的时候，他奇怪地舞动手掌，似乎有一阵无形的天风欲将他带往何处。

塔塔尔斯基敲了敲桌子，于是，那位戴蝴蝶领结的人消失了。“莫非，该祈祷一下？”他想，“也许会突然起作用的……”他想到浮雕上那个两手举向星空的人。

走到房间的中央，他艰难地跪下，将两手抱在胸前，眼睛望着天花板。

“上帝啊，请你倾听，”他轻声说道，“在你面前我是有罪的。我生活得很糟糕，不正确，这我知道。但是，我在内心里并不希望任何卑鄙的东西，我保证。我再也不吃这脏东西了。我……我不过是想幸福一些，可我无论如何也得不到幸福。也许我命该如此。要知道，除了编写一些糟糕的广告词，我什么也不会。但是，上帝，我要为你写一个优秀的广告词，我保证。要知道，他们对你的定位完全是错误的。他们整个儿地尚未入门。就算这是最后一个短片，可以为这座教堂募捐钱财。那儿站着一个老太太，她手拿一只箱子，箱子里起先放进了来自‘扎波罗热人’[①]的一个卢布，然后是来自‘奔驰’的一百块。思想是清楚的，但定位却完全不灵。要知道，坐‘奔驰’的人就是从前坐‘扎波罗热人’的人。小车是明白的。而我们需要的 target group，却正是那些坐

① 一种廉价小汽车。——译注

‘奔驰’的人，因为就贡献而言，一个坐‘奔驰’的人就相当于一千个坐‘扎波罗热人’的人。不应该这样。马上……”

塔塔尔斯基勉勉强强站起身来，走到桌边，拿起一支笔，笔迹潦草、凌乱地写道：

宣传画（短片情节）：一辆车身很长的白色高级轿车，背景是基督救主大教堂。车的后门敞开着，有灯光射出。灯光中探出一只系带平底鞋，它几乎已踩到了沥青路面，还有一只握着门把手的手。看不到脸。只有灯光、轿车、手和脚。广告词：

基督救主

可靠先生们的可靠的主

另一方案：

可靠先生们的主

放下手中的笔，塔塔尔斯基抬起泪汪汪的眼睛，望着天花板。“上帝啊，你喜欢吗?”他轻声地问道。

小沃夫契克

上帝对人的爱，就体现在伟大的、无法用语言表达的“毕竟可以”原则之中。“毕竟可以”意味着大量事物，一，比如说，这个原则本身尽管是绝对难以表达的，可它毕竟可以被表达、体现出来。而且，它还可以被表达无数次，每一次都以全新的方式被表达，诗歌就是因此而存在的。这就是上帝的爱。人该如何回报这样一种爱呢？

塔塔尔斯基一身冷汗地醒来，他不明白，窗外射进的那束无情的白光为何会落在他的脑袋上。他的脑中留下一段朦胧的记忆，记得自己曾在梦中叫喊过，似乎还在一个人面前表白过，总之，他做了一个酒后噩梦。他醉得如此厉害，别指望还能往嗓子眼里灌进一百克的解酒。连想都不能想，因为一想到酒精就会引起呕吐痉挛。但是他很走运，因为伟大的叶罗菲耶夫①歌颂过的上帝之爱那非理性的神秘显现，已经在用其颤动的翅膀将他庇护。

毕竟可以喝点解酒。有一种专门的解酒方法，名叫“小火车头”。这一方法是由一代又一代的酗酒者们磨炼出来的，在一次大醉之后的清晨，圣彼得堡秘密圈子里的一个人将这一方法传授给了塔塔尔斯基。“这个方法实际上是古尔吉耶夫②式的，”那人解释说，“它属于所谓的‘狡猾人之道’。在那里，你要将自己看成一部机器。这部机器有感受体、神经末梢和高级控制中心，高级控制中心明确宣布，任何一个服用酒精的尝试都将立即引起呕吐。而一个狡猾的人会怎么做呢？他会欺骗机器的感受体。实践步骤看上去是这样的。你满满地含上一大口柠檬水，然后倒上一杯伏特加，端到嘴边。然后，你咽下柠檬水，趁感受体向高级控制中心发出你在喝柠檬水的通报之机，你迅速地把伏特加喝下去。肌体根本来不及体味，因为它的意识相当缓慢。但是，这里也有区别。如果你在伏特加之前喝的不是柠檬水，而是‘可口可乐’，你吐出来的可能性是百分之五十。如果你喝的是‘百事可乐’，那就肯定会吐。”

“这可以用作创意。”塔塔尔斯基阴郁地想着，走进厨房。一

---

① 应指俄国作家韦涅季克特·叶罗菲耶夫（1938—1990）及其后现代小说《从莫斯科到佩图什基》（1970）。——译注

② 约指俄国神秘主义哲学家古尔吉耶夫（1874—1949）。——译注

只瓶子里还剩一点伏特加。他把剩酒倒进杯子，转身朝冰箱走去。他非常害怕，担心冰箱里什么也没有，只有百事可乐，通常，出于对这一代人之理想的信仰，他购买百事可乐。但是很走运，冰箱的下层有一罐“7-Up”① 柠檬水，那是一个客人拿来的。

“Seven-Up,”塔塔尔斯基舔着发干的嘴唇，嘟囔道，“The Uncola ... ”

治疗很成功。回到房间，走近桌子，他发现桌上有几张写满潦草字迹的纸。原来，昨天的宗教情感波浪在纸上留下了整整一栏文字，可写作这些文字的时刻他已经忘记。第一段文字是这样的：

> 一个商业思想：通知人们去浇注基督救主大教堂的大钟。可口钟和百事钟。金钟状的瓶盖（用于 pro-V 的救主教堂：洗发水，投资）。

接下来，似乎灵魂又为日常手艺所吸引了，但有些害羞，钟的下方有一句被画掉的话：

---

① 中译“七喜”。——译注

可口长袜，可口香肠，可口科累马故事①（雇佣一帮作家）。

在下一张纸上，是用整齐的印刷体写下的这样一段文字：

“永恒生命”牌鸡尾酒

人哪！别为自己索取任何东西。
当人们成群向你走来，
你就将自己完整地交给他们。

你说你尚未做好准备？
我们相信你明天能行！
而此时，Bombay Saphire②杜松子酒，
加奎宁水、果汁或只加冰。

最后一段文字看来是来自天国那个巨大的广告公司，当时，

---

① 在原文中，“长袜”“香肠”和“科累马故事”三个词的前三个字母与“可乐”一词的前三个字母相同。《科累马故事》是俄国作家沙拉莫夫（1907—1982）的作品，被视为“集中营文学”的代表作。——译注

② 英文：“孟买蓝宝石酒。”——译注

塔塔尔斯基已抵达醉酒的极端阶段，不过，他花了好几分钟才破译出自己的潦草字迹。看来，在写这句广告词的时候，忏悔的神迷高潮已经过去，意识又彻底回到了实用的理性中：

DO IT YOURSELF, MOTHERFUCKER.

*REEBOK*①

电话铃响了。“是哈宁。”塔塔尔斯基恐惧地想道，他拿起了话筒。但是，原来是吉列耶夫。

“瓦万吗？你怎么样了？”

“还可以。”塔塔尔斯基回答。

“昨天的事请你原谅。电话打得太晚了。老婆发脾气了。都过去了？”

“马马虎虎。”

“你知道我要对你说什么吗？你是搞广告的，也许会感兴趣。有一个喇嘛来了这里，名叫乌尔干·扎姆蓬·图尔库七世，是格鲁格普教派的。他做了一个演讲，谈的全是广告。我这里有一盘磁带，可以让你听听。那里有很多东西，但主要的一个思想很有意思。从佛教的观点来看，广告的意义是非常简单的。广告努力

---

① 英文：“自己去做，混账东西。锐步。”——原注

说明，对做了广告的产品的消费会带来崇高、愉悦的再生，而且，这再生不是出现在死亡之后，而是在消费行动之后立即出现的。也就是说，嚼了无糖的‘Orbit’口香糖，就已经成仙了。嚼了‘Dirol’口香糖，就会是一个牙齿雪白雪白的上帝。”

“你的话我连一个字也听不明白。”塔塔尔斯基说，一阵阵恶心的痉挛使他皱起了眉头。

“好吧，如果简单地说，他想表达的意思就是，广告的主要任务就是向人们展示另一些人，这些人善于受骗，善于在对物质对象的拥有中找到幸福。实际上，这样的受骗者只生活在短片中。”

“为什么？”塔塔尔斯基问道，竭力想追赶上他朋友那个令人不安的思想。

“因为，广告推销的从来就不是物品，而是普通的人类幸福。对幸福人士的展示从来都是一模一样的，只不过在不同的场合，这种幸福是由不同的拥有所唤起的。因此，一个人去逛商店，并不是去购物，而是去寻求这种幸福，可商店里并不出售幸福。后来，喇嘛又批判了有个叫切·格瓦拉的人的理论。他说，切·格瓦拉不是一个彻底的佛教徒，因此对于一个佛教徒来说，他并不是一个彻底的权威。总的说来，除了机枪的射击和自己的商标，他并没有给这个世界带来任何东西。的确，这个世界也没有给他任何东西……”

“听着，”塔塔尔斯基打断了话头，“你打住吧。我现在反正什么也弄不清楚，我头疼。你最好还是告诉我，你给我的是什么咒语？”

“那不是咒语，”吉列耶夫说那是课本中的一句伊夫里特语[1]，“是我老婆教给我的。”

“你老婆？”塔塔尔斯基问道，擦着额头上的冷汗，“虽说这是理所当然的。既然有儿子，当然有老婆。她干吗要教你伊夫里特语呢？”

“她想离开这里。不久前她做过一个可怕的梦。没有任何幻觉，全都是思考。简单地说，那是一块石头，石头上坐着一个裸体姑娘，这姑娘就是俄国。也就是说，有个人向姑娘俯下身去……脸看不清，但好像穿着带有肩章的军大衣。要不就是斗篷。他把她给……”

“别说了，”塔塔尔斯基说，“我想吐。我等会再给你挂电话吧。”

“好吧。”吉列耶夫同意了。

“等等。你为什么给了我那句话，而没有给我咒语？”

“有什么区别？在那种情况下重复什么话还不都是一回事。重要的是要让大脑活动，多喝点伏特加。而咒语不经传授谁又能给你呢？”

---

① 一种以古希伯来文字为基础的以色列语言。——译注

“这句话是什么意思?”

“我现在来看看。在哪儿……啊，在这儿。‘奥德－梅拉菲封－博瓦－克哈－沙。’这句话的意思就是：‘请再给我一根黄瓜。’明白了吗，啊？一句天然的咒语。是的，开头不是‘奥姆’，而是‘奥德’，我给偷换了。如果在结尾再加上一个‘胡姆’……”

“好了，”塔塔尔斯基说道，“再见。我要去喝杯啤酒。”

早晨明朗而又清新；在清晨凉爽的纯净中，似乎能觉出一种莫名其妙的指责。走出门洞，塔塔尔斯基若有所思地停住脚步。此处离他常去喝酒的那个昼夜营业的商店（此处的酒鬼都称它为“环球航行店”）要走上十分钟，回来还需要同样长的时间。而在附近，两分钟路程的地方，有一些售货亭，他曾在其中的一个亭子里打过工，打那之后，他一次也未到过这些亭子附近。但是现在，已经顾不上那些隐在的恐惧了。塔塔尔斯基一边与不想活下去的念头进行斗争，一边向那些售货亭走去。

有几个亭子已经开门；售货亭旁边有个报摊。塔塔尔斯基买了三罐“乐堡”啤酒①和一份分析性小报，他读小报是为了看其中的广告，即便醉得很厉害的时候，他对那些广告栏目仍具有一种职业兴趣。他喝干了第一罐啤酒，翻阅着小报。他的注意力被

① 丹麦啤酒品牌，外文为 Tuborg，创建于 1880 年。——译注

俄国航空公司的广告吸引住了，在那幅广告上，一对夫妻正沿着舷梯向上走去，舷梯尽头是一棵挂满天堂果实的棕榈树。“这些白痴，”塔塔尔斯基想道，“什么人竟做出了这样的广告？比如说，一个人要飞往新西伯利亚，可却有人对他说，他是在步入天堂。也许，他去天堂还太早了点，也许，他去新西伯利亚是有事情要做……他们甚至还想出了一个‘伊卡洛斯号’空中客车……”相邻的一页上，是一幅“多芙甘寡妇No. 57”香槟酒的彩色广告画：一位迷人的金发女郎正在滑水经过一个棕榈覆盖的黄色岛屿，她同时在用手机与某人通话。小报上还刊有一家开在起义广场的美国餐馆的广告，是餐馆入口处的一张照片，入口上方是喜气洋洋的霓虹灯招牌：

BEVERLY KILLS

A CHUCK NORRIS ENTERPRISE

塔塔尔斯基合起报纸，将它垫在亭子之间的一个脏箱子上，坐上去，打开了第二罐啤酒。

似乎立即就轻松了一些。为了不去看周围的世界，塔塔尔斯基专心打量起啤酒罐来。啤酒罐上，在“乐堡”的黄色商标下方有一幅不小的图画：一个身穿背带裤的胖男人在用一块白毛巾擦额头上的汗。男人的头上是一片蓝天，而他自己则站在一条狭窄的小道上，那条小道一直通向天边；总之，这幅画有很重的象征性负荷，真弄不明白，啤酒罐那层薄薄的马口铁如何能将它承载。塔塔尔斯基又不由自主地编起广告词来。

“大约是这样的，”他想，“生活，就是在酷热阳光下的孤独流浪。我们行走的这条路没有目的地。我们不知道死亡将在何处迎接我们。当你忆起这些，世上的一切似乎都变得空洞和渺小。这时，洞察便到来。乐堡。请想一想主要的东西！”

广告词的一部分可以用拉丁文来写，塔塔尔斯基一直保持着干第一件活时产生的这种兴趣。“停下你的脚步，赶路人。”那里好像有个 viator①，塔塔尔斯基记不太准了，需要去看一看《拉丁名句选》。他在衣袋里摸索着，想找一支笔，把想到的东西记下来。没有笔。塔塔尔斯基决定向过路人借一支，他抬起眼睛，却见站在自己面前的是胡赛因。

胡赛因的嘴角堆着笑，两只手插在宽大的丝绒裤中，一对油亮的眼睛里什么表情也没有，他还处在不久前的注射所引起的兴奋之中。他几乎没有变样，只是稍稍胖了些。他头上戴着一顶小小的毛皮帽。

啤酒罐从塔塔尔斯基的手中滑落下去，一股具有象征意义的黄色液体在沥青路面上画出一个深色斑块。刹那间掠过他内心的

① 英文：“旅人。”——译注

情感与他刚刚为“乐堡”想出的创意完全吻合，唯一的例外是，什么样的洞察也没有到来。

“我们走。”胡赛因说着，伸出一个指头招呼塔塔尔斯基。

塔塔尔斯基犹豫了片刻，不知是否该逃开，但他又意识到，更理智的选择是别这么干。他记得，胡赛因总是条件反射般地将比狗大、比汽车小的任何快速移动物体都当成靶子。当然，最近这段时间里，在吗啡和苏菲音乐的作用下，胡赛因的内心世界也许发生了一些深刻的变化，但是，塔塔尔斯基并不急于通过实践去验证这一点。

胡赛因住的活动房同样几乎没有变样，只是窗户上如今挂了厚厚的帘子，房顶上有个绿色的碟状卫星天线。胡赛因打开门，轻轻地从背后推了塔塔尔斯基一把。

屋里很暗。一台很大的电视开着，屏幕上的图像是静止不动的，一株枝繁叶茂的大树下有三个人影。图像有些抖动，电视机是与放像机连在一起的，放像机正处于“暂停”状态。电视的对面有条长凳。凳子上坐着一个人，他背靠着墙，胡子很久没剃了，身上穿着一件缀有金色纽扣的俱乐部制服。他一身臭气。他的右腿向后从凳子底下穿过，被用手铐和他的一只手铐在一起，这样一来，他的身体便一直处在一种很难形容的半卧状态，这使塔塔尔斯基想到了“大韩航空”的一个广告，在那个广告上，商务舱的乘客就摆出了这样一个哇噻肛门姿势（不过，在“大韩航空”

的广告上，那位乘客的身体是转过去的，所以看不见手铐）。见到胡赛因，那人抽搐了一下。胡赛因从口袋里掏出手机，向被绑在凳子上的人晃了晃。那人拒绝地摇了摇头，这时，塔塔尔斯基才发现，那人的嘴巴被一截宽宽的肉色胶布粘住了，在那胶布上还用红色图画笔画了一个笑容。

“讨厌的家伙。”胡赛因嘟囔道。

他从桌上拿起遥控器，按了一个键。电视屏幕上的人影没精打采地移动起来，因为放像机在慢速放像。塔塔尔斯基依据自己的政治正确性认出了这些难忘的镜头，这部电影的名字好像叫《高加索俘虏》。一个穿一身皱巴巴军服的俄国军人在开心地、疑惑地四下张望，两个眼睛贼亮、身着民族服装的高加索人在两边架着他，而第三个人则戴着皮帽，那帽子与胡赛因头上的差不多，他正用一把博物馆里常见的那种长军刀顶着俄国军人的喉咙。屏幕上闪过好几个大幅特写：俄国军人的眼睛，紧贴着皮肤的刀刃（塔塔尔斯基想到，这是对布留埃尔的《安达卢西亚的狗》① 的有意借用，为了在戛纳评委会得到好处），然后，那凶手将军刀朝自己的方向猛地一拉。在此之后，屏幕上又立即出现了开头的一幕：凶手复又将军刀逼向牺牲者的喉咙。这一片段反复播放。直到此

① 《安达卢西亚的狗》（又译《一条安德鲁狗》，1928）是西班牙著名导演布留埃尔（1900—1983）拍摄的超现实主义经典影片。——译注

时塔塔尔斯基才意识到，他看到的是一个类似广告短片的东西，在展览会的展台上常循环播放这样的片子。甚至不是类似，这就是一个广告短片。胡赛因也为信息技术所触动了，如今，借助视觉镜头，他在客户的意识中给自己定位，在说明他的企业提供什么样的服务。有可能，军刀逼近喉咙的大幅特写甚至是剪辑上去的，塔塔尔斯基不记得影片中有过这样的镜头。那个客户看来很熟悉这个短片，也很熟悉胡赛因的企业，他于是闭上眼睛，将脑袋垂向胸口。

“喂，你看，看啊。”胡赛因说着，抓住他的头发，将他的脸扭向屏幕，“你这个花花公子。你在我这儿……”

那个不幸的人轻声地叫喊着，但是，由于他的脸上还照旧挂着那个大咧着嘴的微笑，塔塔尔斯基对他生出一种非理性的厌恶。

胡赛因放下他，整了整帽子，然后朝塔塔尔斯基转过身来：

“他只需要打一个电话就行，可他就是不愿意。他在折磨自己，也在折磨其他人。这些人哪……你怎么样？我看你不大痛快?”

“不是，”塔塔尔斯基说，“喝醉了。”

“那我就再给你倒点。”胡赛因说。

他走近保险柜，取出一瓶“轩尼诗”和两个不太干净的带棱玻璃杯。

“欢迎客人。”他说着，倒了两杯酒。

塔塔尔斯基和他碰碰杯，干了一口。

“怎么谋生的？”胡赛因问。

“干活儿。”

“在哪儿干呢？”

必须得说点什么，而且要说得让胡赛因不再索要离职违约金。塔塔尔斯基的手上此时没钱。他的眼睛落在电视屏幕上，在那儿，死亡又到来一次。“他们会这样杀人的，”他想，“不会有任何人去你的坟墓上献花……”

“在哪儿干活儿？”胡赛因追问道。

“在鲜花行业，”塔塔尔斯基说，他的话连他自己也感到意外，“和阿塞拜疆人一起干。”

“和阿塞拜疆人一起干？”胡赛因不相信地追问，“和哪些阿塞拜疆人一起干？”

“拉非克，”塔塔尔斯基充满灵感地回答，“还有艾尔达尔。我们租了一架飞机往这里运花，往那边运……这你自己也明白。当然，不是我租的。我只是帮帮手。”

“是吗？那你当时为什么不像个人似的说明一下呢？你为什么要扔掉钥匙呢？”

“我当时喝多了。”塔塔尔斯基回答。

胡赛因沉思起来。

“连我都不知道啊，”他说，“搞花是门好生意呀。你像个男人对男人那样说清楚，我对你就会什么话也没有。要是……应该和你那位拉非克谈一谈。”

“他现在在巴库，”塔塔尔斯基说，“艾尔达尔也在巴库。”他腰间的传呼机响了起来。

“谁在呼你？”胡赛因问。

塔塔尔斯基看了看显示屏，见是哈宁的号码。

“只是个熟人。他与这事毫无关系……”

胡赛因默默地伸出手，塔塔尔斯基老老实实地把自己的传呼机放到他手上。胡赛因拿过电话，拨了号，意味深长地看了塔塔尔斯基一眼。在电线的另一端，有人拿起了话筒。

“喂，”胡赛因说，“请问是谁啊？哈宁？你好，哈宁。这里是高加索同乡会。我叫胡赛因。我有事要麻烦你，你的朋友沃瓦现在就坐在我们这里。他有麻烦，他欠我们钱。他不知道去哪儿弄钱。他让我给你打电话，你也许能帮他。你也和他一起贩花吗？”

他朝塔塔尔斯基使了一个眼色，一声不响地听了一两分钟。

“什么？”他皱起眉头问道，“你是说，你与他一起贩花？什么，象征性地贩花？什么波斯玫瑰？什么阿里奥斯托？谁？什么人？让你的朋友……我听着……”

根据胡赛因的面部表情塔塔尔斯基明白，在电话的另一端，有人在说着一些莫名其妙的话。

"不管你是谁，我都无所谓，"胡赛因在长长的停顿之后说道，"你随便派什么人来好了……对……派一个装甲团来也可以。只是你要事先警告他们，以防万一，这里躺着的可不是一个从白宫逃出来的少年伤兵，明白啦，不明白？什么？你自己要来？来吧……你记下地址……"

挂上电话，胡赛因询问地看了塔塔尔斯基一眼。

"我说了，不值得这样做。"塔塔尔斯基说。

胡赛因皱起眉头：

"你在为我担心？好样的，是个善人。但是没有必要。"

他从保险柜里拿出两颗手雷，将引信的拉环稍稍松开一点，然后一边一个塞进两侧的衣服口袋。塔塔尔斯基装作在看向另一个方向。

半小时后，在离活动房数米远的地方停下一辆人们谈论不止的"奔驰－600"，车窗玻璃是深色的，塔塔尔斯基透过窗帘间的缝隙往外看。轿车里钻出两个人，一个是头发凌乱的哈宁，另一个人塔塔尔斯基不认识。

就一切定位特征来看，这是一个所谓的中产阶级的代表，典型的一头公牛，从某个南方港口一家旧货店里跑出来的一个红脸步兵。他身穿一件黑色皮夹克，一条运动裤，戴着粗大的金链子。但是，根据那辆轿车来判断，他则体现着一个罕见的例子：士兵成功地当上了将军。在与哈宁交谈了几句之后，他朝门口走来。

哈宁留在原地。

门打开了。陌生人气势汹汹地走进活动房，他先扫了胡赛因一眼，然后看了看塔塔尔斯基，然后看了看被绑在凳子上的人。他脸上现出惊讶之色。他一动也不动地站了片刻，像是不相信自己的眼睛，然后，他向那被绑的人走去，一把抓住那人的头发，用膝盖朝那人的脸重重地撞了两下。那人想用一只自由的手来保护自己，但没来得及。

“你在这儿，杂种！”来人高声嚷嚷道，他的脸涨得更红了，“我们满城找你，都找了两个星期了。怎么，你是想躲起来？包扎好了，你这个屁商人？”

塔塔尔斯基和胡赛因交换了一下眼色。

“唉，你别太狠，”胡赛因不太自信地说道，“他当然是个商人，别嚷嚷，可他毕竟是我的商人。”

“什么？”陌生人丢下那个血流满面的脑袋，问道，“你的商人？他做我的商人的时候，你还在山上放母羊呢。”

“我在山上放的不是母羊，而是公羊，”胡赛因不动声色地回答，“如果你是来发牛脾气的，我就在你的鼻子上套个环，我说话当真。”

“你说什么？”陌生人皱起眉头，敞开夹克，夹克的左侧有个鼓囊囊的东西，“什么环？”

“就是这个。”胡赛因说着，从口袋里掏出了手榴弹。

打开的引信马上让陌生人安静了下来。

“这畜生欠我钱。”他说道。

“他也欠我的钱。”胡赛因说着，收起了手榴弹。

“他先欠我的钱。”

“不。他先欠我的钱。”

他俩对着眼，僵持了一分钟。

“好吧，”陌生人说，“我们明天见个面，再谈这事。晚上10点。在哪儿?”

“你就直接来这里吧。”

“说定了。”陌生人说着，用指头指了指塔塔尔斯基，“这年轻人我要带走。他是我的人。”

塔塔尔斯基询问地看了看胡赛因。胡赛因亲热地笑了笑：

“不会有人冲你嚷嚷了。你的朋友担待了一切。这样吧，按人道的方式，你走吧。给我拿些花来，要玫瑰。我喜欢玫瑰。”

胡赛因在所有人之后走出房间，他点着一支烟，背靠着活动房的墙壁。塔塔尔斯基向前走了两步，又转过身来。

“我的啤酒忘在屋里了。”他说。

“去取吧。”胡赛因答道。

塔塔尔斯基回到活动房，从桌上拿起最后一罐“乐堡”。被捆在凳子上的人闷闷地叫着，抬起那只自由的手。塔塔尔斯基见他手中有个方块彩纸，就拿了过来，急忙揣进口袋。这俘虏发出一阵轻轻的高八度呻吟，用手指做出一个拨电话号码的动作，然后将手掌按在胸口上。塔塔尔斯基点点头，走出门来。站在台阶旁抽烟的胡赛因，好像什么都没看见。陌生人和哈宁已经坐在汽车里；塔塔尔斯基刚一坐进前排座位，汽车便立即启动了。

“你们认识一下，”哈宁说，“这位是瓦万·塔塔尔斯基，我们最好的专家之一。这位，”哈宁朝正驾车驶向马路的陌生人点了点头，“是小沃夫契克，几乎与你同名。他还有一个名字叫尼采分子。”

“什么话啊，”沃夫契克眨了眨眼，快速地说，“这都是老早前的事了。”

“这位，”哈宁继续说道，“是一个很有经济能量的人物。可以说，是这些年平均温度偏低的国家中自由模型的关键一环。你懂一点市场经济吗?”

“一点点。”塔塔尔斯基回答，他竖起两个指头，在两个指头间只留有一毫米的间隙。

“这样的话，你就应该明白，在如此定义的绝对自由的市场中，应该有绝对自由的限制者出场。沃夫契克恰好就是这样的限制者。简短地说，我们的家园……”

当汽车在信号灯前停下，小沃夫契克抬起一双没有表情的小眼睛，看了看塔塔尔斯基。真不明白人们为什么称他为“小”沃夫契克，他可是一个身高体壮的男人，年纪也不小。他的脸是典型的强盗相，轮廓不太清楚，但也不太让人讨厌。他看了塔塔尔斯基一眼，说道：

“长话短说，你能搞俄罗斯理念吗？”

塔塔尔斯基颤抖了一下，眼睛瞪得老大。

“不行，”他说，“没想过这个题目。”

“那就更好了，”哈宁插话道，“俗话说，带着一颗新鲜的脑袋……”

“干吗要搞这个题目？”塔塔尔斯基问道，向他转过身来。

“有人向你约稿。”哈宁回答。

“谁约的？”

哈宁朝沃夫契克那边点了点头。

“给你纸和笔，”他说道，“仔细听他的话，把要点记下来。然后根据要点去写。”

“有什么可听的，”沃夫契克嘟哝道，“一切都是明摆着的。我问你，瓦万，你在国外的时候是不是感到屈辱？”

“我没出过国。”塔塔尔斯基坦承道。

“好样的。因为一旦出了国，你就会感觉到。我来准确地告诉你，在那边，他们不把我们当人看，好像我们全都是粪土，是野兽。也就是说，当你在什么个‘希尔顿’包下整整一层楼，他们当然会排着队向你大献殷勤。但如果你到了某个宴会厅，或者一个交际场合，他们就会把你当猴子看。他们会说，比如，您的十字架这么大啊，怎么，您是神学家？狗东西，我要在莫斯科让你看一看我们的神学……”

“为什么会出现这样的态度呢？”哈宁打断了话头，“有什么看法吗？”

“有，”沃夫契克说，“这都是因为我们上了他们的寄宿学校。我们看他们的电影，开他们的车，我们甚至靠他们养活。我们自己出产的东西，如果认真想一想，就只剩下钱了……大家都明白，连钱也成了他们的钱，所以真弄不明白，我们干吗要费心去印钱。虽说另一方面，我们得生产，如果谁也不给……我完全不是一个经济学家，但是我准确地感觉到，事情很糟糕，这里隐藏着什么骗局。”

沃夫契克停下来，陷入了沉思。哈宁想说点什么，可沃夫契克却突然爆发了：

“可是他们以为我们是文化上的落后种族！就像非洲的傻瓜一样，你明白吗？似乎我们都是金钱动物。是些猪猡或公牛。可是要知道，我们是俄国啊！甚至连想一想都觉得可怕！一个伟大的国家啊！”

“是啊。”哈宁说。

“由于这一切，我们一时丧失了根基。你自己也知道，这是什么样的生活，无处可去。可是这并不意味着我们已经忘了我们的出身，像那些羊胡子非洲人那样……”

"我们别带情绪，"哈宁说，"你给这个年轻人解释一下，你想要他做什么。简单一些，别多愁善感的。"

"长话短说，我现在来给你解释一下局势，详详细细地，"沃夫契克说，"我们的民族商业步入了国际舞台。那个舞台上挤满各种各样的钱，车臣的，美国的，哥伦比亚的，这你也知道。如果你只将它们当钱看，那它们就全都是一模一样的。但是在每一种钱的背后，实际上都有一种民族思想。从前我们有过正教、专制制度和民粹主义。后来又有了这么个共产主义。可是现在，在共产主义结束之后，除了金钱之外却没有任何思想。但是，在金钱面前不能仅仅站着金钱，对吗？因为那样的话，就根本弄不清楚了，为什么有人在前，而有人在后？"

"是这样，"哈宁说，"学着点，瓦万。"

"这时，我们俄国的美元却在加勒比湾的什么个地方转悠，"沃夫契克继续说道，"事实上，你甚至弄不明白，为什么这恰好是俄国的美元。我们缺少的是民—族—定—位……"

最后一个词，沃夫契克是一字一顿地说出来的。

"明白吗？车臣人有民族定位，我们却没有。因此他们就拿我们当粪土看。必须有一个清晰、简明的俄罗斯理念，好对那边的每个杂种都说上一句：去你的吧。我们自己也应该知道我们的出身。"

"你就布置任务吧。"哈宁说道，在反光镜里冲塔塔尔斯基使了个眼色，“这是我的主创意人。他每分钟的价钱，比我们一个星期挣得还要多。”

“任务很简单，”沃夫契克说，“给我写出一个俄罗斯理念来，篇幅在五页纸左右。再写一个一页纸的简介。要写得简洁真实，清清楚楚。我好把它送给每一个进口的好男色的家伙，那边的生意人、歌手或是其他什么人。好让他们别再认为，我们俄国这块儿只会偷钱，只会装铁门。好让那些龟孙子们像在一九四五年的斯大林格勒城下一样，感觉到那样一种精神，明白吗？”

“可我到哪儿去……”塔塔尔斯基刚开口，哈宁就打断他的话头：

“亲爱的，这可就是你的事情了。给你的期限是一天，活儿很急。之后我还要你干其他的事。记着：除你之外，我们还向另一个人订购了这样的理念。所以你得努点力啊。”

“如果不保密的话，你们找的是谁？”塔塔尔斯基问。

“萨沙·勃洛。听说过他吗？”

塔塔尔斯基没有说话。哈宁给了沃夫契克一个示意，汽车停下来。哈宁递给塔塔尔斯基一张百元钞票，说道：

“这给你打出租。回家干活儿去吧。今天别再喝酒了。”

走到人行道上，塔塔尔斯基站在那儿，等汽车开走，然后掏出那个高加索俘虏的名片。名片看上去很奇特，中央画着一株红杉，其余地方则布满星星、条纹和鹰。在这罗马式的崇高之上，是几行弯弯曲曲的金字：

无限股份公司

“丹碧科”

各类清凉饮料

股权分销经理

米哈伊尔·涅波依曼

“啊，”塔塔尔斯基说道，“我们记得，我们记得。”

将名片装进口袋，他转身面向车流，举起手来。一辆出租立马停了下来。

出租车司机面颊肥胖，还带有一种专注的屈辱表情。塔塔尔斯基闪过一个念头，觉得他就像一只装满了水的避孕套，只要用个什么尖东西一扎，就会向周围的人喷出一股一次性瀑布。

“请问，”塔塔尔斯基出乎自己意料地问道，“您是否知道什么叫俄罗斯理念？”

“啊哈，”司机说道，仿佛一直在期待着这个提问，“我现在就来告诉你。我自己有一半的莫尔多瓦血统。我在部队服役的时候，第一年，在学员队，当时有个中士名叫哈尔列依。他说：‘我最恨莫尔多瓦人和笨蛋！’他让我用牙刷去刷马桶。杂种，他欺负了我两个月。后来，学员队突然来了三个莫尔多瓦兄弟，全是举重运动员，你想一想？他们问，这里谁说他不喜欢莫尔多瓦人啊？”

司机幸福地笑了笑，汽车在路上急急地拐了一个大弯，几乎驶入逆行。

“这和俄罗斯理念有什么关系呢？”惊慌的塔塔尔斯基缩进座位，问道。

“有关系。这个哈尔列依可得了教训，后来在卫生营里躺了两星期。就是这样。后来他又被揍了五次，直到他挺到复员。如果只是挨揍……”

“就是这里，请停车。”塔塔尔斯基忍受不下去了。

“这里不行，”司机说，“需要掉个头。我说了，如果他只是挨揍的话……不，不！……”

塔塔尔斯基没有坚持，在汽车送他回家的途中，司机详细地向他介绍了那位沙文主义者中士的命运，那些细节甚至会使人打消任何可能产生的一丝同情，要知道，在同情的背后，实际上永远需要一个短暂的感同身受，而在这里却不可能有这种感受，因为，无论理性和灵魂都没有打算去感受。在塔塔尔斯基钻出汽车的时候，司机在他身后说道：

“关于那个理念我就直接对你说吧，只有鬼才知道。我得为挣汽油钱干活。而那边，什么杜达耶夫，什么姆达耶夫，只要别把我的脸往桌子上磕就行。”

也许，正是这几个字使塔塔尔斯基又想起了那位被绑的、做过拨电话手势的经理。走进门洞，他停住脚步。直到此时他才产生一个念头，而那实际上正是局势要他做的。他从口袋里掏出名片，在它的背面写道：

丹碧科股份！

今天是一张白纸，

明天是一桶饮料！

“红杉树，有意思，”他想道，“好吧。我们要给人最后一次机会。等胡赛因放了他，我再给他打电话。而现在就让他用话筒往外倒美元吧。”

蜜蜂研究所

常常会这样：你在一个夏天的早晨走出门外，你的眼前呈现出一个巨大、美好、急于奔向何方的世界，这世界充满着耳闻不详的众多允诺和溶解在天空的幸福，突然，你的心中闪过一个被压缩成一秒钟的锐利感觉，觉得躺在你面前的就是生活，你可以义无反顾地沿着生活前行，用自己作赌注，赢得赌局，在生活的海洋上乘着白色的快艇游弋，在生活的道路上驾着白色的“奔驰”飞奔。双拳会自动地攥紧，面部的肌肉也会绷起，你立下誓言，要用牙齿从这敌对的空旷中啃下许多许多的钱来，如果必要，你将从这条道路上清除任何人，于是，便无人再敢用那个美国单词称你为loser。

我们内心的口腔哇噻因素就是这样起作用的。但是，塔塔尔斯基腋下夹着文件夹向地铁站走去，却对那些呼唤无动于衷，他感到自己就是一个“输家”，也就是说，不仅是一个地道的白痴，而且还是一个战争罪犯，人类生物进化中一个不成功的环节。

昨天为写作俄罗斯理念而进行的尝试以彻底的失败告终，这在塔塔尔斯基的职业生涯中还是第一次。起初，他并不觉得那题目有多难，但等坐到桌旁之后他才恐惧地意识到，他脑中一片空白，什么东西也没有。甚至连那个图板也帮不上忙，时钟指向夜半的时候，绝望中的塔塔尔斯基曾求助于图板。不错，切·格瓦拉做出了回应，但是，作为对俄罗斯理念问题的回答，他只给出了有些奇怪的一小段文字：

俄国同胞们！

谈一谈口腔—肛门哇噻作用也许更为合适，因为这些作用已融合为同一种冲动，正是这种情绪组合，正是这种情绪杂烩，被视为有社会价值的人的投射。我们要指出，广告时常更偏爱准荣格主义方式，而不是准弗洛伊德主义方式：往往，在拥有物质对象的现象背后，并非一个赤裸裸的货币交媾行为，而是对一种神奇素质的寻求，这一素质可将口腔-肛门刺激作用置于次要位置。例如，一把蓝绿色的牙刷可以以某种方式提供从楼上阳台安全爬到楼下阳台的可能性，一台冰箱可以在一架钢琴从屋顶落下时保住性命，一罐醋渍猕猴桃可以挽救一场空难，但是，大多数职业人士都认为这一方式已经过时。阿门。

关于俄罗斯理念，这里只有一句黑话般的称谓“俄国同胞们”，塔塔尔斯基总是觉得，这个用语和“被捕者”的称谓有些相像，逍遥法外的盗贼总用这样的称谓开头，给他们的狱中同伙写信。但是，即便有这种相似，小沃夫契克也未必能满意到手的这小段文字。塔塔尔斯基也尝试过与更精通这一问题的某个灵魂接触接触，但也没有什么结果。的确，在向塔塔尔斯基尤其指望的陀思妥耶夫斯基的灵魂做出求助之后，产生了一些副作用：图板轻微地颤抖着，跳了起来，似乎有几个同等的力量在四方拉着它，而留在纸上的那些弯弯曲曲的文字，也同样不合订购者的意，虽说，当然也可以用这样一个想法来自我安慰：这个未知的思想非常超验，这便是将其记录在纸上的唯一方式。但是，无论那里有些什么，塔塔尔斯基还是没能干成他的活儿。

有关牙刷和猕猴桃的那页纸就夹在他的文件夹里，这份东西无论如何也不能给哈宁看，可是，又必须给他看点什么东西，所以塔塔尔斯基的脑中充满了自责。他将几个含有“laser”一词的商标进行置换，心怀快意地用在自己头上；“Loser - Jet”和

“Loser - Max”噼里啪啦地砸在他的心上①，使他暂时淡忘了挥之不去的耻辱感。

不过在走近地铁站的时候，塔塔尔斯基的注意力稍稍分散了一些。那边发生了什么奇怪的事。有人围出一个圆圈，20来个手持冲锋枪的武警正用对讲机通话，做出一副英勇、神秘的样子。圈子中央，一台不大的吊车在吊起一辆高级轿车的残骸。汽车的骨架边有几个身穿便服的人，他们认真查看路面，从地上捡起些什么东西，装进垃圾袋一样的塑料口袋。塔塔尔斯基是从高处看到这一切的，等他下了坡走到地铁站边，事故现场却被密不透风的人墙挡住了，根本不可能穿过去。在同胞们厚实的后背上蹭了几下，塔塔尔斯基叹了一口气，便继续赶路了。

哈宁心情不好。他手托着额头，用烟屁股在烟灰缸里画着某种希伯来经文似的神秘符号。塔塔尔斯基坐在椅子的边沿上，面对哈宁，将文件夹抱在胸前，断断续续地说起来：

“当然，我是写了。尽我所能。但是我认为，我是胡说八道，这也没必要给沃夫契克看。问题在于，这个题目……这，原来不是个简单的题目……也许我可以想出一句广告词，或者给俄罗斯

---

① 英文中“激光”（laser）与“输家”（loser）仅相差一个字母，主人公因此将其“置换”。——译注

理念做一些补充，或者把萨沙·勃洛写的东西扩展一下，可创意我一时还写不出来。我这么说不是谦虚，而是客观事实。总之……”

“别再想它了。”哈宁打断了话头。

“怎么啦?”

“沃夫契克被干掉了。”

“什么？”塔塔尔斯基在椅子里向后仰去。

“非常简单，”哈宁说，“他昨天和车臣人干了一仗。顺便说一句，就在你家附近。他开了两辆车去，带了兵去，全副武装。他对那些人早有防备。可那些浑蛋连夜在对面的坡地上挖了一个掩体。等他的车一靠近，他们就用两支‘熊蜂’火焰喷射器开了火。那可是种可怕的玩意。会产生2000℃高温的大爆炸。沃夫契克的汽车是有装甲的，可那层装甲只能对付正常人，却对付不了败类……”

哈宁摆了摆手。

“沃夫契克当时就完了，”他轻声地补充道，“那些在爆炸后还活着的兵在钻出汽车的时候全被机枪放倒了。我真不明白，为什么要跟这样的人做生意。他们根本就不是人。唉……陡山累死了瘦马啊……”

塔塔尔斯基此刻本应表现出哀伤，可让他自己也感到羞耻的是，他没体验到哀伤，却反而体验到了一种近乎欣悦的轻松。

“是啊，”他说道，“现在我明白了。我今天看到过这两辆汽车中的一辆。他上次坐的是另一辆车，所以我根本没往坏处去想。我想，被放倒的人还少吗，每天都有人被……如今我一看，全都是面对面的。对于我们的实际工作来说，这意味着什么呢？”

“放假，”哈宁说，“不定期地放假。有一个非常重大的问题需要解决。一个哈姆雷特式的问题。从早上起，已经有人两次打电话找我了。”

“是警察局打来的？”塔塔尔斯基问。

“是的。另一个是高加索同乡会打来的。他们闻到味了，这些杂种，知道那个商人逃脱了。就像鲨鱼一样。能闻到血腥味。这么一来，现在的问题就非常具体了。黑毛①会提供保护，可那帮垃圾一心敲钱。为了去干仗，就得去舔他们的靴子。可倒下的可能是他们，也可能是我们。而且这些垃圾又很特别。他们今天来了我这里……他们说，我们知道你有钻石。可我能有什么钻石啊？你说，什么钻石啊？”

“我不知道。”塔塔尔斯基回答，想到了哈宁家厕所里悬挂的那幅许诺永恒的钻石项链照片。

“得了，你别在意。活下去吧，去恋爱，去工作……顺便说一句，有人在隔壁房间等你。”

---

① 对高加索人的一种鄙称。——译注

“谁？”塔塔尔斯基颤抖了一下。

“你的一个熟人。他说找你有事。”

莫尔科文看上去还和上次见面时一个样，只是他分头里的白发多了些，眼睛也变得更忧郁、更聪明了。他身穿一身笔挺的深色西服，系一条条纹领带，上装口袋里还有一个同样条纹图案的手巾。见到塔塔尔斯基，他从椅子上站起身来，满脸是笑，张开双臂准备拥抱。

“哎呀，”他拍着塔塔尔斯基的背，说道，“瞧你这张脸，瓦万。早就喝上了？”

“我刚刚改出螺旋，”塔塔尔斯基负疚地回答，“他们给了我一个任务，毫无办法。”

“你在电话里谈的就是这个？”

“什么时候？”

“怎么，不记得了？我只是这么猜的。你很不对劲。你说你给上帝写了一个创意，那条古代的蛇就冲你爬过来了。你还要找一份新工作，你说，你已倦于尘世……”

“够了，”塔塔尔斯基说着，抬起了手掌，“别推波助澜了。我满耳都是脏话。”

“这么说，你真的需要一份工作？”

“那还用说。我们一条腿被垃圾拖住，另一条腿被车臣人拖住。所有人都被赶去休假了。”

“那我们就走吧。恰好，我车上有啤酒。”

莫尔科文是开着一辆很小的蓝色“宝马”车来的，那车就像一个装有四个轮子的鱼雷。坐这辆车也很不习惯，身体得采取一种半躺姿势，膝盖顶着胸口，车身底部离路面很近，因此，每当汽车遇到路面上的坑而颠簸起来时，腹部的肌肉就会不由自主地紧张起来。

“你开这样的车不害怕吗?”塔塔尔斯基问，要是有人丢了根铁棍在道口，或是路面上翘出根钢筋来……”

莫尔科文笑了一下。

“我知道你指的是什么，”他说，“可我在工作中早已习惯这种感觉了。”

汽车在一个路口刹住车。一辆顶上装有六盏大灯的红色吉普车停在右边。塔塔尔斯基向那车上的司机瞥了一眼，那是一个额头很窄的男人，眉弓却很突出，实际上，他全身都覆盖着一层浓密的黑毛。他一只手扶着方向盘，另一只手拿着一瓶塑料罐的“百事可乐”。塔塔尔斯基突然意识到，莫尔科文的车要棒得多，于是，他便体验到了一种在他的生活中极为罕见的肛门哇噻因素的作用。应该承认，这种感觉是很抓人的。他将胳膊肘伸出车窗，喝了一口啤酒，然后朝那吉普车的司机看了一眼，那眼神竟有些像航空母舰的水手站在尾甲板上看一只漂向码头去贩卖烂香蕉的小舢板。那司机接过塔塔尔斯基的视线，两人对着眼望了一阵。塔塔尔斯基感觉到，吉普车上的男人将这种持续的目光交换当成了挑战，当莫尔科文的汽车终于开动的时候，那男人不深的眼底处已泛起了愤怒。塔塔尔斯基发现，他在哪里见过这张脸。“可能是位电影演员。”他想。

莫尔科文驶上一条空旷的车道，开得更快了。

“我知道你为什么要开这样的车了。”塔塔尔斯基若有所思地说，朝仪表盘的红色一角斜了一眼。

“为什么？”

“怎么说呢……是为了感觉的平衡。”

莫尔科文扬起了眉毛：

“是啊。可以这么说。”

塔塔尔斯基将空啤酒罐从窗口扔了出去。

“喂，”他问，“我们这是去哪儿呀？”

“去我们的组织。”

“什么组织？”

“到时候你就知道了。我不想败坏印象。”

几分钟后，汽车在一座大门前停下，门旁是高高的栅栏。栅栏看上去很结实，一根根木片就像一支支尖端镀金的巨大铁矛。莫尔科文向岗亭里的警察亮了亮一张什么卡，大门于是慢慢地打开。门后，是一座建于四十年代末的斯大林风格楼房，其形状介乎于墨西哥的阶梯状金字塔和因苏维埃天空之低而建得非常敦实的摩天楼之间。楼房正面的上部覆盖着一些雕塑装饰，垂下的旗帜、刀剑、星星和一些豁了口的矛枪；这会使人想起古代的战争，想起那被遗忘的火药和荣光的气息。塔塔尔斯基眯起眼，读到了顶部那句雕塑题字："英雄们永垂不朽!"

"永垂不朽，这对他们来说太奢侈了，"他阴郁地想，"退休金能保证就够了。"

塔塔尔斯基曾多次路过这座大楼，从前有人告诉他，这里是一个研制新型武器的秘密研究所。这像是事实，因为大门上挂着一个招牌，像是从远古捎来的问候，牌子上刻着一个苏联国徽和一行金字："蜜蜂研究所。"在这个牌子的下方，塔塔尔斯基还及时地看到了一个不太显眼的金属牌，上面写着"银行业信息技术委员会"。

停车的地方已经停满车辆；莫尔科文费了很大劲，才将车挤进一辆巨大的白色"林肯"和一辆银色的"马自达"跑车之间。

"我想把你介绍给我的上级，"莫尔科文在锁车的时候说，"你要表现得自然些。但别说多余的话。"

"什么叫'多余的话'？以谁的观点来看?"

莫尔科文斜了他一眼：

"比如，你这句话就是多余的。完全多余。"

走过院子，他们走进侧面的入口，来到一个天花板高得不太自然的灰色大理石大厅，那里坐着好几个穿黑色制服的警卫。他们看上去比寻常的武警还要严肃得多，问题倒不在于他们肩挎的捷克产“天蝎”冲锋枪。武警不宜用来作比较，他们的蓝色制服，其上的纽扣和肩章上的杠杠曾散发出国家压迫的光泽，那身制服早就使塔塔尔斯基感到困惑；这身制服已一钱不值，人们也越来越弄不清楚，这些人何苦要在马路上拦下汽车、伸手要钱呢？然而，警卫的黑色制服却能让人猛地一颤：设计者（莫尔科文说设计者叫尤达什金）天才地在这套制服中糅合进了三种成分：党卫军冲锋队的美学，表现未来集权社会的反乌托邦电影主题，以及同性恋时尚的怀旧主题。用棉花垫高的肩头和开到胸口的大领口混合成了这杯鸡尾酒，因此，不会有人愿与身穿这种制服的人打交道。就连白痴也能明白这个 message①。

在电梯里，莫尔科文掏出一把小钥匙，将它插进控制板上的一个小孔，然后按了按最上面的一个按钮。

“还有，”他转身面对壁镜，整了整头发，“别怕做傻瓜。相反，可别显得太聪明。”

“为什么？”

“因为那样的话，就会马上产生这样一个问题：如果你这么聪明，为什么还要受雇为别人干活，而不是雇别人干活呢？”

---

① 英文：“讯息。”——译注

“符合逻辑。”塔塔尔斯基说。

“多一些厚颜无耻。”

“这容易。”

电梯门打开了。门外是一个走廊，走廊上铺着带有黄色星星的灰色地毯。塔塔尔斯基回忆起来，洛杉矶有一条马路看上去就像这个样子。走廊的尽头是一扇黑门，门上没有牌子，门的上方有一台小型摄像镜头。莫尔科文沿着走廊走到半中央时，从口袋里掏出电话，拨了一个号。寂静中，两三分钟过去了。莫尔科文耐心地等待着。终于，有人接听了电话。

“你好，”莫尔科文说，“是我。是的，带来了。这就是他。”

莫尔科文转过身，招招手，让畏惧地站在电梯旁的塔塔尔斯基过来。塔塔尔斯基走过来，狗一样地抬起眼睛，看着摄像镜头。显然，莫尔科文的交谈者说了句什么可笑的话，因为莫尔科文大笑起来，拍了拍塔塔尔斯基的肩膀。

“没什么，”他说道，“我们走。”

门锁响了一下，莫尔科文将塔塔尔斯基推在前面。在他们的身后，门立即关上了。他们来到一间接待室，接待室的墙上挂着一面古怪的、带把手的铜镜，铜镜的上方是一个非常漂亮的威尼斯狂欢节上用的金色面具。“好像在哪儿见过，”塔塔尔斯基想，“这面具和镜子。还是从未见过？这一整天都充满幻觉……”面具下方摆着一张桌子，桌子后面坐着一个冷艳的女秘书。

“你好，阿拉。”莫尔科文说。

女秘书摆了摆手，按了一下桌上的按钮。蜂音器轻轻地响起来，接待室另一端那扇高大的隔音门打开了。

一开始，塔塔尔斯基觉得，挂着窗帘的大办公室里没有人。至少，那个带有两个亮闪闪金属底柜的巨大写字台后面是没有人的。桌子上方——在苏维埃时代，那地方是用来挂领袖像的——挂着一幅镶着厚重圆框的画。被置于白色画面中央的那个彩色方块，从门口应是很难看清的，可塔塔尔斯基却凭色彩看清了它，因为他的棒球帽上也有这么个图案。这是一个标准的标签，带有美国国旗和一行英文：“Made in USA. One size fits all.”① 另一面墙上有一个严谨的装置：15 个罐头盒连成一条线，罐头盒上有安迪·沃霍尔②的像，还印有典型的红焖猪肉罐头的条状花纹。

塔塔尔斯基垂下眼睛。地板上铺着真正的波斯地毯，地毯上的图案非常漂亮，有些像他童年时见过的旧版《一千零一夜》中的插图。看着那些图案，塔塔尔斯基的目光顺着一道奇妙的纹路移到地毯的中央，并在那里撞上了办公室的主人。

这是一个尚且年轻的人，一个矮壮的胖子，他的浅褐色头发向后梳着，一张脸给人以好感，可他的脸正以一种最无拘束的姿

---

① 英文：“美国制造。一刀切。”——译注

② 安迪·沃霍尔（1928—1987），美国画家、设计师和电影导演，波普艺术的奠基人之一。——译注

势平摆在地毯上。他很难被觉察出来，因为他衣服的颜色与地毯的色调很相近。他穿一件休闲型上衣，不是一件工作制服，甚至也不是一件睡衣，而是某种狂欢节上的夸张穿戴，尤其精明的商人们才敢如此装束，他们想让其合作伙伴产生这样的感觉，似乎他们那里万事如意，他们已经没有必要再去操心生意，甚至连最怪诞的举止也不会给他们造成任何损失。他系着一条色彩鲜艳的领带，领带上有图案，画着一只放荡的猴子站在棕榈树上，这领带从他的上衣里跑了出来，像一个粉红色的舌头耷拉在地毯上。

然而，让塔塔尔斯基感到吃惊的与其说是这个年轻人的装束，不如说是他的脸，塔塔尔斯基熟悉这张脸，而且非常熟悉，虽说他一生中一次也未遇见这张脸。他曾在上百个电视短片和广告片中看到这张脸，通常是演配角，但这人是谁，他却不知道。最近一次看到这张脸是在昨天晚上，当时，塔塔尔斯基一边想着俄罗斯理念，一边心不在焉地看着电视。这办公室的主人出现在一则有关什么药片的广告中，他身穿一件白大褂，头戴一顶印有红十字图案的帽子，他胖胖的脸上粘着淡黄色的络腮胡和唇须，这使他很像年轻时的托洛茨基。他坐在厨房里，周围是不知为何而喜气洋洋的一家人，他以训诫的口吻说道：

“在广告的海洋中很容易迷失方向。而且广告还常常居心不良。你们如果在选购吊灯或洗衣粉时犯错误，还不太可怕，但如果你们是在选购药品，你们就是在以你们的健康下赌注了。请你们想一想，你们更信赖谁，是没有良心的广告呢，还是你们的家庭医生？当然！答案是明确的！只能信赖你们的家庭医生，他推荐服用‘散瑞斯’药片！”

“明白了，”塔塔尔斯基想，“也就是说，这位就是我们的家庭医生。”

这时，家庭医生抬起手，做了一个欢迎的手势，塔塔尔斯基发现，他的指头间夹着一个短短的塑料吸管。

“你们坐过来吧。”他用低沉的嗓音说道。

“早就坐过来了。”莫尔科文回答。

看来，莫尔科文的话是这种场合常用的开场白，因为，只见办公室的主人俯就地点了点头。

莫尔科文从桌上拿了两根吸管，递给塔塔尔斯基一根，自己则躺到地毯上。塔塔尔斯基也照他的样子躺下来。躺在地毯上，塔塔尔斯基疑惑地看了办公室的主人一眼。主人温柔地笑了一下，作为回答。塔塔尔斯基发现，主人的手腕上戴着一块表，表带由大小不等、不同寻常的环节构成。表的上弦钮上饰有一颗小钻石；表盘四周也有三个螺旋状的钻石环。塔塔尔斯基想到了他在一份激进加穷酸的杂志上读到的那篇关于贵重手表的编辑部文章，不禁充满敬意地咽了一口唾沫。主人觉察出他的目光，看了看自己的表。

“喜欢吗？”

“那还用说，”塔塔尔斯基说，“如果我没弄错的话，是一块‘Piaget Possession’[①]？好像值七万块钱？”

“伯爵拥有型？”主人看了看表盘，“是的，的确是。我不知道它值多少钱。”

“伯爵先生与他的外星人。”[②] 莫尔科文说。

办公室的主人显然没理解莫尔科文的笑话。

“一般来说，”莫尔科文很快补充道，“一个人如果具有辨认贵重手表和汽车的能力，那恰恰说明他属于社会下层。”

塔塔尔斯基一阵脸红，垂下了目光。

他面前的那块地毯上绣着各色富有幻想色彩的、花瓣很长的花朵。塔塔尔斯基发现，地毯的绒毛上覆盖着一层花粉似的白色细粉，像是落了一层银霜。他看了莫尔科文一眼。莫尔科文将吸管竖起来对着鼻孔，指头夹住另一根管子，让吸管活动的一端沿着神奇的紫菊花的花瓣运动。塔塔尔斯基终于明白是怎么回事了。

几分钟里，房间里一片寂静，只能听到鼻子专注的吸气声。最后，办公室的主人用肘撑地欠起身来。

“怎么样？”他看着塔塔尔斯基，问道。

塔塔尔斯基离开他忘我工作过的那朵淡紫色的玫瑰。屈辱感

---

① 英文：“伯爵拥有型。”“伯爵”是瑞士著名钟表品牌。——译注

② 莫尔科文约指莫斯科电影制片厂 1986 年拍摄的科幻影片《铿锵锵!》中的情节。——译注

已完全消失了。

“棒，”他说，“简直太棒了！”

谈话变得轻松愉快了；如果说，刚走进这间巨大办公室时他还感到有些拘束，那么现在，那种拘束感已了无踪影。可卡因是真货，几乎是纯的，只是觉得有点淡淡的安乃近的味道。

“我只是不太明白，”塔塔尔斯基继续说道，“为什么要用这种方式呢？当然，这很优雅，但总有些不同寻常！”

莫尔科文和办公室的主人交换一下眼色。

“你见到我们入口处的招牌了吗？”主人问，“蜜蜂研究所。”

“见到了。”塔塔尔斯基说。

“是啊。我们就像蜜蜂。”

三个人都大笑起来，笑了很久，甚至等发笑的理由都已被淡忘之后，他们还一直在笑。“唉，”塔塔尔斯基感动地想到，“这世上有一些多好的人啊！”

终于，快乐消失了。主人朝两边看了看，似乎是在回想他为何到了这里，看来，他想起来了。

“好吧，”他说，“来谈正事吧。莫尔科文，你到阿拉那儿等着去。我和这一位谈一谈。”

莫尔科文急忙闻了两下极乐的矢车菊，站起身走了出去。办公室的主人站起来，伸了伸懒腰，走到写字台旁，坐在扶手椅里。

“你坐过来。”他说。

塔塔尔斯基坐在主人对面的扶手椅里。这把椅子非常柔软，也非常矮，坐进椅子，他像是倒在了一个雪堆里。抬眼一看，塔塔尔斯基惊呆了。写字台高悬在他的头顶，就像一辆高悬在战壕上方的坦克，这一相像显然不是偶然产生的。两个蒙着波纹镍板的底柜看上去就像是宽大的履带，墙上挂着的那幅圆框画恰好处在办公室主人的脑袋后面，此时就像是坦克炮塔上的翻盖，办公室的主人刚从炮塔里探出头来，在写字台的上方，只能看到主人的脑袋和肩膀，这就更加重了那一相像。他将所造成的这种效果享受上数秒钟，然后才站起身，俯身越过自己的坦克，向塔塔尔斯基伸过手来。

“列昂尼德·阿扎多夫斯基。”

“弗拉基米尔·塔塔尔斯基。”塔塔尔斯基说着，欠起身来，握了握那只肉乎乎、软绵绵的手。

“你不叫弗拉基米尔，你叫瓦维连，”阿扎多夫斯基说，“这我知道。我也不叫列昂尼德。我的爸爸也是一个不得意的人。你知道他给我起了个什么名字吗？列吉翁。也许，他自己也不知道这个名字有什么含义。起先我也感到难过。但是后来弄清楚了，《圣经》里提到过我，于是就心安理得了。也就是说，这样的话……”

阿扎多夫斯基翻动着桌上的纸页。

“我们这里有什么……啊哈。我看了你的东西。我很喜欢。好样的。我们需要这样的人。只是有些地方……我还不完全相信。比如这里，你写道：‘集体无意识。’你知道这是什么东西吗？”

塔塔尔斯基在空中舞动着指头，寻找着词句。

“在集体无意识的水平上。”他回答。

“你不担心会找到一个精通这个问题的人吗？”

塔塔尔斯基大吸了一口气。

“阿扎多夫斯基先生，”他说，“我不担心这一点。我之所以不担心，是因为所有深知‘集体无意识’是什么东西的人，早就都去地铁站边卖香烟了。是形式不同，我想说。我自己就在地铁站边卖过香烟。我后来进入广告业，是因为我厌烦了卖香烟。”

阿扎多夫斯基沉默了几秒钟，在思考他听到的话。然后，他笑了一下。

“你还相信什么东西吗？”他问。

“不信。”塔塔尔斯基说。

“那好，”阿扎多夫斯基说着，又去看那些纸页，但这一次他看的是一份表格，“是这样……政治观点，我们这里写着什么？写的是‘upper left’①。我不明白。瞧，这帮混账东西，所有文件很快就全都要用英文来写了。就政治观点来说你是什么人？”

“市场派，”塔塔尔斯基回答，“相当激进的市场派。”

---

① 英文：“上左。”——译注

“再具体些呢？”

“再具体些……比如说，我喜欢生活中有些大乳房。但是那种所谓镶了边的乳房，无论它含有多少奶水，也引不起我丝毫激动。这就是我和盖达尔那样的无私理想主义者们的区别……”

电话铃响了，阿扎多夫斯基做了一个手势，让谈话暂停。他拿起话筒，听了好几分钟，他的脸色逐渐显出厌恶的神情来。

“你们继续找，”他嘟囔一声，将话筒扔了回去，然后向塔塔尔斯基转过身来，“干吗要提盖达尔？简短些，要不又会有电话打进来。”

“如果简短些的话，”塔塔尔斯基说，“我也许到死才能在自己身上看到一个具有绝对命令的乳房。在乳房的市场上，只有面向我们的费尔巴哈式乳房才能在我身上唤起柔情。这就是我对时局的看法。”

“我也是这样认为的，”阿扎多夫斯基完全严肃地说道，“小一点也行，但得是费尔巴哈式的……”

电话铃又响起来。阿扎多夫斯基拿起话筒，听了一会儿，然后咧开嘴笑了起来：

“这才是我想听的话！控股了？干得好。”

看来，这是一个非常好的消息，阿扎多夫斯基站起身，搓了搓手，矫健地走到壁橱旁，从橱里取出一个大笼子，笼子底部有个什么东西在快速跳动，他将笼子放到桌上。笼子很旧，布满锈迹，就像一个灯罩的骨架。

“这是什么？” 塔塔尔斯基问。

“它叫罗斯特罗波维奇。” 阿扎多夫斯基回答。

他打开笼门，一只白色的小仓鼠钻出笼子，跑到桌子上。它用一双小小的红眼睛看了塔塔尔斯基一下，然后两只前爪抱住脸，蹭起鼻子来。阿扎多夫斯基愉快地叹了一口气，从抽屉里拿出一个工具包模样的东西，打开来，将一瓶日本胶水、一把镊子和一个小罐摆在桌子上。

“抓住它，” 他命令道，“你别怕，它不咬人。”

“怎么抓?” 塔塔尔斯基从椅子上站起身，问道。

“抓住爪子，向两边分开。像对待一个绅士那样。啊哈，就这样。”

塔塔尔斯基发现，仓鼠的胸口上有几个边缘为齿状的金属圆片，有些像钟表齿轮。再仔细一看，他发现这是一些做得非常精致的勋章小模型，似乎那上面还闪烁着一些小宝石，这使它们更像钟表部件了。他一个勋章也不认识，它们显然属于另一个时代，使人想到一位叶卡捷琳娜时代统帅制服上的各种勋章。

“谁给它授的勋章?” 他问。

“不是我又能是谁呢？” 阿扎多夫斯基说着，用镊子从罐中取出一小截蓝色波纹绸带子，“抓紧点。”

他挤一滴胶水在纸上，灵巧地将带子在胶水上蘸一下，然后把它按在仓鼠的肚皮上。

“哟，”塔塔尔斯基说，“它好像……”

“粘上了。”阿扎多夫斯基确认之后，用镊子夹着一颗雪花形钻石，蘸了蘸胶水，“它这是高兴的。好了……”

将镊子扔到桌子上，他朝仓鼠俯下身去，向它的胸部用力地吹了几口气。

“胶水马上就干了，”他说，“你可以松手了。”

仓鼠忙忙碌碌地在写字台上跑来跑去，它跑到桌子边上，探下脑袋，似乎想看一看遥远的地板，然后又微微地晃着脑袋，跑到桌子的另一边，重复着同样的动作。

“为什么给它勋章？”塔塔尔斯基问。

“情绪好。怎么，羡慕了？”

阿扎多夫斯基抓住仓鼠，把它扔回笼子，他锁上笼子，将笼子又放回壁橱。

“它的名字为什么那么奇怪啊？”

“知道吗，瓦维连，”阿扎多夫斯基坐到写字台旁，说道，“别管谁的母牛在叫，你的母牛最好别响。”

塔塔尔斯基想起了要他别说、别问多余话的忠告。阿扎多夫斯基将授勋工具收进抽屉里，把那张沾了胶水的纸揉成一团，扔进废纸篓。

“简短些，我们雇佣你，试用期三个月。”他说，“我们现在有个我们自己的广告部，但是我们与其说是自己做广告，还不如说是对几家大广告公司的工作进行协调。我们自己不玩，只管算账。你暂时在内部评论部工作，在旁边一个门洞的三楼上。我们要观察观察你，考虑考虑，然后，如果你能行，我们再把你调到更重要的部门去。看见我们有几层楼了吗?”

“看见了。”塔塔尔斯基说。

“那就好。成长的空间是不受限制的。还有问题吗?”

塔塔尔斯基决定提个问题，这个问题从会面一开始就在折磨他。

“请问，阿扎多夫斯基先生，我昨天看到一种药片的广告，在那个片子里扮演医生的是您吗?”

“是我，”阿扎多夫斯基冷冷地说，“怎么，不行吗?”

从塔塔尔斯基的身上移开目光，他拿起话筒，打开笔记本。塔塔尔斯基明白接见结束了。他犹豫不决地倒着腿，眼睛看着地毯。

“还能再……”

阿扎多夫斯基明白了他的半句话。他笑了笑，从小瓶里抽出一根吸管，扔在桌子上。

“狗屎问题。”他说着，拨起电话来。

穿裤子的云

办公天地里的一个主要成分，就是来自西乌克兰的那位女厨娘的尖厉声音，它从那间不大的小吃部传出，几乎一整天都响个不停。其他的声响现实，如电话铃声、说话声、传真机和打印机的声响，都穿在女厨娘的喊声上，就像穿在一根绳子上面。而在这喊声的周围则聚集着各种物品和坐办公室的各类人士，至少，已在这里干了好几个月的塔塔尔斯基感到是这样的。

“长话短说，昨天我正开车走在波克罗夫卡街上，”一个刚从街上跑回来的香烟批评家在用男高音对女秘书说道，“我就停在路口。塞车。我旁边是一辆‘海鸥①’。就是说，从那辆车里真的钻出一个有钱的车臣人来，他用那样的眼神打量四周，似乎他正蹲

① “海鸥”牌轿车是苏联时期的高干用车。——译注

在钟楼顶上对着所有的人拉屎。他站在那里，你知道吗，正享受呢，突然，旁边又停下一辆实实在在的‘凯迪拉克’。车里钻出一个小妞，穿一身乞丐仔服和一双运动鞋，跑到货亭去买‘百事可乐’。你能想象那位车臣人的样子吗？那副馋相！”

“那还用说！”女秘书回答道，手指并未离开键盘。

在塔塔尔斯基身后同样有人在说话，而且声音很大。他从前的一个下属，一个从党报记者改行当编辑的中年人，最近得到提升，他正在通过对讲机用激动的男低音训斥什么人。塔塔尔斯基觉得，那编辑说话的声音如此之大，如此无情，如此振奋，就是为了说给塔塔尔斯基听的。这让人生气，而对讲机那边传来的那个忧郁、纤细的声音则惹人同情。

“改了一个，另一个没改，”那个声音轻声说道，“就是这样。”

“瞧，瞧，”编辑说道，“你对工作是怎么想的？你那里有两份材料，一份叫《良心的俘虏》，另一份叫《后宫的太监》，是吗？”

“是的。”

“你把两个题目揣进兜里，掉个个儿，然后就弄出了35页的《后宫的俘虏》，是吗？”

“是的。”

“这样的话，也许能够猜到，在你的第74页上就会是《良心的太监》了？要不，你就是个地地道道的傻瓜？”

“是地地道道的傻瓜。”那个忧郁的声音答道。

“你们两个都是傻瓜。”塔塔尔斯基想。从清晨起，他即为忧郁所折磨，最有可能是由于连绵的落雨。他坐在窗边，看着雨幕中奔驰在大街上的车流。苏维埃时代出产的那些“拉达”和“莫斯科人”牌轿车，锈迹斑斑地停在人行道边，像是被时间之河抛在肮脏河岸上的一堆垃圾。而这条时间之河主要是由一些明亮的外国车商标构成，那些外国车的轮胎溅起了不息的喷泉。

塔塔尔斯基面前的桌子上，摆着一包镶着广告边框的“金雅瓦”牌香烟和一摞纸。他在最上面的那张纸上缓缓地写出了“mercedes”一词。

“比如，就拿‘奔驰’来说吧，”他懒懒地想道，“车子当然是高档的，没话可说。可是我们的生活为什么要弄成这个样子呢，似乎就为开着它从一堆大粪驶向另一堆大粪……”

他向窗外斜了一眼，看了看停车场。一辆白色“奔驰”的车顶泛着白光，那是他一个月前买下的，是辆二手车，已经有些毛病了。

叹了一口气，他将字母“c”和“d”掉了个个儿，最后得到了“merdeces”这个词。①

“的确，”他的思维继续下去，“500 发动机，也许甚至是 380 发动机，都没有意义。因为在这个关头，你自己也变成了这样的大粪，周围也就没有什么脏东西了。也就是说，当然，你变成了大粪，并不是因为你买了‘奔驰 -600’。恰恰相反。正因为你成了大粪，才有可能去买‘奔驰 -600’……”

他又看了看窗外，继续写道：

“Merde - SS. 疯狂驾者的神奇勋章。”

他的思维突然转向另一个方向，心中涌起一阵职业冲动。他拿过一张纸，在纸上迅速地写道：

画面：一只头戴皇冠的金色双头鹰悬在半空中。在它的下方是一辆黑色高级轿车，车顶两侧有两盏灯（鹰的两个脑袋正好处于两个车灯之上）。背景是三色旗的颜色。

广告词：

“奔驰 -600”

独特风格，强大无比

① 主人公将“Mercedes”（梅赛德斯）一词改为“Merdeces”，而“merde”在英文中意为“大粪”。——译注

但是，该回过头来干活了。更确切地说，不是回过头来干活，而是该开始干活了。必须给“金雅瓦”的广告设计写一个内部评审意见，然后还要给“卡门”香皂和“古驰”男士香水的广告片脚本写评审意见。“雅瓦”是一个真正的陷阱。塔塔尔斯基一直不明白，头头要他给出一个好的评语还是不好的评语，他也一时不知思绪该向何处运动。因此，他决定先从两个脚本开始。香皂的本子密密麻麻地写了六张纸。塔塔尔斯基嫌恶地翻到最后一页，读到了最后一个段落：

暗。女主人公入睡，她梦见波浪般闪亮的金色头发，金发贪婪地接受着自高天流下的天蓝色液体，那液体饱含着蛋白质、维生素 B_5 和无尽的幸福。

塔塔尔斯基皱了皱眉头，从桌上拿起一支红铅笔，在那段文字下方写道：

太文学味了。已经重复过多次：我们这里需要的不是创作者，而是创意人。无尽的幸福无法用视觉镜头来传达。不适用。

“古驰”的本子则要短得多：

镜头上是一扇乡间茅房的门。苍蝇乱飞。门慢慢地打开，于是我们看见一个瘦小的男人蹲在粪坑上，他醉醺醺的脸上有一个马掌形的小胡子。镜头上打出一行字幕："文学批评家帕维尔·比辛斯基。"小男人向镜头转过眼来，似在继续一场早已开了头的谈话，他说道：

"关于俄国是否是欧洲一部分的争论由来已久。从原则上讲，一个真正的专业人士可以毫不费力地说出，普希金在其生活的每个时期（能精确到几个月）都曾思考过这个问题。比如，在一八三三年写给维亚泽姆斯基的一封信中他曾写道……"

这时，响起一个震耳的断裂声，小男人脚下的木板折断，他掉进粪坑。传来一阵很响的溅水声。镜头摇向粪坑，同时抬高（《泰坦尼克》航拍时的镜头运动方式），从上方 展示深色粪水的表面。粪水中钻出观察家的脑袋，他抬起眼睛，断断续续地说道：

"可能应该到教会那儿寻找源头。克雷洛夫对恰达耶夫所说的话是意味深长的：'有时朝两边看一看，你会觉得你是生活在欧洲，可仅仅是在某个……'"

下方有什么东西狠狠地拽了观察家一下，他扑哧着沉了底。一片寂静，只能听到苍蝇的嗡鸣。画外音：

GUCCI FOR MEN①

做个欧洲人。气味更好闻。

塔塔尔斯基拿起了蓝色铅笔。他在脚本的下方写道：

非常好。能用，只需用玛莎·拉斯普京娜②代替苍蝇，用新俄罗斯人代替文学观察家，用另一些新俄罗斯人代替普希金、克雷洛夫和恰达耶夫。厕所用粉红色的绸布围起来。改写独白：说话者回忆起在蓝色河岸一家餐馆里的斗殴。应该与文艺学联系一下，该设想一下真实的客户了。

这个脚本给了塔塔尔斯基灵感，他终于决定去对付“雅瓦”。他将需要评论的对象拿在手里，又认真地看了一遍。这是一盒烟，烟盒上又粘了一个同样大小的空心马粪纸盒。盒子上是俯视的纽约景色，一盒“雅瓦”烟呈弹头状被移植到纽约。画面下方是一行字：“回击。”拿过一张白纸，他犹豫了好一会儿，不知该拿什么颜色的铅笔，红色的呢还是蓝色的。将两支铅笔放在一起，他

① 英文：“古驰男士香水。”——译注

② 玛莎·拉斯普京娜（1964年生），俄国当代歌星。——译注

闭上眼睛，在手掌里来回滚动，然后用一个指头一弹。弹出来的是蓝色铅笔。塔塔尔斯基用蓝笔飞快地写道：

毫无疑问，应该承认广告中对回击的思想和象征的运用是一个巨大成功。这能呼应各阶层流氓知识分子的情绪，而他们正是这种香烟的主要消费者。大众媒体中早已在大张旗鼓地渲染，必须用某种健康的、民族的东西来对抗美国的流行文化和洞穴自由主义的恶劣影响。问题就在于，这某种东西在不供外人看的内部评论中，我们可以确认，它完全是不存在的。广告创意的作者用一盒“金雅瓦”指向这个意义缺口，这无疑会在一个潜在消费者那里引起非常愉快的心理结晶。这可以这样来表达：消费者将在潜意识中认为，每抽一支烟，他便向俄罗斯理念的星际胜利靠近了一小步……

塔塔尔斯基犹豫了一小会儿，将词组“俄罗斯理念”改成了大写。

另一方面，必须注意到 brand essence 中包含的整个象征物的总体影响。与此相关的是，“回击”这句广告词与出产这些香烟的“British - American Tobaccos Co.”商标的结合，会在一部分特殊的 target group 那里引起大脑短路。会顺理成章地产生这样一个问题：烟盒是落在了纽约，还是相反，它正从那里起飞？在后一种情况下（而这种假设似乎更符合逻辑一些，因为那盒烟是顶朝上的），就很难理解，打击为何被称为“回击”。

窗外传来不远处一座小教堂急促的钟声。塔塔尔斯基若有所思地听了几秒钟，然后写道：

你不由得要去思考西方宣传最初的优势，在更为广泛的意义上，就是思考内向社会和外向社会展开信息竞争的不可能性。

将最后一句话又读了一遍，塔塔尔斯基意识到，自己表现出了一种固执的俄国风格，他画去了那句话，坚决地收了题：

而且，只有target group中最低保障的那部分人才能得出如此复杂的分析结论，所以，这样的失误未必会在销售范围里显著地表现出来。因此，该方案应该得到肯定。

桌上的电话铃响了，塔塔尔斯基拿起话筒：
“喂。”

“塔塔尔斯基！到老板的地毯那儿去。”莫尔科文说。

塔塔尔斯基吩咐女秘书把写好的东西再打印一遍，然后就下楼了。雨还在下。他竖起衣领，快步穿过院子来到大楼的另一边。雨很大，他还没跑到大理石大厅的入口处就几乎被淋透了。“难道真没办法在里面建个过道吗，都是一幢楼。”他愤愤地想，“我会把地毯都弄脏的。”但挎冲锋枪的保安的神情对他起到了安慰作用。其中一个肩上挎着“天蝎”冲锋枪的警卫一边在电梯门口等他，一边把玩着一把拴在链子上的钥匙。

莫尔科文坐在阿扎多夫斯基的接待室里。看见湿漉漉的塔塔尔斯基，他满意地笑了：

“你干吗把鼻孔张得那么大啊？歇一下吧。阿扎多夫斯基外出了，所以今天什么样的养蜂业都没有。”

塔塔尔斯基觉得接待室里缺了点儿什么。环顾房间，他发现墙上的圆镜子和金色面具不见了。

“他这是去哪儿了？”

“巴格达。”

“做什么？”

“巴比伦的遗址就在那附近。不知道是什么诱惑他去登那里的塔楼。他给我看过一张照片，非常棒。”

塔塔尔斯基并没表现出听到的事情在他那里起了什么作用。他竭力使动作显得自然，便从桌子上拿根烟抽了起来，“什么让他这么感兴趣？”他问道。

“他说，心灵渴望高度。你怎么脸色发白？”

“两天没抽了，”塔塔尔斯基说，“想戒掉。”

“买点尼古丁膏。”

塔塔尔斯基已经清醒过来。

“听着，”他说，“我昨天在两个广告短片里看见了阿扎多夫斯基。我每次打开电视就能看见他。或者是跳芭蕾群舞，或者报天气预报。这都是什么意思？为什么这么频繁？他喜欢上镜头？”

“对，”莫尔科文说，“他有这样的弱点。我对你的建议是，别掺和到这里头去。之后你可能就明白了。行吗？”

“好吧。”

“说正事吧。我们为‘卡拉什尼科夫’做的脚本有什么新东西吗？刚才他们的经理来电话了。”

“没什么新的。还是原来那些：两个老头在莫斯科河边市场上空打蝙蝠侠。简单点儿说，蝙蝠侠落到了烤羊肉串的炉子上，有膜的翅膀在灰烬里扑腾，然后，身穿长裙的姑娘们的环舞将他遮住了。”

“为什么是两个老头呢？”

“一个是缩小的，另一个是正常的。他们把模特组的人都求遍了。”莫尔科文想了一小会儿。

“也许，最好不要是两个老头，而是父亲和儿子。父亲正常，儿子缩小。这样一来就不仅是蝙蝠侠了，还可以是再生侠、夜人及其所有那些鸟兄弟。拨款很多，该弄完它。”

“照规矩的话，”塔塔尔斯基说，“应该是儿子正常，父亲缩小。”

莫尔科文又想了一小会儿。

“对，”他同意道，“好吧。只是别有他妈的树桩，还要推敲。好吧，我叫你来不是为这事。我有一些好消息。”

他神秘地停顿了一下。

“什么好消息？”塔塔尔斯基带着萎靡的热情问。

“第一处对你的考察终于结束了。因此你要高升了，阿扎多夫斯基吩咐给你上课。我现在就办。”

小吃部里没什么人，很安静。墙角的一个横杆上吊着一台电视，电视中正在播放新闻节目，但声音被关掉了。莫尔科文向电视旁的一个桌子点点头，示意塔塔尔斯基坐过去，然后朝柜台走去，回来时拿了两个杯子和一瓶“Smirnoff citrus twist”①。

“我们喝一杯。要不，你湿透了，会感冒的。”

坐到桌旁，他用一种奇特的方式摇着酒瓶，久久地看着液体里产生的小气泡。

---

① 一种橘子味伏特加酒。——译注

“不，应该到别处去买，”他吃惊地说，“我记得，街上有家小铺……可是就连那儿也是假酒。就像我说的，一杆来自波兰的破枪……瞧他跳的！这都是药的作用……”

塔塔尔斯基明白，最后一句话谈的已不是伏特加，而是电视，于是，他将目光从因气泡而混浊的伏特加移开，转向电视屏幕，屏幕上，红脸膛的叶利钦笑哈哈的，正在空中急速地挥舞那只缺少指头的手掌，上气不接下气地说着什么。

“药?”塔塔尔斯基问，“是一种什么兴奋剂?”

“有人刚刚放出这样的消息，”莫尔科文摇了摇头，“没必要。他们的频率达到600兆赫。顺便说一句，我们在冒很大的风险。”

“我又不明白了。”塔塔尔斯基说。

“过去，这样的情节要考虑两天。而现在我们只搞一夜。因此，我们能考虑出更多的动作，还有面部表情。”

“我们考虑什么?”

“连他我们也要考虑，”莫尔科文说着，向电视点了点头，“所有其他的人也要考虑。三把尺。”

“三把尺?”

“用科学语言来说就是‘三种模型’。老百姓叫他们‘三种卑鄙’。”

塔塔尔斯基看着自己的朋友，竭力想弄明白他是在开玩笑还是说正经的。对方默默地接住塔塔尔斯基的目光。

“你干吗要对我说这些呢?”

“我所说的，都是阿扎多夫斯基吩咐的。我是在上课。”

塔塔尔斯基看了看电视屏幕。此刻，电视上出现的是杜马的讲台，讲台上站着一个面色忧郁的演讲者，他似乎刚刚从民间残暴的旋涡里钻出来。塔塔尔斯基突然发现，这位代表的确不是活人，他的身体完全不动，只有嘴唇在动，还有偶尔一动的眼皮。

“这位也一样，”莫尔科文说，“只是要把他考虑得更蠢一些，这样的人太多了。他是一个配角。这是一个半豆子。”

“什么?”

“是的，我们就这样称呼杜马的三把尺。动感很强的电视浮雕，就是从一个角进行对形象修饰。技术还是那样，可活儿却少了两个序列。那儿通常有两个类型：豆子和半豆子。看见了吗，那个只有嘴巴和眼睛在动的人？这就是半豆子。而那儿脸上盖着一张报纸在睡觉的人，就是豆子。这样的人大都会爬到手枪里去。顺便说一句，我们的立法权力处不久前还获了奖。阿扎多夫斯基晚上看了新闻，新闻里有杜马代表在谈论电视，说电视是卖身的，下流的，等等。自然，阿扎多夫斯基生了气，他想评论一把，甚至连话筒都拿起来了。他已经拨了号，可突然又一想，去和谁理论呢？咳，我们好好干吧，既然他想敲打那些人。”

“这么说，是他们所有人?”

“无一例外。”

“好吧，别急，”塔塔尔斯基犹豫地说，“每天有那么多的人能看到他们。”

“在哪儿看到?”

“在电视里……啊，是啊……也就是说……但是，总有些人是每天和他们见面的呀。”

“你见过这些人吗?”

“当然。”

“在哪儿?”

塔塔尔斯基思考起来。

“在电视里。”他说。

“那么，你明白我要的是什么了吧?”

“刚开始明白。”塔塔尔斯基回答。

“从纯理论的意义上说，你有可能遇到一个人，他会对你说，他本人见到过他们，或者甚至认识他们。有一个专门的服务机构，‘民意党’。一百多号人，都是前国家安全部门工作人员，他们都靠阿扎多夫斯基养活。他们的工作就是跑到四处去说，他们刚刚见过我们的领袖们。谁谁站在三层的别墅旁，谁谁和雏妓在一起，谁谁在鲁勃廖夫公路的黄色舞厅里。但是，‘民意党’多半是在啤酒馆和车站里干活儿，你就别往那里跑了。”

“你说的是真话？”塔塔尔斯基问。

“真话，是真话。”

"但要知道，这可是一个大骗局啊。"

"唉，"莫尔科文皱了皱眉头，"可别这样。我们骗，他们的巴掌却拍得更响。你怎么？就其本质而言，每个政治家就是一个电视节目。比如，我们让一个活人坐在镜头前。反正会有一组词作者给他写讲稿，一组设计师为他选择上衣，而接受与否则由银行委员会决定。如果他突然中风了，那就再想出一个新玩笑？"

"就算这样吧，"塔塔尔斯基说，"可怎么能如此大规模地操作呢？"

"你对技术感兴趣？我可以粗线条地给你说说。首先需要一个原型。一个蜡像或者一个真人。由原型拍出云体。你知道什么是云体吗？"

"是个什么星体吧？"

"不对。你是被弄糊涂了。云体就是数字云，也就是由点构成的云。人们依靠探针或激光扫描仪拍下它。然后，人们将这些点连接起来，再覆上一张数字网，缝上裂缝。需要立即运行好几个程序，stitching，clean - up① 等等。"

"用什么缝合？"

"用数字。用一些数字缝合另一些数字。我自己也不完全明白，学文的，你自己也清楚。长话短说，当我们缝合、清扫了一

① 英文："缝合""清扫"。——译注

切，我们便获得一个模型。它们通常有两种类型，多边形的和所谓 nurbs parth 形。多边形的由三角形构成，nurbs parth 形由曲线构成。这种先进的技术用于严肃的三把尺。杜马代表全都是多边形的，少一些麻烦，脸也更有人味些。这不，当模型备好后，再给它装上骨架。骨架也是数字的。这就像是铰链上的细棍，的确，在显示器上看它就像一副骨架，只是没有肋骨。然后给这个骨架造型，就像木偶片那样，这里装只手，那里装只腿。是的，我们已经不用手工制作了。我们有专门人士，他们就用骨架干活儿。”

“用骨架干活儿?”

莫尔科文看了看表。

“现在第三厅里正好拍片子。我们去看看。否则我得一直给你说到晚上。”

几分钟后，塔塔尔斯基跟在莫尔科文后面，胆怯地走进一个地方，这地方像是一位得到大笔奖学金可以在胶合板上干活的概念派画家的工作坊。这是一个两层楼高的大厅，大厅里摆满许多用胶合板做成的东西，它们大小不一，也不知是干什么用的，这里有不知通向何处的楼梯，还没有完工的讲台，参差不齐地耷拉在地上的胶合木板，甚至还有一辆长长的、用胶合板做成的高级汽车。无论是摄像机还是照明灯，塔塔尔斯基都没看到，但是墙边却堆着许多莫名其妙的电器箱子，它们像是乐器，箱子旁边的椅子上坐着四个人，看样子像是工程师。他们身边的地板上摆着一瓶空了一半的伏特加酒和许多啤酒罐。其中一个工程师戴着耳机，盯着显示器。他们向莫尔科文摆摆手，表示欢迎，但谁也没有停下手里的工作。

“喂，阿尔卡沙，”戴耳机的人喊道，“你要笑出来，非得再来一次。”

“什么？”大厅中央传来一个嘶哑的声音。

塔塔尔斯基向那声音转过身去，看到一个奇怪的装置：一个胶合板小山，像儿童游戏场里的那种，只是要高一些。小山的斜面悬在一个木框吊床的上方，一个铝质折叠梯伸向山顶。吊床旁的地板上坐着一个胖大笨重的成年人，生有一张老警察的脸。他穿一条运动裤和一件背心，背心上写着：“Sick my duck.”① 塔塔尔斯基觉得这句话过于伤感，文理上也不大通顺。

“就这样，阿尔卡沙，就这样。再来一遍。”

“要干多少次啊，”阿尔卡沙嘟囔道，“头都晕了。”

“那你就再干上一杯。你有点没放开。说真的，再干一杯。”

“上一杯的劲儿还没上来呢。”阿尔卡沙答道，他从地板上爬起来，缓缓地向工程师们走去。塔塔尔斯基发现，在他的腕部、肘部、膝部和踵部，都贴有不大的黑塑料片。他的身上也有这样的塑料片，塔塔尔斯基数了数，一共有 14 片。

---

① 英文：“我的病鸭子。”——原注

“这人是谁?”他轻声地问。

“是阿尔卡沙·科尔扎科夫。嗨，别瞎想。只是个同名人。他是叶利钦的骨架。块头差不多，轮廓也差不多。而且他还是位演员，从前在儿童剧院演过莎士比亚的戏。”

“他在干什么?”

“你马上就能看到。想喝啤酒吗?”

塔塔尔斯基点了点头。莫尔科文拿来两罐“乐堡”啤酒和一张照片。怀着一种奇怪的情感，塔塔尔斯基又看见了啤酒罐上那个身穿白衫的熟人，Tuborg man① 仍在用毛巾擦拭额头的汗水，心怀恐惧地继续自己最后的旅行。

喝完酒，阿尔卡沙又回到小山那里，他沿着折叠梯吃力地爬上去，在胶合板斜坡上停住不动。

“开始吗?”他问道。

“等等，”戴耳机的人说，“我们现在重新调一下。”

阿尔卡沙蹲下来，用手抓着平台的边沿，就像是一只巨大的胖鸽子。

“他身上的黑片片是什么东西?”塔塔尔斯基问。

“是传感器。”莫尔科文回答，“Motion capture 技术。骨架上有铰链的地方都放一个传感器。在阿尔卡沙运动的时候，我们就

---

① 英文:“乐堡人。”——译注

录下它们的轨迹。然后我们把轨迹稍加过滤，与模型合在一起，机器就会算出一切。这是一个新的系统，‘Star Trak’。现在是市场上最棒的。不用连线，30个传感器，活儿随便干，但值得，你自己也明白……”

戴耳机的人离开显示器，转过身来。

“准备好了，”他说，“我再按顺序重复一遍。首先是拥抱，然后邀请人向下走，然后绊了一下。只是在你的手朝下放时，要庄重些，慢一些。要使足劲。用力一挥。明白吗?”

“明白。”阿尔卡沙嘟囔道，小心翼翼地站起来。他有些摇晃。

“开始。”

阿尔卡沙向左转过身来，伸开两手，又在空中让两手慢慢合拢。塔塔尔斯基惊呆了，因为阿尔卡沙的动作刹那间便充满了国家的庄重和伟人的从容。起初，塔塔尔斯基想起了斯坦尼斯拉夫斯基体系，但他很快就明白了，阿尔卡沙不过是在吃力地用离地很高的脚踵保持平衡，在竭尽全力地避免掉下来。做了一个拥抱状，阿尔卡沙又做了一个幅度很大的手势，要自己那位看不见的伙伴下坡，他朝那位伙伴迈了一步，在胶合板深渊的边缘晃了晃，不成体统地摔了下来。在摔下的过程中，他翻了两个跟头，如果不是那张吊床接住他沉重的身体，他一定会四肢受伤。摔下来之后，阿尔卡沙就那样躺在了吊床上，两手抱着脑袋。工程师们围在显示器旁，小声地争论着什么。

“这将来能做什么用？”塔塔尔斯基问。

莫尔科文默默地将那张照片递给他。塔塔尔斯基看到了克里姆林宫里的一个大厅，大厅里有孔雀石圆柱，一道铺着红地毯的大理石阶梯通向那个大厅。

“听着，如果他是虚拟的，干吗还要他摔倒呢？”

“我们要提高等级。”

“这样的话，他的等级就能提高？”

“不是他的等级，而是电磁波的等级。频道的等级。为什么在新闻节目中，黄金时段的一分钟就值四万，你算过吗？”

“已经算过了，早就把他……那样的吗？”

“在罗斯托夫跳舞之后。当时，他从舞台上摔了下来。紧急状态之下，只好用明码发报。你记得吗，他们做了分流手术？一大堆问题。等编码完成，所有人都已经戴着口罩干活了。从那时起，我们就用胶合板。”

“脸怎么做呢？”塔塔尔斯基问，“动作和表情呢？”

“一样。但不是电磁系统，而是光学系统，‘Adaptive optics①’。而手呢，就用‘CyberGlove’② 手套。一下切掉两个指头，就

① 英文：“自适应光学。”——译注

② 英文：“数据手套。”——译注

妥了。”

“喂，先生们，”一位工程师说道，“你们能不能小声点，啊？阿尔卡沙马上就要再跳一次。让他喘口气。”

“什么？”阿尔卡沙从吊床上欠起身来问道，“你们怎么了，脑袋肿了吗？”

“我们走吧。”莫尔科文说。

莫尔科文领塔塔尔斯基去的下一个地方，叫作“虚拟摄影棚”。尽管其名曰“虚拟”，棚内却有着真正的摄像机和照明颇佳的摄影灯。摄影棚是一个很大的房间，墙壁和天花板都是绿色的，棚里正在拍摄几个身着时髦的农业服装的人。在空旷的空间里转悠了一下，他们若有所思地点着头，其中一位手里搓着一枝成熟的麦穗。莫尔科文解释说，这是些富裕的农场主，用“柯达”胶片拍摄他们，比做动画要便宜些。

“我们对他们说，在提问题的时候，”他说道，“大致该朝什么地方看。然后是可以与什么人交往。你看过 *Starship troopers*①吗？那儿有宇宙骑兵和农夫打仗的场面。”

“看过。”

“一回事。只是用农场主或那儿的一笔小生意取代了骑兵，用

① 英文：《星河战队》。——原注

面包和盐取代了机枪，用久加诺夫①和列别德②取代了甲虫。然后我们再合成，在背后贴上基督救主大教堂或拜克努尔航天中心，拍到摄像机里，再播放……我们再去看看仪器厅。”

仪器厅的门上随意写着“机房”两个字，这个仪器厅没有给塔塔尔斯基留下什么特别印象。使人印象深刻的是站在入口处的两个冲锋枪手。仪器厅看上去很单调，这是一个地板嘎嘎响的房间，画有绿色菖蒲草的壁纸落满灰尘，它们显然还记得苏维埃时代。屋里什么家具也没有；一面墙上挂着一幅加加林手捧鸽子的彩色照片，另一面墙边则摆着一些金属架，架上是许多一模一样的蓝色箱子，箱子上唯一的装饰便是雪花一样的符号“Silicon Graphics”。从外表看，这些箱子与塔塔尔斯基在“工作台”所见到的那种仪器差不多。这些箱子上没有任何有趣的小灯泡或指示器，因此看上去可能就像一个陈旧的变电站。但是，莫尔科文却显得非常庄重。

“阿扎多夫斯基说过，你喜欢生活中有大乳房，”他说道，“瞧，这就是最大的乳房。如果它一时还不能叫你激动起来，那这也只是由于不习惯。”

---

① 根纳季·久加诺夫（1944 年生），俄国共产党领导人，曾任国家杜马主席，1996、2000、2008、2012 年四次竞选俄联邦总统，均以失败告终。——译注

② 亚历山大·列别德（1950—2002），俄国将军、政治家，1996、2000 年两度竞选俄联邦总统，分别败给叶利钦和普京。——译注

“这是什么东西?”

“这叫 100/400 服务器。它们的‘西利孔绘图仪’就是专门为这些目的而运转的，顶级的。在美国人看来基本上已经陈旧了，但对我们来说还够用。再说，全欧洲也都在用这些东西。它可以对多达 100 名主要政治家和 400 名次要政治家进行计算。”

“一台很棒的计算机。”塔塔尔斯基不带热情地说。

“这甚至不是一台计算机。这是一个大柜子，里面的 24 台计算机由同一个键盘控制。每台计算机有四个处理器，频率为 800 兆。每一组轮流计算镜头，整个系统的工作情况大致和炮身能够旋转的高射炮差不多。美国人从我们这里弄走了很多豆子。但是没办法，在一切都开始的时候，我们却没有了那样的人。而如今，正像你自己也明白的那样，那样的人永远也不会再有了。顺便说一句，美国人也是我们的一个主要问题。他们放过我们，就像放羊进园子。”

“怎么回事?”

“是指兆赫。起初，他们为车臣放了 200 兆赫。当然其实是为了输油管，这你也明白。然后，是由于信贷被盗。就这样，可以是任何借口。当然，我们就在夜里加大功率，可他们在使馆里也看着电视啊。我们刚刚将频率稍稍提高一点，他们就看穿了，会派来观察员。总之，耻辱啊。一个伟大的国家，可我们却一直待在 400 兆赫上。而且，还不是我们自己的。”

莫尔科文走到柜子旁，从里面掏出一个窄窄的蓝盒子，他将盒子的顶盖打开，盒子里原来是一个液晶显示器。显示器的下方，有一个带有球形鼠标的键盘。

“他们就是用这个键盘来控制？”塔塔尔斯基问。

“哪儿的话，”莫尔科文摆了摆手，“进入系统需要获得许可。所有终端都在上面。这只是一个监视器，我想看看我们现在算的是什么。”

他按了几个钮，显示器的下方出现一个窗口，窗口中有一个进度指示，一些弄不大明白的字：memory used 5184 M，time elapsed 23：11：12，还有一些非常小的字母。然后，由大大的字母组成的路径弹了出来：C：/oligarchs/berezka/excesses/vo_ pole/slalom. prg.

“明白了，”莫尔科文说，“这是别列佐夫斯基[①]在瑞士的地址。”

屏幕开始被一些彩色图画的小方块所覆盖，就像是有人在玩拼图游戏。几秒钟之后，塔塔尔斯基看到了一张熟悉的面孔，那脸上有几个尚未显出色彩的黑洞，尤其使塔塔尔斯基吃惊的，是已经现出的那只右眼中闪烁着的疯狂的快乐。

---

① 别列佐夫斯基（1946—2013），俄国寡头政治家，富翁，叶利钦时期曾任俄联邦安全会议负责人，因与普京争权失败于2003年流亡英国。——译注

“在滑雪呢，狗东西，”莫尔科文说，“而我们却在这里吃灰。”

“为什么有这个索引‘excesses’呢？就是在这里滑雪吗？”

“按照情节，在他这里，该由裸体舞女来取代这些杆子和旗子，”莫尔科文回答，“一些舞女头戴蓝色蝴蝶结。另一些戴红色的。姑娘们是用‘柯达’胶片拍出来，就在路上拍。瞧，她们很满意，到瑞士去寄人篱下。有两个直到现在还在那里转悠呢。”

他关了显示器，合上盖子，将监视盒又放回去。塔塔尔斯基的脑袋里突然产生一个不安的想法。

“你说，”他问，“美国人也有这东西吗？”

“当然。他们要比我们早得多。第二个任期上的里根就已经被模拟了。而布什……你还记得吗，当他站在直升机旁的时候，他秃顶上的背头被风吹得飞起来，抖个不停？真是一个杰作。我认为，在电脑绘画中这算不了什么。美国……”

“他们的广告人在为我们的政治干活儿，这是真的吗？”

“这是瞎扯。他们就是为自己也想不出任何好东西来了。解决问题的能力，点数，特殊效果，这都还行。但国家却是无精打采的。他们那儿的政治创意人完全是一堆狗屎。总统候选人有两个，脚本作者队伍却只有一个。而且，只有被赶出麦迪逊大街的人才为政治干活，因为在政界干活挣钱很少。我不久前又看了他们的竞选材料，太可怕了。如果一个人谈到一座通往过去的桥，那么两天之后，另一个人一定会谈到一座通往未来的桥。他们给鲍勃·多尔[①]干的活，就是简单地将耐克的广告词改造一下，由‘just do it’变成‘just don’t do it’。除了椭圆形办公室里的口淫，他们想不出任何正面的东西来……不，我们的脚本作者要好上十倍。你看，我们的性格多么突出。什么叶利钦，什么久加诺夫，什么列别德，契诃夫，《三姐妹》。因此，就让那些说俄国没有其商标的人闭嘴吧。我们这里有许多天才，他们在任何人面前都不会感到难堪。比如，瞧这位，看见了吗？”

他朝那幅加加林的照片点点头。塔塔尔斯基仔细地看了看照片，这才发现，照片上的人不是加加林，而是身着礼服的列别德将军，他手捧的也不是鸽子，而是一只缩着耳朵的小白兔。这张照片与其原型照非常相像，以至于会产生这样一种独特的视觉欺骗：列别德手中的兔子最初会使人觉得是一只胖得不成体统的鸽子。

“一个矿工小子独自做出来的，”莫尔科文说，“上了《花花公子》的封面。为它配的广告词是：‘俄国将更美更胖。’对于饥饿地区来说，这正中靶心。过去，这小伙子是两天吃一顿饭，而现在他已经是主要创意人之一了。当然，他还是得为吃饭操

① 鲍勃·多尔（1923 年生），美国共和党领袖，1996 年与克林顿竞选美国总统，以失败告终。——译注

劳……你还记得吗，阿赫玛托娃有过这样一句话：‘你们终将明白，诗句不知羞耻，在垃圾中生长……’[①]”

“等等，”塔塔尔斯基说，“我有了一个好创意。让我记下来。”

从口袋里掏出自己的笔记本，他写道：

> Silicon Graphics／大乳房——一个新象征。代替雪花的是一个巨大乳房的轮廓，像是填满了硅胶（用笔随意涂抹，因为是 graphics）。运动中（短片）——从乳房里爬出一只有机硅蛆虫，弯成S形（型号——species－Ⅱ）。再想想。

“一阵汗水的灵感之浪？”莫尔科文问，“甚至叫人忌妒啊。好了，参观结束。我们回小吃部去吧。”

小吃部像先前一样还是空无一人。电视机还是那样无声地工作着，电视机前的桌子上是那瓶没喝完的“Smirnoff citrus mist”和两只杯子。莫尔科文倒了两杯酒，默默地碰碰塔塔尔斯基的杯子，把酒干了。参观之后，塔塔尔斯基感觉到某种朦胧的不安。

“听着，”他说，“我有些东西弄不明白。比如说，脚本作者为所有人写作。但谁来为这些脚本负责呢？我们哪儿来的题目，我们又如何确定民族政治明天的走向呢？”

---

① 引自阿赫玛托娃写于1940年1月21日的一首无题诗。——译注

“一门大生意。”莫尔科文简短地回答，“你听说过寡头吗？”

“当然。怎么，他们要开会做出决定？还是用书面形式下达创意？”

莫尔科文用大拇指压住瓶口，晃晃酒瓶，看起瓶中的气泡来，看来，在那样的画面中有某种能抓住他的东西。塔塔尔斯基默默地等待回答。

“他们可能在什么地方开会，”莫尔科文终于说道，“当他们所有人都变得高人一等。你刚刚不是见到别列佐夫斯基了吗？”

“是的。”塔塔尔斯基若有所思地回答，“是的，当然。是谁给寡头们写脚本呢？”

“广告作者。一切都一样，只不过层次不同。”

“是的。可我们如何选择这些寡头的决定呢？”

“从政治局势出发。人们老是说——‘我们在选择’。可实际上并没有什么特别的选择。周围只有一个铁打的需求。这些人需要，那些人也需要。你我同样也需要。”

“这么说，同样也没有什么寡头？可是我们楼下不是挂着一个‘银行委员会’的牌子吗？”

“这是为了唬人，”莫尔科文回答，“别从自家的房顶上爬下来。我们的委员会是银行间的，这不错，可所有这些银行又都是委员会间的。而委员会就是我们自己。就这么回事。”

“明白了，”塔塔尔斯基说，“似乎明白了……也就是说，等等……结果就是，那些人决定这些人，而这些人……这些人又决定那些人。但是，这么一来……等等……这么一来，大家又都依靠什么呢？”

话还没说完，他就疼得叫了起来，莫尔科文使足力气掐了一下他的手，他掐得如此之狠，甚至抠下一小块皮来。

“关于这个问题，”他从桌子上面探过身来，用发黑的眼神盯着塔塔尔斯基说道，“你永远别去想。永远别再去想，明白吗？”

“怎么？”塔塔尔斯基问道，他感到，刚才的疼痛将他从某个黑暗深渊的边缘推了回来，“为什么别去想？”

“教你一门技术，”莫尔科文说，“当你意识到你就要整体地思考这个问题的时候，你就马上掐自己，或是用某种尖东西扎自己……扎手，扎腿，都可以。应该扎神经末梢较多的地方。就像一个游泳的人在抽筋的时候扎自己的小腿肚那样。为了不沉下去。然后，渐渐地，在你这个思想的周围就会形成一层厚茧一样的东西，你也就能不成问题地绕开它。也就是说，你能感觉到它的存在，却永远不会再去想它。渐渐地，你也就习惯了。第八层靠着第七层，第七层靠着第八层，在任何地方，在每一个具体时刻的每一个具体的点上，都有特定的稳定性。事务成堆，你就闻闻椰子味，能在一天的奔忙中解决所有的具体问题。别停留于抽象时间。”

塔塔尔斯基一口喝干剩下的伏特加，把自己的大腿连续掐了好几下。莫尔科文阴郁地笑了一下。

“比如阿扎多夫斯基，”他说，“他为何在这里摆布所有人、给所有人派活儿呢？就因为他脑袋里甚至从未想过这一切有什么奇怪之处。这样的人 100 年才诞生一次。可以说，这样的人具有国际规模的生活感觉……”

“好的，”塔塔尔斯基说道，又掐了一下自己的腿，“但要知道，也许不仅需要摆布，需要派活儿，还需要调整？要知道，社会可是一个复杂的东西。为了调整，总需要一些原则吧？”

“原则非常简单，”莫尔科文说，“为了让社会中的一切都正常运行，我们只需要调整我们拥有的货币总量，其余的一切就会自动步入轨道。因此，什么事情都不应去干涉。”

“怎样调整这个总量呢？”

“让我们这里的总量最大化。”

“就这些？”

“当然。如果我们这里的总量最大化了，这就意味着一切都已步入轨道。”

“是啊，”塔塔尔斯基说，“符合逻辑。但要知道，总得有人来指挥这一切吧？”

“你干吗老急着知道一切，”莫尔科文皱了皱眉头，“我说，等一等。老弟，要明白是谁在指挥这一切，这可是个大问题。我现在只能这样对你说，左右世界的不是‘谁人’，而是‘何物’。

那些特定的因素和动因，你想知道还早了些。虽说，瓦万，你又不能不知道它们。瞧，这是个悖论……”

莫尔科文停下来，思考起什么来。塔塔尔斯基点起一根香烟，他不想再说话了。这时，小吃部里来了一位新客人，塔塔尔斯基立即认出他，这是著名的电视分析人士法尔苏克·谢伊福尔-法尔谢伊金。在生活中，他看上去比在屏幕上要苍老得多。看来，他刚主持完节目：他的脸上满是大滴的汗珠，那副著名的夹鼻眼镜有些歪斜地架在鼻子上。塔塔尔斯基以为，法尔谢伊金会马上冲向柜台去买酒，可是，他却向他们这张桌子走来。

“可以把声音打开吗?”他向电视点了点头，问道，“这个短片是我儿子做的。我还没看过。”

塔塔尔斯基抬起眼睛。屏幕上出现了一个有些奇怪的熟悉画面：白桦林中的一片空地上，站着一支模样有些可疑的水兵合唱队（塔塔尔斯基一眼就认出了阿扎多夫斯基，他站在合唱队的中央，只有他胸前佩戴着闪亮的奖章）。水兵们相互搂着肩膀，不停地左右摇晃，在无声地为一位长相像叶赛宁的金发独唱演员伴唱。起初，塔塔尔斯基觉得，那独唱演员是站在一个巨大白桦树的树桩上，但是根据这树桩理想的圆筒形状以及其表面所绘有的黄色小柠檬图案，他猜了出来，这是一个放大了许多倍的软饮料罐，它被涂得既有些像白桦树，又有些像斑马线。非常干净的电视镜头表明，这个短片花了不少钱。

“乓－乓－乓。”不停摇晃的水兵们低声唱着。独唱者将手从胸前伸出，伸向镜头，用男高音唱道：

祖国慷慨地
把我滋润，
用白桦雪碧，
用白桦雪碧！

塔塔尔斯基猛地在烟灰缸里掐灭了香烟。

“狗东西。”他说道。

“谁？”莫尔科文问。

“要是知道的话……喂，他们要把我放到哪个部门去？”

“你是综合处的高级策划。人齐的时候你还会被提升。也就是说，我俩如今是互相依靠了。就像这些水兵。肩并着肩……对不起，老弟，我把你扯到这里来了。要知道，对此一无所知的土豆叶子倒活得轻松一些。他们甚至以为真有不同的电视频道，不同的电视公司，但是，他们毕竟还是土豆叶子。”

伊斯兰因素

常常会这样，你驾着一辆白色“奔驰”驶过一个公交车站，看到那些焦急不安地等车的人，鬼知道他们已经等了多久，你会突然发现，车站上的某个人会茫然，甚至忌妒地看你一眼。你就会在一瞬间相信，这件从某个不知名的德国市民那里偷来的东西，还没有在兄弟般的白俄罗斯完税，却已挂着一个重叠上去的牌照，可疑地响起马达声，这东西的确是一件战利品，它在证明一种对于生活的完全、彻底的胜利。于是，一阵滚烫的颤抖就会掠过全身；接着，你骄傲地转过脸去，不再看站在车站上的那些人，你在心底里觉得，所经历的一切都没有白费，生活是成功的。

肛门哇噻因素就是这样在我们的心中起作用的。但是，塔塔尔斯基却无论如何也体验不到它甜蜜的胳肢。有可能，问题就在于龟缩在自己车站上的中产阶级代表那种独特的雨后的冷漠。或者也可能，塔塔尔斯基过于神经质了，他的工作即将受到检查，阿扎多夫斯基本人也将参加检查。也许，问题在于他内心的那个社会定位器在近期开始给出的那些移位。

“如果从纯泛灵论的观点来看目前所发生的事情，”他看着塞车中近旁的一个车身，想道，“那么，我们这里的所有概念都被翻转了过来。对于那个可以保障这整个世界之天国的‘西尼孔’而言，一辆破旧的‘扎波罗什人’，比起一辆在风洞里吹了三年的崭新的‘宝马’来，是一件复杂得多的工作。也就是说，问题全都取决于广告人。但是，是哪个畜生写了这个脚本？那位嚼着比萨饼看着这个屏幕的观众又是谁？最重要的一点是，所进行的这一切，仅仅是为了让某个肥胖的、傲慢的大块头在广告一样的东西里熬制金钱一样的东西？似乎是。因为众所周知：世界上的一切均靠相似来支撑……”

塞车终于缓解。塔塔尔斯基打开收音机。一个鼻音很重、带有叫喊的声音冲进车中，像是炉筒里的轰鸣：

无论圣像还是别尔加耶夫，
还是“第三只眼”节目，
全都受制于那些恶棍，
把持石油和天然气的恶棍！
俄国广播电台广告部！

这个声音所带有的那种地狱般的快乐，使人毫无疑问地意识到，这位说话者本人并非此类恶棍中的最后一位。塔塔尔斯基神经质地关了收音机，松开离合。

他的情绪完全变糟了；他想得到一点活生生的人的温暖。他驶出车流，驶向公交车站，踩了一脚刹车。一个售货亭有半边的玻璃被打碎了，挡住一块广告牌，那是 CTC 电视频道的广告，上面颇有寓意地画了四个手拿遥控器、奇丑无比的人。在小铺的遮阳棚下坐着一个老太太，她膝盖上放着一个篮子，一动不动地坐在那儿，还有一个 40 岁左右的鬈发男人，穿一件受了潮的军棉袄，手里拿着一瓶啤酒。塔塔尔斯基看到那男人身上还有足够的活力，便摇下车窗，将胳膊肘探出窗外。

“劳驾，军人先生，”他说道，“请问‘男士衬衣’商店在什么地方?”

那男人抬眼看看他。看来他猜透了一切，因为他的眼睛涌上了一层冷漠的、白色的愤怒。短暂的目光交换是饱含信息的，塔塔尔斯基明白那男人明白了什么。而那男人，看来甚至也明白塔塔尔斯基明白了什么。

“在坎大哈①附近更棒。”那男人说道。

---

① 阿富汗南部一座城市。——译注

“对不起，您说什么?”

“我说了，”男人回答，握住酒瓶的瓶颈，“在坎大哈附近更棒。你甚至用不着对不起。”

有什么东西在提醒塔塔尔斯基，那男人走近他的汽车并不是为了告诉他去商店的路，于是，他踩下脚底的油门。感觉没有骗人，一秒钟之后，只听后窗一声脆响，窗玻璃上立即布满网状裂纹，白色的泡沫沿着裂纹向下流淌。在一波肾上腺素的作用下，塔塔尔斯基猛然加速。“傻瓜，”他回头看了一眼，想道，“将这样的兄弟领回家，真是做对了。”

他在银行委员会的院子里停了车，这时，一辆红色最新款越野车在他的车旁停下，那车的顶上装有不可思议的大灯，门上画有欢乐的图画：北美高原上的日出，头戴羽毛帽的印第安人的脑袋。“有意思，谁会开这样的车呢？”塔塔尔斯基想着，在车门边迟疑了片刻。

越野车里钻出一个矮胖男人，身穿一件显然是资产阶级味的条纹西服，待他转过身来，塔塔尔斯基吃惊地认出，他就是萨沙·勃洛，他体胖了，顶也秃得更厉害，但脸上仍带着那种痛苦不解的神情。

“萨沙，”塔塔尔斯基说，“是你?”

“啊，瓦万，”萨沙·勃洛说，“你也在这里？在综合处?”

“你怎么知道?”

“大家都从那儿干起。为了练练手，创作人员并不太多。大家很快就互相认识了。这不，如果我从前没见过你，而此刻你在这入口处停车，这就说明你是在综合处。但没什么，就两个星期，不会再长。小意思，华生探案。”

“已经一个月了。”塔塔尔斯基回答，“你干什么工作？”

“我？我是俄罗斯理念处主任。在侧房。理念会有的，过来吧。”

“我的脑子不够用，”塔塔尔斯基回答，“我试着想过，不成。你最好到郊区走走，问问农夫们。”

萨沙·勃洛不满地皱起眉头。

“起初我也试过，”他说，“你倒上一杯酒，盯着他的眼睛看，可他却对你说：‘妈的，一辆奔驰羊车。’他们想不出有什么东西能比‘奔驰’更棒……大家都在这样毁……你的车？”

问题转向塔塔尔斯基的汽车。

“是我的。”他心满意足地答道。

“明白了。”萨沙·勃洛锁了他那辆车，说道。“40 分钟的屈辱，然后你就该干活儿了。你也别太求全了。一切还都在后头。”

他点点头，连蹦带跳地向入口处跑去，边跑边挥了挥那个厚厚的、脏兮兮的文件夹。塔塔尔斯基久久地目送他，然后看了看车子后窗，掏出笔记本。他在笔记本的最后一页上写道：

主要的一种恶就在于，人们彼此间的交往建立在无意义的、诱导的闲谈之中，人们在这种闲谈中贪婪、狡猾、非人性地植入了他们希望中的肛门冲动，对于某个人来说，这一冲动会变成口腔冲动。如果果真如此，这个人就会产生狂饮颤抖，他就会在几秒钟之内感受到所谓的“生命活力”。

阿扎多夫斯基和莫尔科文清早起就一直坐在试片室里。门口晾着几个人，他们正在闲谈政治，愤怒地咒骂政府。塔塔尔斯基认定这是政治处的作者们，他们正在实践他们小圈子式的无所事事。他们一个个单独地被叫了进去；他们平均每人在上司那里待10分钟左右，而在那里头解决的问题，显然都具有国家意义：塔塔尔斯基意识到这一点，是因为大厅里好几次传出了叶利钦的声音，音量还开到了最大。第一次，只听叶利钦疑惑地嘟囔道：

“我们干吗要那么多的飞行员？我们只要一个就够了，但他要是全能的！瞧，我孙子正在玩Play Station①，我看了一眼，立刻就明白了……”

第二次，看来播放的是向全民讲话的一个片段，因为叶利钦的声音是庄重、从容的：

“几十年来，俄罗斯居民首次具有了在心灵和理智之间做出选

① 英文：“游戏机。”——译注

择的可能性……”

一个方案被否了，这从走出大厅的那个人的脸色可以看出，那人是个高个子男人，留着小胡子，头上是早生的白发，手里拿着一个深红色的活页夹，上面有两个金字：“沙皇。”然后，大厅里响起音乐，起先是巴拉莱卡琴长时间的演奏和一个人的高声号叫，然后，传来了阿扎多夫斯基高八度的嗓音：

“见他妈的鬼！我们不放了。依我看，最好是列别德。至少他不秃顶。下一个。”

塔塔尔斯基等了很久，因为他是最后一位。阿扎多夫斯基等在那儿的半明半暗的大厅有一种阴郁的豪华，但也有几分古风，似乎在三十年代或四十年代被装修过。走进大厅，塔塔尔斯基不知为何弓下腰，迈着小碎步跑到第一排，坐到阿扎多夫斯基左边一把椅子的边沿上。阿扎多夫斯基正在往放映机投射出的光柱里吐烟。阿扎多夫斯基朝塔塔尔斯基挥挥手，并没看他一眼，阿扎多夫斯基显然情绪不佳。塔塔尔斯基知道是怎么回事，莫尔科文昨天就解释过了。

“投了 30 万，”他忧心忡忡地说，“为了科索沃。你记得吗，共产党当政的时候连黄油都不够吃？可现在，却到了机器时代。在这个国家的历史上有某种命中注定的东西。阿扎多夫斯基如今要亲自审看所有片段。主要的报酬要在书面报告之后才能发放，所以你要努力干啊。”

所谓片段，也就是未经加工的草稿，看上去是什么样子，塔塔尔斯基也是第一次目睹。如果他本人不是这个脚本的作者，他永远也猜不出来，那个由细细的黄色虚线勾勒出的绿色轮廓就是摆放“垄断”的桌子。筹码是清一色的红色箭头，而骰子则是两个蓝色的斑点。银幕的下方，从一到六的数字成对弹出，它们是由振荡器给出的偶然数字，通过控制获得相应的得分，赌局设计得很公正。但是，赌徒一时还没有：替代赌徒坐在桌旁的，是几个由刻度线和铰链圆环构成的骨架。可以看出两张由粗糙的靶子构成的面孔：萨尔曼·拉杜耶夫①的大胡子像一块镶在面部下方的红砖，而别列佐夫斯基，则只能通过那两个剃得发青的三角形面颊辨认出来。不出所料，别列佐夫斯基赢了。

“是啊，”他用绿色箭头的手指摸索着骨牌，说道，“在俄罗斯老娘这儿，‘垄断’出了点问题。你买了两条街道，可后来才知道那里住着人。”

拉杜耶夫笑起来：

“不仅在俄国是这样的。到处都一样。我还要告诉你，鲍里斯，人们不仅住在那里，他们还常常认为那街道是他们的。”

别列佐夫斯基扔出骨牌。他又得到了双六。

---

① 萨尔曼·拉杜耶夫（1967—2002），车臣非法武装头目，2000 年被俄特种部队抓获，后在关押期间死去。——译注

“不完全是这样的，”他说，“在我们这个时代，人们是通过电视才明白他们是怎样认为的。因此，如果你想买两条街道，想之后别落得个可怜相，你首先就得这样做，在这两条街道上方竖起你的电视塔。”

传来一个响声，桌子的一角出现一个动物造型似的东西：一个带有长长天线的军用无线电台。拉杜耶夫将那东西拿近自己的脑袋，用车臣话简短地说了些什么，然后将它放了回去。

“我卖出我的电视播音员，”他弹了一下手指，将一个筹码推到桌子中央，“我不喜欢电视。”

“我买下。”别列佐夫斯基立即回应道，“你为什么不喜欢电视呢?”

“电视里常常有尿沾到皮肤上的感觉。我一打开电视，尿马上就开始往皮肤上沾。”

“又不沾你的皮肤，萨尔曼。”

“是啊，”拉杜耶夫激动地说，“那它们干吗要在我的脑袋里往一块沾呢？怎么，它们再也没有其他地方了吗?”

别列佐夫斯基的上半个脸为一个长方形所覆盖，那长方形上有一对定位精确的眼睛。那对眼睛不安地瞥了拉杜耶夫一下，眨了几眨，然后，那个长方形就消失了。

“真的，是谁的尿呢？”拉杜耶夫又说，他的强调表明，这个念头似乎刚刚闯入他的脑中。

“算了吧，萨尔曼，”别列佐夫斯基息事宁人地说，“我们最好还是玩牌吧。”

“等等，鲍里斯。我想知道，在我看你的电视的时候，是谁的尿和皮肤在我的脑袋里往一块沾呢？”

“那电视为什么是我的呢？”

“管子从我的地上过，我就要为这管子负责。这是你自己说的。这就是说，如果所有的电视播音员都被关在你的笼子里，你就得为电视负责。所以，你说，我在看电视的时候，是谁的尿在我的脑袋里哗哗地淌呢？”

别列佐夫斯基挠了挠下巴。

“是你的尿，萨尔曼。”他坚决地说。

“为什么？”

“那还能是谁的尿呢？你自己想一想。你因为勇敢被称为‘脑袋中揣着子弹的人’。我认为，那个在你看电视时决定拿尿浇你的人，可能活不长。”

“你想得对。”

“这就是说，萨尔曼，是你的尿。”

“可在我看电视的时候，那尿为什么会跑到我脑袋里去呢？是从高处的尿脬里尿出来的吗？”

别列佐夫斯基伸手去拿骨牌，可拉杜耶夫却用手掌盖住了骨牌。

“你解释清楚，”他要求，“然后我们再玩下去。”

别列佐夫斯基的额头现出一个造型方块，方块中有一道深深的皱纹。

“好，”他说，“我试着来解释清楚。”

“说吧。”

“在真主创造这个世界的时候，”别列佐夫斯基说了起来，还迅速地抬眼向上方看了一下，“他事先有过深思熟虑。然后他才创造万物。所有的圣书都说，太初有道。用法学语言来说是什么意思呢？用法学语言来说就是，真主最初创造的是概念。粗糙的万物，这是人的命运，而在真主那里，”他又迅速地抬眼向上方看了一下，“却没有万物只有观念。这样一来，萨尔曼，当你在电视里看到尿布广告时，你脑中出现的不是液体状的人尿，而是尿的观念。尿的观念在与皮肤的观念相互接触。明白了吗？”

“很棒，”拉杜耶夫若有所思地说，“可我还是不完全明白。尿的观念和皮肤的观念在我的脑袋里互相接触。是这样吗？”

“是这样。”

“真主那里没有万物只有观念。是这样吗？”

“是这样。”别列佐夫斯基说着，皱了皱眉头。在他剃得发蓝的面部出现几个动画补丁，其中的面部肌肉紧绷着。

“也就是说，在我的脑袋里，真主，真主万岁，真主的尿和真主的皮肤相互接触了？是这样吗？”

“也许可以说，是这样的。”别列佐夫斯基说，在他额头又出现了表现皱纹的嵌入物。（塔塔尔斯基意识到，在脚本里此处是这样写的：“别列佐夫斯基感到谈话的发展不太对劲。”）拉杜耶夫理了理红砖似的大胡子。

“阿里·哈拉什①说得对，”他说，“最大的奇迹，就是看不到周围奇迹的人。但还是请问，为什么经常会这样呢？我记得有一次，尿和皮肤在一个小时内接触了17次。”

“这也许要‘盖洛普民意测验’去统计。”别列佐夫斯基迁就地回答，“先偷光自己，再隐瞒拨款。怎么？我们卖出多少时间，就安排多少次。”

拉杜耶夫的骨架摇摇晃晃地走近桌子。

“等等，等等。你想说，给你多少钱，你就让尿和皮肤接触多少次？”

“是啊。”

“你本人就可以决定？”

“那自然。”别列佐夫斯基回答，“我当然不介入鸡毛蒜皮的小事，但一切都归我管。怎么？”

“你打算还这样做下去吗？”

“当然。”别列佐夫斯基说，“总要有谁的尿和皮肤接触。那

---

① 阿里·哈拉什（858—922），古代伊斯兰神学家。——译注

结清了钱的人。”

拉杜耶夫的骨架为一个嵌入的画面所覆盖，在这幅画面上有一个画得相当糟糕的穿着约旦军装的身躯。他将手伸到椅子背后，掏出一支“卡拉什尼科夫”冲锋枪，用枪对着谈话伙伴的脸。

“你要干吗，萨尔曼?”别列佐夫斯基轻声问，并条件反射般地举起双手。

“你说，真主先创造了概念，”拉杜耶夫说，“因此，就所有的概念来判断，一个为了钱而准备向真主的皮肤上泼尿的人，是不该弄脏这块土地的。”

带有约旦军装身躯的嵌入图消失了，骨架的细线又回到屏幕上，而“卡拉什尼科夫”则变成了摇摆不定的虚线。紧贴着这根虚线的别列佐夫斯基脑袋的上半部隐在一个动画补丁的后面，动画补丁上是一个毛烘烘的苏格拉底式额头，转瞬之间，那额头上已布满大滴大滴的汗珠。

“安静，萨尔曼，安静，”别列佐夫斯基说，“两个脑袋里揣着子弹的人站在一张桌子边，这过量了。别激动。”

“什么别激动?你为了钱而泼向真主的每一滴尿，你都要用自己的一桶血去清洗，我告诉你。”

一个疯狂运作的念头体现在别列佐夫斯基那双眯起来的眼睛里。在脚本里就是这么写的：“一个疯狂运作的念头。”塔塔尔斯基甚至没想过，有什么样的技术能帮助动画师达到如此准确的程度。

“听着，”别列佐夫斯基说，“我现在有些慌了。我的脑袋，当然不是防弹的，这没的说。但你的脑袋也不防弹，这你也清楚地知道。这里到处都是我的兵……啊哈……电台也对你说过这些。”

拉杜耶夫笑了起来：

“《福布斯》杂志上写道，你飞快地抓到了一切。但是，《福布斯》继续写道，每一个飞快抓到一切的人，都要准备有朝一日自己也被飞快地抓住。你的兵正在休息呢。”

“你也订《福布斯》？”

“这有什么。车臣如今可是欧洲的一部分啊。”

“既然你这么有文化，干吗还要舞枪弄棒呢？”别列佐夫斯基兴奋地说道，“让我们像两个欧洲人那样谈一谈，别做出这副凶样子。”

“好吧。”

“你说，你要用一桶血去清洗每一滴尿？”

“我说了，”拉杜耶夫带着优越感肯定地说，“我还可以再重复一遍。”

“但是要知道，尿无法用血去清洗。这你得用‘汰渍’才行。”

（塔塔尔斯基想到，“尿无法用血去清洗”——这是一句很好的广告词，可以用作“汰渍”洗衣粉的全国广告，但当着阿扎多夫斯基的面他又不便掏出笔记本。）

“这话不错。”拉杜耶夫同意。

“然后，你还会同意这样一个看法，世界上没有任何东西能脱离真主的意志。”

“我同意。”

“是这样，我们接着来。难道你真的认为，我能……我能……哎，如果没有真主的意志，我能做成这些事情吗？”

“做不成。”

“再接着来。”别列佐夫斯基充满信心地继续说，“你试着这样来看问题：我不过是真主手里的一个工具，真主做了什么，为什么做，都是难以理解的。接下来，如果不是真主的意志，我也许不会将所有的电视塔和电视播音员都收进我的三个笼子里。”

“是这样的。”

“还有什么话吗？”

拉杜耶夫将枪管戳在别列佐夫斯基的脑门上。

“有。”他说，“我们再接着来。我来告诉你，我们村里的老人们是怎么说的。按真主的意愿，这个世界应该像一个在嘴里融化的浆果。而像你这样的一些人，出于贪婪，却将那些浆果变成了与皮肤接触的尿。也许，真主的意志就是不想让像你这样的人来到这个世界上。但是，真主是仁慈的，因此，真主的意志也在于要放倒那些使生活变得不再像浆果的人。在和你谈话之后，我就觉得，生活不再是浆果，而成了尿，这尿腐蚀我的大脑，你明白吗，不明白？因此，对你来说，最好的解决办法就是祈祷。”

别列佐夫斯基叹了口气。

“我发现，你对这场谈话有精心准备。那么，好吧，就算我犯了一个错误。我怎样改正这个错误呢？”

“改正？改正这样的侮辱？我不知道。需要做点什么善事。”

“比如说，什么善事呢？”

“我不知道。”拉杜耶夫又重复了一遍，“建一座清真寺。或者建一所宗教学校。但是，这得是一座很大的清真寺。它要足够大，让我能在那里洗净我和这个人在桌边犯下的罪，这个人把尿泼在了真主的皮肤上。”

“明白了，”别列佐夫斯基将双手稍稍放低了一些，说道，“具体地说来，要多大呢？”

“我想，第一笔款子——是一千万。”

“太多了吧？”

“我不知道这是多还是少，”拉杜耶夫用手捋了一下大胡子，严谨地说道，“因为我们是通过比较来认识‘多’和‘少’的范畴的。但是，你在我的司令部旁边也许看到了一群羊？”

“看到了。这有什么关系？”

“只要这两千万没到我伊斯兰银行的账上，你就要每小时17

次被泡在羊尿桶里，这样，羊尿就能和你的皮肤相互接触了，你也就会想一想，这是多还是少，每小时17次。”

“哎－哎－哎，”别列佐夫斯基放下双手，说，“你怎么啦？刚刚还是一千万。”

“你忘了头皮屑。”

“听着，萨尔曼，人们从不这样办事啊。”

“你还想为汗臭味再付一千万吗？”拉杜耶夫晃了晃枪，问道，“想吗？”

“不，萨尔曼，”别列佐夫斯基疲惫不堪地说，“我不想为汗臭味付钱。顺便问一句，谁在这里用暗藏的摄像机偷拍我们？”

“什么摄像机？”

“这窗台上的包是什么东西？”别列佐夫斯基的手指戳到了屏幕上。

“啊哈，你这个魔鬼。”拉杜耶夫说着，端起了冲锋枪。

屏幕上闪过一道白色曲线，一片灰色的波纹盖住一切，接着，大厅里的灯亮了。

阿扎多夫斯基哼哧一声，与莫尔科文交换一下眼色。

“怎么样？”塔塔尔斯基胆怯地问道。

“告诉我，你在哪儿干活儿？”阿扎多夫斯基嫌恶地问，“是在‘词语花瓶’处？还是在我的综合处？”

“在综合处。”塔塔尔斯基回答。

“给你分派的任务是什么？要你写一个脚本，写拉杜耶夫和别列佐夫斯基的一场谈判，别列佐夫斯基给了车臣恐怖分子两千万美元。可你是怎么写的？他的钱是给出去的吗？他还要在你那儿建清真寺！谢谢你了，建的还不是基督救主大教堂。如果这位别列佐夫斯基不是我们自己做的，我就会认定你是拿了他的钱。而拉杜耶夫呢？他在你那儿就像一个神学教授！他读的杂志甚至连我都没听说过。”

“但是得有个情节发展逻辑呀……”

“我不要逻辑，只要综合。而这不是综合，是臭大粪。明白吗？”

“明白。”塔塔尔斯基垂下脑袋，答道。

阿扎多夫斯基也平和了一些。

“总的看来，”他说，“有合理的内核。第一个优点是唤起了对电视的仇恨。让人想看它又恨它，看着恨着。第二个优点是‘垄断’。这是你自己想出来的吗？”

“是的。”塔塔尔斯基来了精神。

“很成功。恐怖分子和寡头在赌桌边分赃人民的财产……仇恨就会跟风而起。”

“是不是过分……”莫尔科文插话说，但阿扎多夫斯基打断了他：

“不。主要问题是要占满人们的大脑，耗尽他们的热情。这样一来，这就是一辆没什么可‘垄断’的大车。它会使我们的新闻收视率至少上升五个百分点。也就是说，黄金时段的一分钟……”

阿扎多夫斯基从口袋里掏出计算器，算了起来。

“……提高到一万，”他算完之后，说道，“那我们的一个小时是多少呢？我们乘以17……很好。我们就这么办。长话短说，就让他们玩‘垄断’游戏吧，你去让导演重新剪接一下：储蓄所前的排队，矿工，老太太，饥饿的孩子，受伤的士兵。这就齐了。不过你要把握住播音员，要不，作为回答，就应该提高喊声。最好在他们的‘垄断’里做一个这样的筹码，一个既像电视塔又像钻井塔的装置。就让别列佐夫斯基说，他想在各地建起这样的高塔，下面输送石油，上面传送广告。蒙太奇，就是一个带钻头的沙巴罗夫斯基电视塔①。你看怎么样？”

“妙极了。”塔塔尔斯基有准备地说道。

“你呢？”阿扎多夫斯基问莫尔科文。

“我百分之百同意。”

“你们这么认为，我一个人就能代替你们所有的人……也就是说，这就是诊断。你，莫尔科文，你让这个新手加把劲。一个精明能干的小伙子。拉杜耶夫我们整体上保留原样，只是要用圆锥帽换掉这顶军帽，这帽子已经让人看够了。同时暗指一下土耳其。

---

① 莫斯科市中心的旧电视塔。——译注

然后，我早就想问一问了，这是什么个粗制滥造的东西？为什么要让他戴一副黑眼镜？怎么，眼镜要计算很久吗？”

“要很久。”莫尔科文说，“拉杜耶夫在我们这里老上新闻，让他戴着眼镜要快上20%。我们省去了所有的面部表情。”

阿扎多夫斯基的脸色有些发暗。

“上帝保佑，我们要解决频率问题。给别列佐夫斯基再加点东西，明白吗？”

“明白。”

“现在就去干，这活儿很急。”

“我们这就去做。”莫尔科文回答，“我们把片子看完吧，我马上去做。”

“我们接下来要看的是什么？”

“现在是几个电视短片。一种新类型。”

塔塔尔斯基从椅子上欠起身，想走出大厅，但莫尔科文却伸手拦住他。

“好吧，”阿扎多夫斯基挥了挥手，“还有20来分钟。”

灯又闭了。银幕上，一个娇小的、身穿和服的日本姑娘在微笑。行了一个屈膝礼，她用口音很重的俄语说道：

“现在，阳保保铃先生将向你们说话。阳保保铃先生是松下公司最老的员工，因此他才获得了这份殊荣。他在战争年代负了伤，一直受到话语障碍的困扰。拜托了，亲爱的电视观众们，请你们原谅他的这些缺点。”

姑娘走到一旁。镜头中出现一个圆形大厅，墙壁漆成白色。大厅中央摆着一个包着铁皮的长箱子，箱子上一动也不动地坐着12个身着白色长袍的人。在他们面前，出现了一个结实的、头发花白的日本人，他手里拿着一瓶开了盖的罗姆酒。他身穿西服上衣，但不知为何却在腰间别了一把剑。他从瓶子里呷了一口酒，弹了一个响指，于是，身穿白袍的人从箱子上跳开，四散而去。箱子打开，从箱子的深处升起一台流线型的黑色电视机，就像从一个巨大怪物身上挖出来的一只眼睛，塔塔尔斯基的脑中之所以会产生这样一个比拟，是因为那箱盖的里面衬着红色丝绒。

“松下代表着电视世界革命性的发明。”那日本人有些结巴地说道，“世界上第一台声控电视机，可以使用地球上的所有语言，包括俄语在内。‘帕纳斯沃德，维－吐！’”

屏幕上出现了“Panasword V－2”的字幕。

日本人带着紧张的不友好的神情朝观众的眼睛看了一下，突然从剑鞘里拔出剑来。

“一把日本锻造的剑！”他喊道，将剑锋直指镜头，“退化的世界将用此剑切断自己的喉咙！天皇万岁！”

穿白袍的人在屏幕上窜来窜去，阳保保铃先生被押到什么地方去了，面色苍白、身穿和服的姑娘在道歉地行礼，就在这一片狼藉之上，映出了“松下”的连体字。一个低音说道：“松下。

日本之母!”

塔塔尔斯基听到一阵电话铃声。

“喂,”黑暗中响起阿扎多夫斯基的声音,“什么?我马上飞过去!”

阿扎多夫斯基站起身,在银幕上投下一块暗影。

“嚯,”他说,“看来,罗斯特罗波维奇今天又要得勋章了。马上会从美国打来电话。我昨天给他们发了传真,说民主正处在危险之中,请求将频率再提高200兆。好像人们并不知道我们干的是同一件事。”

塔塔尔斯基突然觉得,阿扎多夫斯基投在银幕上的影子不是真正的影子,而是录像的一部分,就像那些直接在影院拍摄的盗版录像带上常常会出现的人影。对于塔塔尔斯基来说,这些起身离开放映厅的观众(地下录像厅的老板称他们为“逃兵”)留下的黑影,正是判断影片质量的一个特殊指示器:在置换哇噻因素的作用下,较之于一部差电影,起身离开一部好电影的人要更多一些,因此,他通常只要求给他留下“带逃兵的电影”。但是此刻,他几乎感到恐惧,他想到,如果刚刚还坐在他身边的一个人突然成了逃兵,那么这就完全可能意味着,他自己也是那样的逃兵。这种感受很复杂、深刻、新颖,但塔塔尔斯基却来不及对它进行深入思考:阿扎多夫斯基不太清晰地哼着一段探戈舞曲,已走到银幕旁边,转眼就消失了。

接下来的一个短片，手法要更为传统一些。一堵奇异的镜面墙壁上有一个很大的壁炉，壁炉前坐着一家人——父亲、母亲、抱着猫咪的女儿和织着长袜的婆婆。他们看着炉门后燃烧的火焰，做着急速的、有些漫画式的动作——婆婆在编织，母亲在一旁啃比萨饼，女儿抚弄着猫，父亲品着啤酒。镜头围着他们摇了一圈，又穿过镜面墙壁。从另一面看，墙壁是透明的；在镜头停止运动的时候，壁炉的火苗和炉门与那一家人叠映在一起。管风琴疯狂、威严地响起；镜头向后退去，透明的墙壁变成一个平整的电视屏幕，电视机的两侧是几个立体声扬声器，黑色的箱体上写有字体奔放的“Tofetissimo”一词。电视机的屏幕上有火焰在燃烧，火焰中，有4个黑色的身影在炉门后面急速地抽搐。管风琴停了，响起了播音员煽情的声音：

“你们以为，在‘黑色三枪’显像管的纯平板玻璃壳后面是真空？不！那儿有火焰在燃烧，那火焰将烧尽你们的心！‘索尼·托非替西莫。’It’s a Sin. ①”

塔塔尔斯基对所看到的东西理解甚少，他只想到，如果将那句纯英文广告词换成一个组合句“It’s a 梦”，它的吸引力也许会大为增强。不知为何他还想起来，有一个叫桑河村的越南村庄在

---

① 英文：“此为罪。”——译注

遭到美军的空袭后成了祭祀之地①。

“这是什么？”灯亮的时候他问道，“不太像是广告。”

莫尔科文满意地笑了一笑。

“就是要它不像。”他说，“科学地讲，这是一种新的广告技术，人们对市场机制越来越反感，而市场机制则对这种反感做出反应，新广告技术就体现了这样的反应。简单地说，观众会逐渐产生这样的感觉，在世上的某个地方，比如说在阳光灿烂的加利福尼亚，有一块最后的自由绿洲，那儿可以毫不害羞地谈论金钱，在那里，人们就做这样的广告。就形式而言，它是深刻地反市场的，因此，就内容而言，它就有可能是极端市场化的……”

他看了看四周，确信大厅里再无他人，然后才小声说道：

“谈正事。这里好像没人偷听，但是以防万一，你还得小声说话。好样的，一切都很棒。按部就班。这是你那份。”

他手里出现三个信封，一个很鼓，是黄色的，另两个瘪一些。

“快藏起来。这里有别列佐夫斯基给的两万，拉杜耶夫给的一万，还有瓦哈比派②给的两万。他们给的那份最鼓，因为都是零钱。是在高加索的山村里收上来的。”

---

① 桑河村在越南南方的广义省，美军于1968年3月16日在该村施暴，共有约500村民被杀。在俄语中，“桑河村”（Сонгми）的发音与“梦”（сон）一词有些相近，与英文中的“索尼”（sony）、“罪孽”（sin）两词在发音上也有相似之处。——译注

② 伊斯兰教派之一。——译注

塔塔尔斯基咽了一口唾沫，接过信封，迅速揣进夹克衫里面的口袋。

“阿扎多夫斯基看出来了吗，你怎么看?”他小声说。

莫尔科文否定地摇了摇头。

“听着，”塔塔尔斯基说着，又看了看四周，“怎么能这样呢?关于瓦哈比派我还能弄明白。可是要知道，这里没有别列佐夫斯基啊，也没有拉杜耶夫。更准确地说，有他们，可是要知道，他们什么也不是啊，什么也不是。他们怎么会给钱呢?”

莫尔科文摆了摆手。

“我自己也不完全明白。”他小声回答，“也许，某些人感兴趣。他们在某些机构工作，修改创意。也许，如果仔细考虑一下，一切归根结底又会绕到我们自己头上。但干吗去考虑呢?你到哪儿能一下子挣到五万呢?哪儿也挣不来。所以你还是别费心思了。其实，谁也无法真正理解这个世界。”

电影放映员朝大厅望了一眼：

“先生们，你们还要坐很久吗?”

“我们在谈片子。”莫尔科文说。

塔塔尔斯基清了清嗓子。

“如果我对差异的理解是正确的话，”他用高得很不自然的声音说道，“那么，普通的广告和我们所看到的广告的区别，就像是流行音乐和非传统音乐的区别?”

“对。”莫尔科文用同样响的声音说道，同时从座位上站起身，看了看表，“不过，非传统音乐又是什么东西呢？什么样的音乐家叫非传统的，什么样的叫流行的？你怎么来定义呢？”

“我不知道，”塔塔尔斯基回答，“我是凭感觉。”

他们走过站在门边的放映员，向电梯走去。

“有一个准确的定义，”莫尔科文以一种训诫的口吻说道，“非传统音乐就是这样一种音乐，其极端的反商业倾向正是它的商业精华，也就是它的反流行性。因此，要想猜中筹码，一个非传统音乐家首先就应该是一个非常优秀的流行商人，而优秀的商人又很少介入音乐生意。也就是说，他们当然是介入的，但不是作为执行者，而是作为管理者……好了，放松点。你带着本子吗？”

塔塔尔斯基点了点头。

“去我那儿吧。我们给你找一个合作者，像阿扎多夫斯基吩咐的那样。但我要给那位合作者 3000 块，让他别毁了脚本。”

塔塔尔斯基还从未上到过莫尔科文的办公室所在的 7 楼。他们出了电梯后步入的走廊看上去很是枯燥，使人想起苏维埃时代的办公楼，地板上铺着破旧的镶木地板，门上包着起隔音作用的黑色人造革。不错，每扇门上都有一个精制的金属小牌，上面有数字和字母组成的标记。字母只有三个，即 A、O、B，但它们构成了不同的组合。莫尔科文在挂着“1-A-B”标牌的门前停下来，按了按数字门锁上的密码。

莫尔科文办公室的面积和内饰给人留下强烈的印象。仅仅那张写字台就显然比塔塔尔斯基的那辆“奔驰”车还要大上好几倍。这个家具艺术的杰作上几乎是空的，桌上只摆了一摞纸，两部没有拨号盘的电话，一部是红色的，一部是白色的。桌上还有一个奇怪的装置，一个不大的、上面带有玻璃面板的金属盒子。桌子上方挂着一幅画，起初，塔塔尔斯基觉得这是一个社会主义现实主义风格的风景画和书法的混成物。它画的是绿荫笼罩的花园一角，一簇蔷薇被画得像照片一样准确、精细，蔷薇之上，却很随意地涂上一个复杂的象形字，上面蒙着同样绿色的小圆圈。

“这是什么?”

“总统在散步，”莫尔科文说，“是阿扎多夫斯基送给国家上层的。瞧，看见了吗，骨架上有一条领带？还有一个纪念章，它就画在一朵花上，得这样看。不过，这已经是画家的想象。”

看完画后转过身来，塔塔尔斯基发现，他和莫尔科文并非这间办公室里仅有的两个人。在宽敞房间的另一端有一个台子，上面有三个平面显示器和几个控制键盘，显示器和键盘上的连线接在墙上的一个插座里。在一个显示器前坐着一位梳着马尾辫的小伙子，他的手不慌不忙地在一块灰色薄垫上移动着鼠标。小伙子的耳朵上挂着不下十余个小耳环，还有两个穿在左边的鼻孔上。塔塔尔斯基想起了莫尔科文的忠告，在感觉到事物的普遍秩序失去支撑的时候要用什么尖锐的东西扎自己，他认定，这里的问题并不在于刺痛感的极度加强，而在于，由于离时事的技术震中地带过近，这个梳着马尾辫的小伙子得一直将针尖扎在自己身上，一刻也无法拔出。

莫尔科文在桌边坐下，拿起白色电话的话筒，下达了一个简短的命令。

“你的合作者马上就到。”他对塔塔尔斯基说，“你还没来过这里吧？这些终端连接总发射器。而这位年轻人就是总设计师谢苗·维连。你能感觉到一种责任感吗？”

塔塔尔斯基蹑手蹑脚地走近计算机旁的小伙子，看了看屏幕，屏幕上，一张由蓝色线条构成的薄网在颤动。线条组成了两只手掌的结构，两只手掌合起来构成一个小房子的形状，但只有两个中指相碰触。它们在围绕一个无形的垂直轴心慢慢地旋转。这画面使人在不经意间想到八十年代一部低成本幻想电影中的镜头。梳马尾辫的小伙子移动鼠标，将光标移向屏幕上方出现的菜单栏，点了一下，于是，手的角度便改变了。

“我不是说了吗，要马上进行黄金分割。”他转向莫尔科文，说道。

“你指什么？”莫尔科文问。

“指两只手掌之间的角度。应该把它们做得像埃及的金字塔那样。观众无意中就会产生一种和谐、宁静和幸福的感觉。”

“你干吗非得弄这些旧玩意呢？”莫尔科文问。

“关于屋顶的创意很好。我们反正是要回过头来的。”

“好吧，”莫尔科文同意了，“做你的黄金分割吧。让叶子弱一些吧。不过，在附上去的文件中别写这一点。”

“为什么？”

“因为，”莫尔科文说，“你我知道黄金分割是什么东西，而在财会处，”他的脑袋冲楼上点了点，“预算也许得不到批准。他们会认定，既然有黄金那就一定很贵。如今在做切尔诺梅尔金①的时候，人们厉行节约。”

“明白了，”小伙子说，“那我就只加几个角。你打个电话，让他们把主机打开。”

莫尔科文将那台红色电话挪到自己身旁。

“是阿拉吗？我是肛门置换处的莫尔科文。请你打开主机，联到 5 号终端上。我们要在那里修饰一下。好的……”

他将手掌放在那个奇怪装置的透明面板上，一道明亮的光从玻璃上扫过去。

“有了。”莫尔科文说，“你等等，阿拉，谢苗有什么事想问你。”

身穿白大褂的小伙子接过话筒。

---

① 维克多·切尔诺梅尔金（1938—2010），俄国政治家，叶利钦时代多次出任政府总理。——译注

"阿拉，你好！你顺便看看，切尔诺梅尔金的毛发是什么样的？什么？不，正是，我需要印刷。我想马上做色样。好的，我记下来，32hpi，卷曲度03。你送出了吗？那就行了。"

"听着，"等谢苗反身回到他的终端，塔塔尔斯基轻声问道，"'我是肛门置换处的'，这话是什么意思？"

"这就是我们处的名称。"

"为什么用这么奇怪的名字？"

"唉，这可是一门选择通论了，"莫尔科文皱起了眉头，"长话短说，无论何时，哇噻候选者应该只有三种：口腔的、肛门的和置换的。不过你别问我这是什么意思，你暂时还没有获得许可。再说，我自己也不大清楚。我只能说，在正常国家里，只有口腔置换和肛门置换两种，因为置换已经结束，而在我们这里一切都才刚刚开始，还需要置换。我们在第一轮向它投入了15%。如果你有兴趣，我可以写一个许可。你可以到马尔连的人民灵魂处去，他会给你解释的。"

"算了，"塔塔尔斯基说，"随他去吧。"

"对。你干吗要为这份工资去多操心呢？你知道的事情越少，活得就越轻松。"

"对。"塔塔尔斯基说，他暗自想道，如果"大卫杜夫"开始出产"ultra hights"香烟，那就最好不要广告词。

莫尔科文打开文件夹，拿起铅笔。出于礼貌，塔塔尔斯基走到墙边，研究起用图钉钉在墙上的纸张和图画，——纸张和图画有很多。起初，他的注意力为一幅很大的宣传画所吸引，这是一幅好莱坞大片《斯捷潘·班杰拉》中的男主角安东尼奥·班德拉斯的宣传画①。班德拉斯浪漫地蓄着胡子，手里拿着一个大班杜拉琴的琴套，站在虚拟的日梅林卡②郊外，忧郁地看着荨麻和向日葵丛中被打倒的“第 34 个”。看到那群胡须很长、披着绣有公鸡图案的斗篷、在红黄色的如照片一般的阳光下眯着眼睛的庄稼汉，就可以立即清楚地判定，这部电影是在墨西哥拍摄的。宣传画不是实在的，而是一个拼贴画。爱开玩笑的无名氏将一位姑娘套着黑丝袜的丰满大腿天衣无缝地嫁接在班德拉斯穿着沉重皮夹克的身体上。画面下方是一句广告词：

SAN – PELEGRINO

没有什么能终止这一关系

一份传真件被用透明胶布直接粘在这幅宣传画上，传真件的抬头是“扬克和鲁宾卡姆”公司。传真很短：

---

① 斯捷潘·班杰拉（1909—1959）是乌克兰政治活动家，在慕尼黑被克格勃刺杀，好莱坞拍摄的影片《斯捷潘·班杰拉》由西班牙裔美国影星安东尼奥·班德拉斯（1960 年生）主演。——译注

② 乌克兰西部城市。——译注

谢尔盖！已改。两个季度商标精华的最终修订：

丘拜斯[①]——火灾中的勇敢/银行中的绿钞

列别德——迷彩服中的真理/蝴蝶结中的秩序

亚夫林斯基[②]——think different/think doomsday[③]（Apple不反对）

叶利钦——昏迷中的稳定/棺材中的民主

Hi there[④],

埃狄克

“他们为丘拜斯设想得弱了些，”塔塔尔斯基转向莫尔科文，说道，“共产党人在哪儿呢？”

“口腔处负责写他们，”莫尔科文回答，“谢天谢地。给我两份工资我也不干。”

“怎么，那个处的工资高些？”

---

① 阿纳托利·丘拜斯（1955年生），曾任俄联邦财政部长、副总理等职，被称为“俄国私有化之父”。——译注

② 格里高利·亚夫林斯基（1952年生），俄国政治家，俄国政党集团“亚博卢”三位创始人之一。——译注

③ 英文：“换一种方式思考/想想世界末日。”——原注

④ 英文：“你好。”——原注

“一样。但有一些小伙子，不拿钱也愿意在他们那里玩命地干。顺便说一句，其中一位你马上就能见到。”

在班德拉斯的旁边挂着一个用彩色打印机打出的明信片，明信片上是一个金色的双头鹰，鹰的一只爪子上是一把“卡拉什尼科夫”冲锋枪，另一只爪子上是一包“万宝路”。鹰爪的下面是一行金字：

SANTA BARBARA FOREVER.①

俄罗斯理念处祝同事们

圣巴巴拉节快乐！

明信片的右边还挂着一张广告画：叶利钦俯身面对一个棋盘，棋盘上的棋子还没移动。他不知为何站在侧面看着棋盘（看来，这个舞台设计是在强调他的最高仲裁者角色），在黑、白两个王所在的地方放了两个小瓶子，一个上面写着“普通威士忌”，另一个上面写着“Black Label”②。下方的文字是：

BLACK LABEL

---

① 英文：“永远的圣巴巴拉。”——原注

② 即尊尼获加中的“黑方”（又译“黑牌”“黑标”）酒。——译注

有人敲门。塔塔尔斯基转过身去，一下子惊呆了。一天之内与旧相识如此之多的相遇使他觉得很不真实，此刻走进办公室的竟是马留塔，那位曾与他一起在哈宁的公司里工作过的反犹广告人。他身穿一件土耳其竖领衬衫，系一根军用皮带，皮带上挂着一大串联络技术设备：一部手机，一只呼机，一个带皮套的“芝宝”打火机①，还有一把装在黑色细鞘里的锥子。

“马留塔！你在这里干吗?”

马留塔却没有表现出惊奇。

“我在这里给所有的长老编写创意菜单。”他回答，“听说过美味辣根克瓦斯吗？或者是鱼肉薄饼？这都是我的杰作。我还在口腔处干半份活儿。你是在综合处?”

塔塔尔斯基没有说话。

“你们认识?”莫尔科文好奇地问道，“对了，是在哈宁那儿一块干过。这么说，合作不成问题。”

“我更喜欢一个人干。”马留塔干巴巴地说，“有什么活儿要干?”

“阿扎多夫斯基让你把这个方案搞完。关于别列佐夫斯基和拉

① 1927 年创建于美国的打火机品牌。——译注

杜耶夫的。拉杜耶夫不要动了，给别列佐夫斯基再加点东西。我晚上给你打电话，给你一些指示。你能做吗？”

“做别列佐夫斯基？”马留塔问，“加点东西？可以。什么时候要？”

“像往常一样，第二天就要。”

“原作在哪儿？”

莫尔科文看了看塔塔尔斯基。塔塔尔斯基耸耸肩膀，将装着脚本的文件夹递给马留塔。

“你不想和合作者谈一谈吗？”莫尔科文问，“让他给你上堂课？”

“我自己看本子吧。明天10点做好。”

“好吧，随你的便。”

马留塔出门后，莫尔科文说道：

“他不大喜欢你啊。”

“小事一桩，”塔塔尔斯基说，“我们为地缘政治争论过。听着，谁去换那座塔呢？换成钻架电视塔？”

“见鬼，我给忘了。你提醒得好，我晚上再给他解释清楚。你也顺便与他和好。你自己也知道，我们这里现在频率很紧，可阿扎多夫斯基还是拨给他一个3－D主机。还说他能使节目活起来。因此，他是一个很有前途的干部，明天的改动会怎样，谁也不知道。也许他会代替我当处长，到那个时候……”

莫尔科文还没说完话，门就砰地打开了，阿扎多夫斯基冲进来。紧跟着他，闯进两个挎着“天蝎”冲锋枪的保安员。阿扎多夫斯基的脸气得发白，指头迅速地使劲攥成一团，使塔塔尔斯基想到了祝贺明信片上的鹰爪。塔塔尔斯基从未见他这个样子。

“谁最后一次改的列别德?”阿扎多夫斯基在门口喊道。

“一直都是谢苗。”莫尔科文胆怯地回答，“怎么了?”

阿扎多夫斯基向梳着马尾辫的小伙子转过身去。

“是你?”他问，“是你干的?”

“什么?”谢苗问。

“你把列别德的香烟给换了? 把‘骆驼’换成了‘吉坦尼斯’①?”

“是我，”谢苗说，“怎么了? 我只是认为这样会更有现实意义一些。我们还打算把它和阿兰·德龙②剪接在一起。”

“带走。”阿扎多夫斯基下了命令。

“等一等，等一等，”谢苗恐惧地伸出双手护着自己，“我解释一下……”

但是，两个保安员已经将他拖到走廊上。阿扎多夫斯基转向莫尔科文，拿眼睛盯了他好几秒钟。

---

① 吉坦尼斯（Gitanes）是欧洲出产的一种高档香烟。——译注

② 阿兰·德龙（1935 年生），法国电影演员。——译注

“我什么也不知道，”莫尔科文说，“我发誓。”

“那谁该知道这事呢？是我吗？你知道刚刚谁给我来过电话吗？是生产‘骆驼’牌香烟的公司，他们为了列别德身边的‘骆驼’烟，两年前就给我们付过钱。你知道他们是怎么说的吗？他们要通过自己的议会议员降低我们50兆赫。如果在下一次播出中列别德还拿着‘吉坦尼斯’烟，他们就再降50兆。我不知道谢苗为此拿了多少黑钱，可我们却损失了很多，非常多。我们，他妈的，难道想在二十一世纪步入100兆？列别德的下一次播出是什么时候？”

“明天。关于俄罗斯理念的访谈。一切都已经弄好了。”

“你看过材料了吗？”

莫尔科文抱住脑袋。

“看过了，”他回答，“哎呀……不错。他那里是‘吉坦尼斯’烟。我发现了，但以为这是上头的决定。你也知道，这类问题我解决不了。我连想也不敢想。”

“烟摆在他的什么地方？在桌子上？”

“那就好了。访谈中他手里一直挥舞一包烟。”

“重做还来得及吗？”

“整个重做，来不及了。”

“改变一下烟盒上的图案？”

“也不行。‘吉坦尼斯’烟的尺寸不同。那盒烟又一直处在镜头前面。”

“那我们怎么办？”

阿扎多夫斯基的目光落在塔塔尔斯基身上，似乎刚刚才看到他。塔塔尔斯基清了清喉咙。

“也许，”他畏怯地说道，“在桌子上加一包‘骆驼’？这很简单。”

“那怎么行，他在空中挥舞一包烟，他面前的桌子上又摆着另一包烟？瞎说。”

“那么，”塔塔尔斯基听命于一阵突如其来的灵感，继续说道，“就用石膏绷带把那只手裹起来，这样一来，那盒烟就不见了。”

“石膏绷带？”阿扎多夫斯基若有所思地问，“那我们怎么说呢？”

“暗杀未遂。”莫尔科文说。

“什么，伤在手上了？”

“不，”塔塔尔斯基说，“有人放了汽车炸弹。”

“怎么，他在采访中竟然对暗杀只字不提？”莫尔科文问。

阿扎多夫斯基想了片刻。

“这恰好正常。一个毫不动摇的年轻人……”他在空中挥了一下拳头，“甚至不会说漏嘴。一位士兵。我们把暗杀的消息放到新闻里去。在片子里我们要放上的不是一包烟，而是整整一条。

让那些浑蛋喘不过气来。”

“我们要在新闻里加些什么呢?”

“至少要有：车臣痕迹，伊斯兰因素，展开调查，等等。神话中的列别德乘什么车辆出行？一辆旧‘奔驰’？你马上派一个拍摄组出城，弄一队武警，找一辆旧‘奔驰’，炸了它，同时拍下来。10点就要播出。你们去让主机马上启动，画图。是的，还必须在犯罪现场找到一顶圆筒帽，就像拉杜耶夫戴的那种。清楚了吗?”

“棒,”莫尔科文说,“简直太棒了。”

阿扎多夫斯基讪笑一下，这笑容更像是神经痉挛。

“我们到哪儿去找旧‘奔驰’呢?”莫尔科文问，“我们这里全是新的。”

“我们这里有谁开了一辆旧的,”阿扎多夫斯基说，“我在停车场看到了。”

莫尔科文抬眼看了一下塔塔尔斯基。

“这……这……”塔塔尔斯基嘟囔着，可莫尔科文却否定地摇了摇头。

“不,”他说,“甚至别犹豫。把钥匙给我。”

塔塔尔斯基从口袋里掏出汽车钥匙，老老实实地放到了莫尔科文的手上。

“里面的皮套还是新的呢,”塔塔尔斯基抱怨地说，“要不我去摘下来?”

“你要干什么?”阿扎多夫斯基火了,“如果他们再降我们50兆,我们怎么办,再去解散政府,赶走杜马?什么皮套?你在想什么东西?”

他口袋里的电话响了起来。

“喂,”他将听筒贴近耳朵,说道,“什么?我来对你说,该把他怎么办。马上有一个拍摄组要出城,去拍一辆被炸的汽车。你们把这头公羊带过去,放在司机的位置上,炸了他。要有血和破衣烂衫,你们都拍下来。给其他人上一堂拿黑钱的课……什么?你去对他说,他现在要干的,就是世界上最重要的事情。要他别去管鸡毛蒜皮的小事。也别来对我说那些我自己也不知道的东西。”

阿扎多夫斯基挂上电话,将它装进兜里,深深地叹了好几口气,用手捂着胸口。

“胸口疼。”他抱怨说,“你们这些浑蛋,想叫我在30岁就得心肌梗死?我看,在这个委员会里,只有我一个人不偷钱。都快干活去。我去给美国打电话。也许我们能摆平。”

阿扎多夫斯基出去后,莫尔科文意味深长地看了一下塔塔尔斯基的眼睛,从口袋里掏出一个小铁盒,倒了些白粉在桌子上。

“来,”他说,“凑过来。”

过程结束之后,莫尔科文用手指蘸了点唾沫,将桌上残余的白粉聚拢起来,舔个干净。

“你老是在问：怎么会这样，一切都依靠什么，是谁在控制一切，”他说，“我不是说了吗，在这里你要想的问题只有一个，怎样保护自己的屁股，怎样干活儿。其他念头没时间去想。顺便说一句，你得这样：把钱揣进兜里，装钱的信封马上直接扔到马桶里去。以防万一。厕所在走廊的左边……”

塔塔尔斯基锁上厕所小间的门，将一沓沓钞票分装进各个衣袋，他还从未同时见到这么多钱。他将信封撕成碎片，扔进马桶。从一个信封里掉出一张字条，塔塔尔斯基在半空中接住它，读了起来：

小伙子们！非常感谢你们，你们时常能使人过上双重生活。没有这一点，现实的生活就可能是非常令人讨厌的！祝事业有成！

鲍·别

字条是用激光打印机打印出来的，结尾是一个复制的蓝色签名。“又是莫尔科文在开玩笑，”塔塔尔斯基想，“也许，不是莫尔科文……”

他画了个十字，狠狠地掐一下大腿，然后放水冲了马桶。

剧变的日子

按照在莫斯科的惯例，炮弹是从桥上打出的。两辆老式的T－80坦克在干活，隔很长时间才开上一炮，似乎它们的赞助商没有足够的钱购买弹药，它们也害怕一切过快地结束，那样就无法进入国际新闻了。对于来自俄国的消息好像有一个不公开的限制，至少要有三辆坦克才能开始报道，要不就是四辆，100人遇害，等等，塔塔尔斯基记不清了。但这一次看来是个例外，因为事件的画面非常生动：坦克虽然只有两辆，可滨河道上却挤满了电视记者，他们端起自己的光学反坦克火箭筒，射出了百万吨级的无精打采的人类注意力，目标是莫斯科河、坦克、彼得一世铜像①

① 指莫斯科市政府为纪念莫斯科建城850周年而在莫斯科河上离克里米亚桥不远处竖立的彼得大帝纪念碑。——译注

和塔塔尔斯基躲在其后的那个窗户。

停在桥上的坦克开了一炮，与此同时，塔塔尔斯基脑中浮现出一个有趣的念头：建议“桥”创意小组的人将桥上坦克的剪影用作他们的象征符号，取代那只莫名其妙的鹰。在一秒钟之间，比炮弹飞到目标的时间还要短，塔塔尔斯基的意识已经对可能的前景作了估量（“坦克的形象象征着小组的进攻力量，与此同时，它也将传统的俄国音调带进世界主义的金融版本”），于是，这个念头被抛弃了。“他们会吓得尿湿裤子的，”塔塔尔斯基认定，“可惜”。

炮弹落在彼得的脑袋上，但没有爆炸，而是穿过脑袋，落到高尔基公园那边的什么地方。一股蒸气像羽毛头饰一样高高地腾起。塔塔尔斯基想起来，纪念碑的顶部有一个接有各种必需管道的小餐厅，他因此认定，弹头击中了供暖系统。岸边传来电视人喜悦的喊声。由于那个缭绕升腾的羽饰，彼得与斯蒂芬·金①小说中的怪形骑士有些相像了。塔塔尔斯基忆起，《护身符》中的那个怪物，溃烂的脑髓曾流满双肩，于是他想，如果下一发炮弹能炸裂下水道，场面就会完全相像了。

“捍卫塞瓦斯托波尔”委员会在保卫彼得的脑袋。新闻中说，这个委员会捍卫的不是塞瓦斯托波尔城，而是“塞瓦斯托波尔”

---

① 斯蒂芬·金（1947 年生），美国畅销小说作家。——译注

旅馆，有两个黑帮在为争夺这一旅馆而战，一个是车臣黑帮，一个是松采沃的黑帮。新闻还说，松采沃黑帮从“莫斯科电影制片厂”雇佣一些消防队员，定下一个奇怪的目标，想引起电视的关注，激起公众的反高加索情绪（据大量的烟火技术和特殊效果来看，这是真的）。朴实的车臣人不大弄得清 PR 公司，他们不知道是怎么回事，便在莫斯科郊外租来了两辆坦克。

消防队员还在挺着，甚至在还击，在彼得鼓出来的眼睛旁有一个洞，从那洞里喷出轻烟，还有手榴弹在桥上爆炸。坦克开火还击。又一颗炮弹击中彼得的脑袋，一块块碎铜片纷纷落下。不知为何，每一阵新飘落的残片，都使彼得大帝的眼睛显得更鼓了一些。

在这场闹剧的参加者中，塔塔尔斯基同情的或许是在电视镜头玻璃眼睛的注视下缓慢死去的那座铜像。但也不是太同情，因为活儿还没干完，需要保持情绪中心的能量。塔塔尔斯基放下百叶窗，使自己与所发生的事件完全隔绝，然后坐到电脑前，将他用图画笔直接写在显示器上方壁纸上的那段引文又读了一遍：

为了影响俄国客户的想象力，唤起他们的信任（在俄国，广告客户通常是前克格勃、侦查总局和党政机关的人士），广告创意必须尽可能地引用对意识进行编程的西方情报机构虚拟的半公开或不公开的研究材料，那些材料带有极度的厚颜无耻和非人道性。幸运的是，对这一主题进行即兴处理并不复杂，只要记住奥斯卡·王尔德的一句话就足够了：生活是对艺术的模仿。

——*The Final Positioning*

“是啊，”塔塔尔斯基嘟囔道，“并不复杂。”

他全身紧绷，像是要往冷水里跳，他眯起眼睛，吸了一口气，在肺里憋着，然后数到三，把手指敲在键盘上：

对上文做一个总结，可以说，在可以预见的相当长的一段时期里，电视仍将是客户思想渗进俄罗斯人意识的一个基本渠道。与此相关，最近在所谓中产阶级（就是从电视的裂变控制社会效果的角度来看是最有前途的电视观众阶层）中出现的一个倾向是极其危险的。这里所指的就是对所观看电视节目的完全拒绝，或是对节目量的有意限制，他们的目的是为了节约精力以便工作。甚至连一些专业的电视作者也这样行事，因为，后弗洛伊德主义通常认为，在信息时代，升华的与其说是性，不如说是那种能坚持每天无目的观看电视节目的精力。

为了彻底弄清所出现的这个倾向，在本创意的框架内建议使用一种方法，这是由英国安全局和美国中央情报局共同研究出来的，旨在使第三世界国家中剩余的少数持民族主义思想的知识分子中立化。(我们的出发点是，俄国的中产阶级恰好由不再具有民族主义思想，而只考虑怎样弄钱的知识分子所构成。)

方法非常简单。因为，在每个电视频道的节目中都包含有相当数量的对时间单位的神经键摧毁性材料……

窗外轰隆一声，一些碎片噼里啪啦地砸在屋顶上。塔塔尔斯基缩起脑袋。将所写的东西又读了一遍，他画掉“神经键”一词，改成“神经”。

……在相当长的时间间歇里抓住电视屏幕旁的一位中立人士，结果，裂变暗示任务才可能完成。为了达到这一结果，建议使用具有民族主义思想的知识分子的一个典型特征，这样一个特征就像是性的不满足。

内部收视率调查和秘密询问数据表明，夜间的色情频道得到了具有民族主义思想的知识分子们最多关注。但是，如果不是特定的一组节目，而是电视接收机本身，能在研究对象的意识中赢得色情刺激物的地位，那么就可以获得最大效果。考虑到俄国社会的宗法制特性，考虑到男性居民在社会舆论的形成中所起的决定作用，促成“电视就是女性性器官”这样一个潜意识的联想关系是最合适的。这样一个联想应该由电视本身来唤起，不依赖于生产厂家或电视节目的传输者，这样能保证达到裂变控制的最佳效果。

取得这一效果的一个最廉价的、技术上也很简单的方法，就是铺天盖地地播出女性保健消遣方面的电视广告，这些广告应该经常浇上天蓝色的液体（引起“天蓝色的屏幕、播出的电波等等”的联想场），广告片本身应该这样结构，好让消遣遮蔽电视屏幕，用直接的方式引入所需的联想……

塔塔尔斯基听到背后有一阵轻轻的响声，便转过身去。伴着一阵奇怪的、像是北方的音乐，电视屏幕上出现一个金色的女人体，这躯体显出一种无与伦比的罕见之美。它在缓缓地旋转。“是伊丝塔，”塔塔尔斯基猜道，“还能是谁呢……”看不到雕像的脸，它隐在屏幕之外，但镜头在慢慢地抬起，脸庞应该马上就会出现。然而，就在已经能看到脸庞的那一刹那间，镜头却摇近到雕像身上，屏幕上只能看到金色的闪光。塔塔尔斯基按了一下不知从哪儿抓在手里的遥控器，但是，改变的不是电视屏幕上的图像，而是电视机本身，它的边沿逐渐膨胀起来，形成一个与巨大的阴道相类似的东西，一股风带着呼哨被吸进它黑色的中心。

“我在睡觉，”塔塔尔斯基在枕头间嘟囔，“我在睡觉……”

他小心翼翼地翻了一个身，可声音并未消失。他用胳膊肘支起身子，皱着眉头看了看躺在身边轻声打鼾的1000美元妓女，在半明半暗的光线中，她和名模克劳迪娅·辛馥完全没什么两样。他伸手拿起床头柜上的手机，嗓音嘶哑地说：

“喂。”

“怎么，又睡过了？”莫尔科文开心地喊了起来，“我们要出去吃烧烤，你忘了？赶快下来，我已经在你楼下了，阿扎多夫斯基可不喜欢等人。”

“我马上下来，”塔塔尔斯基说，“可我得去冲个澡。”

秋天的公路很空旷，也很忧郁。尤其忧愁的是公路两旁的树还绿着，看上去还和夏天时完全一样，但是显而易见，夏天已经结束，再也无法履行它的任何允诺了。空气中悬垂着某种关于冬天、降雪和灾难的朦胧预感，塔塔尔斯基久久没能弄清这一感觉的来源，直到他注意到路边的一种装置。每隔半公里，汽车都会经过一个“丹碧丝”广告，——一幅巨大的胶合板广告牌，上面画有一双白色的轮滑鞋，轮滑鞋被摆在洁白的雪地上。冬天的预感是搞清楚了，可这无处不在的恐慌究竟来自何处，仍旧是不明不白的。塔塔尔斯基认定，他和莫尔科文落入了一堵消沉的心理波浪，从危机刚开始起，这心理波浪就笼罩在了莫斯科及其郊区的上空。这些波浪的性质难以理解，但塔塔尔斯基却毫不怀疑它们的存在，因此，当他的话引起莫尔科文的讥笑时，他不免感到有些生气。

“关于雪你想得对，”莫尔科文说道，“而关于什么波浪……你仔细看看这些广告牌。什么都没发现?”

莫尔科文在下一个广告牌前刹住车，于是，塔塔尔斯基才突然发现一幅很大的线条画，它是用血红色的喷雾器喷在轮滑鞋和雪地的上方：“审判艾利钦集团!”

“是啊，”他赞叹地说，“要知道，在其余的牌子上全都一样!过去是镰刀和斧头，再过去是纳粹的‘卐’字符，而在那之前，是谈论傻瓜的什么东西……发傻。要知道，大脑也是会过滤的，你看不出来。而颜色，这颜色！是谁想出来的?”

“你会笑出来的。”莫尔科文一边加速汽车，一边回答，“是马留塔。不错，我们几乎把本子全都改写了。非常可怕。但思想保留了下来。用了你所喜欢的表达方式，构成一个联想场：‘剧变的日子——可能会流血——丹碧丝——您用以阻挡过量的盾牌。’你瞧瞧，如今在莫斯科，只有两个商标还用从前的广告词来销售，一个是‘丹碧丝’，一个是‘议会清爽型’。”

“这很正常，”塔塔尔斯基说着，带着幻想的神情弹响舌头，“广告词是：‘丹碧丝 ultra safe①：红色渗不过!’或者是拟人化：

① 英文：“超级安全。”——译注

不是红色，而是久加诺夫。用卡斯塔尼达①的话来说就是：月经就是两个世界间的缝隙，如果您不想让这个缝隙流出……或者美化一下，‘天蓝色中的红色’。怎样的地平线……”

“是啊，”莫尔科文若有所思地说，“应该把这个思想送到口腔处去。”

“还可以提出一个白色运动的主题。你想想，在克里米亚的山坡上，一位身穿沙土色军服的军官，有些纳博科夫的味道……也许可以多卖出五倍。”

“没什么区别，”莫尔科文说，“销售，这只是一个副作用。实际上，我们要宣传的不是‘丹碧丝’，而是惊慌。”

“为什么？”

“我们这里正闹危机啊。”

“啊，是的，”塔塔尔斯基说，“当然。听着，说到危机，我无论如何也弄不明白，这个谢苗·维林怎能把整个政府都抹掉？那儿可有三层保护啊。”

“要知道，这个谢苗可不仅仅是个设计者，”莫尔科文回答，“他还是一个编程员。你知道他的工作范围有多大吗？后来，在他的账上找到3700万绿钞。他甚至把久加诺夫的卡丹西服换成了圣

① 卡洛斯·卡斯塔尼达（1925—1998），秘鲁裔美国人类学家、作家，所著描写印第安土著文化的“巫师唐望书系”曾引起轰动。——译注

罗兰。他是怎样从我们的终端爬到口腔内阁去的，直到今天谁也弄不明白。至于领带和衬衫是怎样干的，那就不用说了。读了材料之后，阿扎多夫斯基病了两天。”

“太棒了。”

“那还用说。就这样，谢苗看来是赚到了，他知道该怎么干。他决定保护自己。他写了一个程序，如果他不用手工下达停止命令，这个程序就会在每个月末自动抹去整个内阁，他还进入基里延科①的文档。接着，这个程序又自动传染了整个政府。我们这里当然有防病毒程序，但是，谢苗想出一个非常狡猾的程序，这个程序会在每个扇区的尾部自我复制，然后在月末自动汇总，在检查总容量的时候根本找不到它。不过你别问这是什么意思，我们自己也不知道，我只是听来的。长话短说，当他被塞进你那辆‘奔驰’带到城外去的时候，他本想把这些告诉给阿扎多夫斯基，可后者甚至连话都不想讲。然后，就是全部瘫痪。阿扎多夫斯基难过极了。”

“新政府能很快建立起来吗?”塔塔尔斯基问，“要不整天无所事事，我已经疲惫不堪了。”

“很快，很快。叶利钦已经准备好了，后天我们去中央临床医

---

① 谢尔盖·基里延科（1962 年生），1998 年任俄联邦总理，当时他年仅 35 岁，是俄国历史上最年轻的总理。——译注

院录像。还要到伦敦去重新把其数字化。蜡像得到杜莎夫人蜡像馆去找，那里有一个备用的。我们这已经是第三次重做了，他把大家折磨成什么样子，你都很难相信。我们给其他人都缝了外衣。结果却弄出来一个完全左翼的政府，也就是说，是有共产党人的政府。口腔处要了一个阴谋。但总的说来，我其实并不担心，我们只会变得轻松起来。人民也会轻松起来，一个面向所有人的identity，再加一张黄油卡。现在，只有萨沙·勃洛在搞俄罗斯理念。”

“哎，等等，”塔塔尔斯基警觉起来，说道，“你别吓我。谁会是下一个？叶利钦之后？”

“什么谁？要看投票。我们的选举是公正的，像在美国一样。”

“那我们干吗要这么干呢？”

“我们完全没必要这么干。但不这样，他们也许就不卖给我们东西。他们那里可以对贸易法进行修改，长话短说，一切都应该和他们一样。当然，完全的颓废……”

“他们为什么要管我们的事？与他们什么相干呢？”

“因为选举很花钱，”莫尔科文阴郁地说，“他们想彻底搞垮我们的经济。不管怎样，有这种说法……不过，那也不是我们的方向。我们要做的并不是将这些傻瓜数字化，而是做出新的政治家来，正常的、年轻的政治家。从零做起，通过魔术，意识形态和相貌一起……”

“你干吗不向阿扎多夫斯基提个建议呢?”

“你去给他提个建议试试看……喂，我们到了。”

路边有一条岔道，是条土路，路两边都立着“Stop”标志。莫尔科文拐上土路，降低速度，在森林中行驶。土路很快就走到头，尽头处是砖头围墙中的两扇高大的金属门。莫尔科文按了两下喇叭，门打开，汽车开进一个像足球场一样大的院子。阿扎多夫斯基的别墅给人一种奇怪的感觉。它最像是一座瓦西里升天大教堂①，如果将那座教堂缩小两倍、再加上许多生活附属设施的话。螺旋状的阁楼和顶楼带有许多小阳台，阳台的隔墙由大肚皮的小圆柱构成，二楼以上的所有窗户全都用护窗板蒙得严严实实。院子里有几只警犬走来走去，一座附属建筑物上的烟囱冒出一股青烟（看来是在烧澡堂），而阿扎多夫斯基本人，在包括萨沙·勃洛和马留塔在内的不多几个随从的簇拥下，正站在通往正屋的楼梯上。他头戴一顶饰有羽毛的蒂罗尔帽②，这帽子很适合他戴，甚至使他那张丰满的脸庞具有了某种高贵的、强盗般的神情。

“正好等到了你们。”在塔塔尔斯基和莫尔科文走到跟前的时候，他说道，“我们这就去民间。到车站喝啤酒去。”

---

① 即莫斯科红场上的彩色教堂。——译注

② 奥地利西部蒂罗尔州生产的一种帽子。——译注

塔塔尔斯基感觉到一种强烈的愿望，想对头儿说点什么好听的话。

“这就像是哈伦·拉希德①带着自己的大臣，是吗？”

阿扎多夫斯基不解地看了他一眼。

“他总是乔装打扮，在巴格达四处走动，”塔塔尔斯基解释说，他已经在后悔挑起了这个话头，“去看人民生活得怎么样。去调查自己的威望。”

“在巴格达？”阿扎多夫斯基怀疑地问，“哈伦是什么人？”

“他是一位哈里发。很早了，大约500年前。”

“那就清楚了。如今在巴格达路可不好走，就像在我们这里一样，要开上3辆吉普车，要带上卫兵。好了，人都到齐了吗？上车。”

塔塔尔斯基坐上最后一辆车，也就是萨沙·勃洛的那辆红色越野车。萨沙已经有些醉意，情绪显然很高。

“我一直想对你表示祝贺。”他说，“你这份关于别列佐夫斯基和拉杜耶夫的材料是整个秋季最好的宣传品。真的。特别是那个地方，他们打算在主要的宗教据点里用他们的钻架电视塔来戳俄国的神秘躯体。在这些垄断金钱上写着这样的话：‘In God we

① 哈伦·拉希德（约766—809），阿拉伯帝国阿拔斯王朝哈里发，因《一千零一夜》中对他有描述而著称于世。——译注

Monopoly!'[1] 给拉杜耶夫也穿上一捆钱，应该抓紧……"

"你算了吧。"塔塔尔斯基说，他暗自想道：有人求过这位傻瓜马留塔，让他别动拉杜耶夫。如今这钱又回来了。也好，没有计算器也能行。"你最好还是说说，你那个处什么时候给我们下一个正常的理念？"他问道，"方案搞到什么程度了？"

"这还是严格保密的。但大体上看，理念很快就会有的。那样一个理念会使一切都膨胀起来。只需要再考虑一下阿提拉[2]的角色，完善一下风格，好有一个管风琴和手风琴的长期对位。"

"阿提拉？就是那位放火烧了罗马的人？这里为什么要有他？"

"阿提拉，意思就是'来自伊吉尔的人'。用我们的话来说，就是'伏尔加人'。伊吉尔，就是伏尔加的古称。你感觉到我想怎么写了吗？"

"不太清楚。"

"我们可是第三罗马[3]呀。实际上，它就在伏尔加。因此，用不着去远征任何地方。我们充分的历史自足性和民族优越性就由此而来。"

---

① 英文："我们垄断上帝！"——原注

② 阿提拉（？—453），匈奴领袖，曾攻占东罗马帝国、高卢和北意大利等地，在他当政时期匈奴王朝达到极盛。——译注

③ 俄国宗教思想史中的一个理论，认为莫斯科是继罗马和拜占庭之后的"第三罗马"，是基督教的正宗继承者。——译注

塔塔尔斯基在评判这个思想。

“是的，”他说，“很酷。”

他朝窗外看了一眼，在森林边缘的上方，他看到一个巨大水泥建筑物的上层，一个螺旋形的斜坡缓缓向上，顶部是一个不大的灰塔。他眯起眼睛，然后再重新睁开，水泥建筑物并未消失，只是稍稍向后移动了一些。塔塔尔斯基用胳膊肘碰萨沙·勃洛一下，他使了很大的劲，竟使汽车在路上猛拐了一下。

“你怎么，傻了吗？”萨沙问。

“你快看，”塔塔尔斯基说，“瞧，看见了吗，那座水泥高塔？”

“那有什么？”

“你知道那是什么东西吗？”

萨沙看了看窗外。

“啊，是它。阿扎多夫斯基刚刚谈到过它。有人要在那里建个防空站。好像是为了提前预报。他们刚刚来得及建好地基和墙壁，之后，你自己也知道，却没谁可预报的了。阿扎多夫斯基有个计划，准备把这些全都私有化，然后再建完它，只不过不是建定位点，而是给自己建一幢新楼。他说他喜欢那个设计。我不知道，比如说，我就忍受不了水泥墙壁。你怎么这么激动？”

“没什么，”塔塔尔斯基说，“样子很奇怪。我们要去的车站叫什么名字？”

“拉斯托尔古耶沃。”

“拉斯托尔古耶沃，”塔塔尔斯基重复了一遍，“那就全都明白了。”

“它就在那儿，你看。我们要去的是那幢楼。这是莫斯科郊外最脏的啤酒馆。阿扎多夫斯基喜欢在休息日来这里喝啤酒。为了好好感受一下他在生活中获得的东西。”

啤酒馆位于离铁路站台不远的一座斑驳砖房的地下室，它果然罕见地肮脏，臭烘烘的。手拿四分之一升的伏特加酒瓶挤在小桌边的人，举止全都一样，只有站在入口处一张桌子旁的两个身穿运动服的恶汉，与大家不大一样。让塔塔尔斯基感到吃惊的是，阿扎多夫斯基向好几位客人打了招呼，看来他的确是这里的常客。萨沙·勃洛一手端着两杯淡啤酒，一手拉着塔塔尔斯基，把他拖向远处的一张桌子。

“听着，”他说道，“我找你有事。我有两个兄弟从埃里温来到这里，想做点生意。简单点说吧，他俩开了一家高级殡葬服务部，提供一流的服务。他们简单一想，在这里，有多少钱悬在银行之间啊。如今它们全都开始互相挖墙脚，因此，市场上就出现了真正的坑槽。”

“是这样的。”塔塔尔斯基说着，看了看门口的恶汉，那两个人正在喝着自己带来的捷克瓶啤。不知道他们站在那地方干什么，虽说，驱使他们来这里的动机，也许和驱使阿扎多夫斯基的动机一样。

“总之，全看在友谊的分上，”萨沙·勃洛继续说道，“请替我给他俩写一个合适的广告词，符合目的，管用的。人们一不留神就会付钱。”

“怎么，我来亮亮老底，”塔塔尔斯基回答，“我们这个商标有什么神话呢？”

“我说过了，超一流的死亡。”

“公司叫什么名字？”

“按姓氏起的名。德比尔相兄弟殡葬服务部。你给想想？”

“我来做，”塔塔尔斯基说，“没什么问题。”

“顺便说一下，”萨沙继续说道，“你会发笑的，我们的一位老熟人已经成了他们的客户。在离开之前，那位遗孀为葬礼付了头等价钱。”

“客户到底是谁？”

“你还记得‘秘密劝告人’公司的哈宁吗？叫他们给放倒了。”

“可怕。我还没听说。谁干的？”

“有人说是车臣人，有人说是警察。说是为了钻石的事。简单地说，是件黑道上的事情……你去哪儿？”

“上厕所。”塔塔尔斯基回答。

卫生间比酒馆里的其余部分还要脏。看着小便池上方痕迹斑驳、像地质纹理一般的墙壁，塔塔尔斯基发现一小块三角形状的灰浆剥落处，其形状和哈宁厕所里挂的那幅照片上的钻石项链非常相像。一看到这个形状，塔塔尔斯基心中充满着的对过去领导的那种惋惜便炼金术般地转化成了萨沙·勃洛订购的广告词。

走出厕所，他站住了，眼前突然展现的场景让他大吃一惊。他看到，走廊上先前有过一扇双层门，后被人连框撬下来，胡乱地抹了抹墙上的痕迹，如今墙壁和天花板鼓出一块，是砖砌的，涂着黑漆。这个通向饮酒厅的管道口四边稍稍有些圆，和电视屏幕的边沿非常相像，竟使得塔塔尔斯基在刹那间觉得，他是在看全国最主要的一台电视。阿扎多夫斯基及其随从都落在视线之外，然而却能看到最远那张桌子旁边的两个恶汉，还有一个新来的人和他们站在一起。那是一个高个瘦老头，他身披一件褐色风衣，戴着贝雷帽，架着一副镜腿很短的厚眼镜，在镜片后面，他的眼睛显得不成比例地大，孩子般地诚实。塔塔尔斯基正要断定他在什么地方见过这老头，这时，老头已经在自己的身边聚集起了几个流浪汉听众。

“汉子们，”他用细细的、充满惊异的声音说道，“你们永远无法相信！我刚要在库尔斯克车站旁的一家菜场里买半公升酒，是不是？我站在收款台前。你们知道是谁走到商店里来了？是丘拜斯！他妈的……他穿着那么一件灰大衣，围一条马海毛围巾，还戴一顶鸭舌帽，保卫人员呢，一个也没有。只是右口袋鼓了出来，那儿像是有支枪。他走到罐头部，买了一个保加利亚出产的三公升装的醋渍西红柿罐头，那种绿西红柿，你们知道吗，啊？他把罐头装进网袋里。我看着他，张开嘴，他发觉了，眨了一下眼睛就出去了。我跑到窗边。外面停着一辆黑色汽车，装有警灯，好像也在眨眼……他跳了进去！就走了。转眼间就发生了，他妈的……”

塔塔尔斯基清了清嗓子，老头将视线转向他。

“人民的意志。”塔塔尔斯基忍不住说道，还眨了一下眼睛。

他这话说得很轻，可老头还是听见了，他抓住一个恶汉的袖子，朝过道点了点头。两个恶汉同步地将喝剩的啤酒放在桌上，带着一丝笑意，向塔塔尔斯基走来。其中一人将手伸进口袋。塔塔尔斯基明白，他完全有可能马上就被干掉。

掠过全身的一道肾上腺素波浪，使他的动作惊人地轻盈，他转过身，从啤酒馆里一跃而出，跑过酒馆前的空地。在跑到空地中央的时候，他听见背后传来一阵噼啪声，有什么东西好几次呜呜响着就落在他的身边。塔塔尔斯基将速度又提高了一倍。等跑到一幢墙角可以躲人的高大木头房旁，他才敢回头看看，两个恶人已经没在开枪了，因为阿扎多夫斯基的保镖已端着冲锋枪向他俩冲去。塔塔尔斯基紧贴着墙，用难以弯曲的手指掏出烟，抽了起来。“转眼间就发生了，”他想道，“还就是这样。简简单单，又出人意料。”等那根香烟几乎快燃尽了，他才决定从墙角探出头去，再看一回。阿扎多夫斯基及其随从坐上汽车；两个被打得满脸是血的恶汉已待在保镖乘坐的那辆吉普车的后排座上，而那个穿褐色风衣的老头正向一位无动于衷的保镖激烈地辩解着。塔塔尔斯基终于忆起他在何处见过这个老头，——这老头就是文学院的哲学老师。塔塔尔斯基回忆起他来，与其说是根据他的面部特征（他已经老多了），不如说是根据他这种惊异的腔调，他当年讲课的时候就是这样的腔调。“客观有一种固执的脾气，”他的脸冲着教室的天花板说道，“它要求主观的揭示！如果走运的话，那么，就会出现融合……”

正如塔塔尔斯基所清楚的那样，融合终于出现了。“转眼间就发生了。”他想着，掏出笔记本，写下了他在啤酒馆里想出的广告词：

DIAMONDS ARE NOT FOREVER![1]

德比尔相兄弟殡葬服务部

“也许，他们会开除我。”当那帮驾车出游者消失在转弯处后，他想，“现在去哪儿呢？鬼知道去哪儿。去吉列耶夫那里吧。他恰好就住在附近的什么地方。”

---

① 英文：“钻石并不恒久远。”——原注

吉列耶夫的家很容易找，容易得使人意外，塔塔尔斯基根据那个园子认出了地方，园子里冒出一些高得不可思议的伞状植物，它们不像是高大的杂草，倒更像是一棵棵小树。塔塔尔斯基敲了几下栅栏门，吉列耶夫便出现在露台上。他穿一条辨不清颜色的裤子，裤腿卷到膝盖，上身的背心上印着一个七彩圆圈，圆圈的中央是大大的字母“A”。

“进来吧，”他说，“栅栏门开着。”

吉列耶夫喝了酒，而且不是第一天喝，他喝掉了相当大的一笔钱，钱也快光了。可以做出这一演绎结论的根据就是墙角最里边堆放的大量空酒瓶，从威士忌到白兰地，全是贵重品牌，而离房间中心较近的却已经是一些大马路上卖的伏特加酒的瓶子，它们是在奥塞梯灌装的，用了一些充满浪漫色彩的奇奇怪怪商标。从塔塔尔斯基最后一次来访直到今天，在这段时间里，厨房几乎一点没变，只是更脏一些，墙上贴着几张有点可怕的西藏神像。还有一样新东西——墙角亮着一台小电视。

塔塔尔斯基在桌旁坐下，他发现电视是底朝上放着的。电视的屏幕上有一个动画图案在旋转，——在一只睫毛很长、中间有一滴黑墨水在颤抖的眼睛四周，有一只苍蝇飞来飞去。跳出了节目名称：“明日”，就在这一时刻，苍蝇落在瞳孔上，紧贴在那里，而眼睫毛朝它压去，像菜叶一样卷起来。电视主持人出现，他穿一身管教部队的少校制服，塔塔尔斯基猜到，这是七楼一位广告人对八楼一位广告人不久前一个声明的委屈反应，八楼那位广告人说，电视在俄国就是强制机构。由于主持人是头朝下的，他便很像一只倒挂在无形横杆上的蝙蝠。塔塔尔斯基认出，主持人就是阿扎多夫斯基，不过这并不十分惊奇。他被装扮成一个热情的黑发男子，鼻子下面留着两道细细的唇须。他傻乎乎地笑着，说道：

“很快，很快，‘白痴’号核导弹巡洋舰就要驶离摩尔曼斯克城的一个船台，它是在费奥多尔·米哈伊洛维奇·陀思妥耶夫斯基诞生150周年之际被典当出去的。现在还不清楚，政府能否将当船所得的钱还出来，因此，一种声音越来越响，建议典当另一艘同样类型的巡洋舰，‘神人波将金’号，此舰如此之大，水兵们都称它为浮动的村庄。现在，‘神人波将金’号正在北冰洋上移动，驶向预定港口。一本新书！”阿扎多夫斯基不知从哪儿掏出一本书来，书的封面上是一幅火箭筒、油锯和裸体女人的传统组合，“应该出拳。我们早就知道，但还是缺少点什么！就是这本书，你们已经等了很多年，——有拳头和大屌！斯维亚托斯拉夫的历程。经济新闻：今天，国家杜马公布了一项新法令，规定了居民年消费量的最低限。其中应有：20千克通心粉制品，100千克土豆，六千克猪肉，一件大衣，一双鞋子，一顶带护耳的帽子，一台‘索尼黑色三枪’电视机。从波斯传来消息……”

吉列耶夫关掉了声音。

“怎么，你是来看电视的?”他问。

“不是。只是很奇怪，为什么要把它倒过来呢?”

“说来话长。”

“怎么，和黄瓜的故事一样长？不能省去献词吗?”

“为什么不能，”吉列耶夫耸了耸肩膀，“这是公开的知识。但它们只与真正的达摩实践相关，因此，如果你求别人告诉你这些知识，那么你就自然而然负有一种义务，要进行这种实践。而你是不会去实践的，我认为。”

“我也许会做的。你就说吧。”

吉列耶夫叹了一口气，看了看窗外不住摇摆的绿色小伞。

“有三种看电视的佛教方法。其实，这只是同一种方法，但处在不同的训练阶段上，它看上去有所不同。起初，你要关了声音看电视。每天大约半小时，看自己喜欢的节目。当你想到，电视里正在说着什么重要、有趣的事情，你要在这个想法出现的时候意识到它，但仍然保持中立。起初，你会失去自制，打开声音，但渐渐地，你就习惯了。主要的一点是，在你克制不住的时候也不要产生负罪感，一开始大家都会这样，甚至连喇嘛也不例外。然后，你就开始这样看电视：打开声音，但关掉图像。最后，你就看彻底关掉的电视。这才是最主要的技术，而前两个都是准备性的技术。你看着所有的新闻节目，却不打开电视。非常重要的一点是，在这样看电视的时候必须挺直后背，两手最好相叠放在肚子上，右手在下，左手在上。这是男人的手法，女人的手法相反。一秒钟也不得走神。如果能连续10年这样看电视，哪怕一天只看上一小时，那么，就能理解电视的本质了，也就能理解其余一切东西的本质了。”

“那你为什么要把电视翻过来呢?”

“这是第四种佛教方式。在非得看电视不可的情况下，可以采用这一方法。比如说，你想知道美元比价，可又不知道它何时播出，以什么方式播出，是大声报出来，还是亮出兑换点的比价表。”

“那为什么要倒过来呢?”

“说来还是话长。”

“说说看吧。”

吉列耶夫用手掌擦擦脑门，又叹了一口气。似乎在寻找合适的词句。

“你是否想过，播音员的眼神中哪来的那种沉重、锐利的仇恨?”他终于问道。

“你得了吧。”塔塔尔斯基说，“他们根本不是在看镜头，这只是人们的感觉。在镜头的后面有一个专门的显示器，那上面显示着要朗读的文字以及语调、表情等特殊符号。据我所知，那些符号只有六种，让我想想……讽刺、忧郁、怀疑、即兴、愤怒和玩笑。因此，谁也不会射出什么仇恨来，没有他自己的仇恨，甚至没有职业上的仇恨。这我知道得很清楚。”

“我不是说他们射出了什么。我是说，在他们念文稿的时候，直直地盯着他们眼睛看的有几百万人，而且通常都是些非常恶毒、对生活不满的人。你想想，当如此之多被欺骗的意识于同一秒钟在同一个点上相遇，该会产生什么样的积聚效果。你知道什么叫共振吗？”

“大概知道。”

“是这样的。如果一个营的士兵步调一致通过一座桥，这座桥就会塌。发生过这样的事情，因此在一支队伍过桥的时候，就不会命令他们齐步走。而当如此多的人同时看着这个匣子，看到同样的东西，你想想，在智力圈里会发生怎样的共振呢？”

“在哪儿？”塔塔尔斯基问，但就在这个时候，他口袋里的手机响了起来，于是，他抬起手掌，中止谈话。话筒里传来很响的音乐声，然后是不太清楚的说话声。

“瓦万！”音乐声中传来了莫尔科文的声音，“你在哪儿？你还活着吗？”

“还活着，”塔塔尔斯基回答，“我在拉斯托尔古耶沃。”

“你听着，”莫尔科文高兴地继续说道，“那几个傻瓜被揍了一顿，大概我们马上要送他们去监狱，给他们弄个 10 年期。阿扎多夫斯基在审讯之后哈哈大笑，哈哈大笑啊！他说，你把他的紧张状态全都给解除了。下一次，你会和罗斯特罗波维奇一起得到一枚勋章的。给你送辆独轮车去?”

“不，他们不会开除我了，”塔塔尔斯基想，他感到一阵愉快的暖流从心脏涌出，传遍全身，“绝对不会开除我。也不会扔下我。”“谢谢。”他说道，“我这就回家。脑袋很乱。”

“是吗?我可以理解。”莫尔科文赞同地说，“你回吧，治治病。我要走了，那边的话筒叫个不停。明天你可别迟到，我们有一项非常重要的活动。我们要去奥斯坦基诺。顺便说说，你在那里能看到阿扎多夫斯基的收藏品。西班牙收藏。好了，再见。”

塔塔尔斯基将电话放进口袋，又心不在焉地扫视一下房间。

“这就是说，他们拿我当仓鼠看。”他若有所思地说。

“什么?”

“没什么。你说什么来着?”

“如果简短地说，”吉列耶夫继续说道，“电视的所谓魅力全都在于心理共振，在于很多人同时看它。任何一个职业人士都知道，如果你要看电视的话……”

“我对你说，职业人士从来不看电视。”塔塔尔斯基打断话头，看到交谈伙伴的裤腿上有一个刚刚被发觉的补丁。

“如果你要看电视的话，那就应该看屏幕的某个角，但无论如何也别去看主持人的眼睛，否则，要么会得胃炎，要么会得精神分裂症。但是最可靠的办法还是把电视倒过来，就像我这样。这就意味着不齐步行走。总的说来，如果你感兴趣的话，还有第五种看电视的佛教方法，最高级、最秘密的一种……”

常常会这样，你正在和一个人说着话，似乎很喜欢他讲的一些东西，觉得在他的谈话中有一些真理，可后来你突然发现，他身上的背心是陈旧的，鞋子是穿歪了后跟的，裤子在膝盖处补了一块，而他房间里的家具都是破旧的便宜货。更加仔细地观察一下，你会在四周看到先前没有觉察出的寒酸贫穷的痕迹，于是你会明白，谈话伙伴在生活中所思所做的一切，并未将他带向那唯一的成功，在某个遥远的五月的清晨，他曾想要把握住那样的成功，当时，他曾咬牙切齿地发誓，他必须赌赢，虽然他还不大清楚要跟谁去赌，赌什么东西。即便这个问题还一直没有变得清楚起来，你也会立即对他的话失去兴趣，你想对他说点什么愉快的话作为告别，尽快地离去，最后，开始干自己的事情。

置换哇噻因素就这样在我们的灵魂中起着作用。但是，在遭到那种因素难以觉察的打击之后，塔塔尔斯基并未表现出他已经对吉列耶夫的谈话不感兴趣了，因为，他的脑中产生出一个想法。等到吉列耶夫沉默不语的时候，他伸个懒腰，打个哈欠，像是无意间地问道：

“喂，顺便问问，你的蛤蟆菇还有吗?”

“还有，”吉列耶夫说，“但我不会和你一起吃了。当然，对不起，可在出了那样的事之后……”

“能给我吗?”

“为什么不呢?但你不能在我这里吃,我求求你了。”

吉列耶夫从桌边站起身,打开有些倾斜的壁橱,从里面掏出一个报纸卷。

“这里恰好有一包。你打算在哪里吃,在莫斯科?”

“不,”塔塔尔斯基回答,“在城里我会被灌倒的。我要去森林。既然来到大自然中间。”

“对。等等,我给你倒点伏特加。能缓解一下。它能让你红到头。你别怕,别怕,我有‘绝对’牌。”

吉列耶夫从地上拿起一个空的“轩尼诗”酒瓶,打开瓶塞,然后抱起一瓶一公升装的“绝对”牌伏特加,小心翼翼地往那空瓶里倒酒,那瓶“绝对”牌伏特加的确是在放蛤蟆菇的壁橱里找出来的。

“喂,你不是与电视有些关系吗,”他说,“有一个关于你们的不错笑话。你听说过在黑暗里唱歌的猫吗?”

“说一个男人打开灯,发现只有他一个人在房间里,可墙边的床头柜上却有一只玻璃眼?我知道。工作中最时髦的笑话。顺便问问,你是怎么看的呢,这只眼睛就是美元上的那一只,是同一只吗?还是另一只?”

“我没想过,”吉列耶夫说,“你在记什么?记怎样看电视?”

“不,”塔塔尔斯基说,“是一个与工作有关的想法。”

他在自己的笔记本上写道：

一幅宣传画的构思：一个肮脏的、布满蛛网的房间。桌上是一套酿造私酒的装置，桌边站着一个破衣烂衫的酗酒者（另一方案：一个吸毒者），他正在从一个“绝对”牌大瓶里往一个“轩尼诗”小瓶里倒酒。广告词：

ABSOLUT HENNESSY①

先推荐给“绝对”牌和“轩尼诗”牌的经销商，如果他们不要，就给“芬兰”牌、“斯米尔诺夫”牌和“尊尼获加”牌。

“接着，”吉列耶夫说，把纸包和酒瓶递给塔塔尔斯基，“但让我们先说定。你吃了这东西后就别再回我这儿了。否则，我就一直忘不掉那个秋天。”

“我答应你。”塔塔尔斯基说，“顺便问问，那个没建成的雷达站在什么地方？来的路上我在车上看见它了。”

“就在旁边。你穿过这块地，那边有条横穿森林的路。你会看

① 英文：“绝对的轩尼诗。”——译注

见一道铁丝网，就顺着铁丝网走。大约三公里。怎么，你想到那儿去溜达溜达?”

塔塔尔斯基点点头。

“我不知道，我不知道，”吉列耶夫说，“去走走还行，可在吃了蛤蟆菇之后……老人们说那不是个好地方。虽说从另一方面来说，莫斯科附近又哪里能找到一块好地方呢!”

在门口，塔塔尔斯基转过身来，拥抱了吉列耶夫的肩膀。

“你明白吗，安德列，”他说，“我不想把话说得太动情，但还是要对你说一句：太感谢你了!”

“为什么?”吉列耶夫问。

“因为你时常能使人过上双重生活。没有这一点，现实生活就可能是非常令人讨厌的!”

“谢谢，”吉列耶夫回答，掉转了目光，“谢谢。”

他显然被感动了。

“事业有成。”塔塔尔斯基说着，走了出去。

蛤蟆菇的劲上来了，这时，他沿着铁丝网已走了半小时。首先，出现了那些熟悉的症状——颤抖，指尖愉快的痒痒。然后，路边的灌木丛里探出那根写有“禁止篝火”的木桩来，他曾把这根桩子当成胡赛因。不出所料，在白天的光照下，一点也感觉不出那种相像来。而且，塔塔尔斯基还不无怀旧地回忆起了关于鸟王西默夫①的故事来。

“西默夫，西鲁福，”一个熟悉的声音在脑中响起，“有什么区别呢？只不过拼写不同。你又吞多了，是吗?”

“开始了，”塔塔尔斯基想，“小野兽临近了。”

但是，直到走近高塔，西鲁福一路上都再也没有出现。塔塔尔斯基曾爬过去的那扇大门是敞开的。在建筑物的区域之内一个人也看不到，活动房锁上了，而蘑菇状的哨兵岗亭里曾经挂着的那部电话却不见了。

塔塔尔斯基爬到建筑物的顶部，并无任何奇遇。在为电梯而修的那个小塔楼里，一切还都是老样子，一堆空酒瓶，房间中央放着一张桌子。

“那么，”他大声发问，“女神在哪儿呢?”

无人作答，只能听到在下面的什么地方，秋天的森林在风中絮语。塔塔尔斯基靠在墙上，闭上眼睛细听起来。不知为何他认定，这是柳树在絮语，他想起一句歌词，那是从广播里听来的：“这是忧伤的姐妹，安家在柳树里。”很快，在树木轻轻的絮语间能分辨出片断的女人声音来，那像是他很久以前听到的、后来迷失在他记忆死胡同里的某些话语发出的回声。

“他们知道吗？”那些轻轻的声音说，“在他们广泛熟悉的世

① 波斯神话中的鸟王。——译注

界里，除了黑暗的凝聚之外什么也没有，既没有吸气，也没有呼气，既没有右，也没有左，既没有第五，也没有第十。他们知道吗，他们广泛的熟悉并不为任何人所熟悉？”

一切都与人们想的完全相反，既没有真理，也没有谎言，只有一个无限明朗、纯净、简单的思想，灵魂就在这一思想里翻滚，就像落进一杯水中的一滴墨汁。当一个人不再在这一简单的纯净中翻滚，似乎一切都没有发生，这时，问题就清楚了，生活，不过是早已倾塌的高塔上一个窗户的窗帘发出的沙沙声，而这窗帘上的每一根线都认为，伟大的女神是与它同在的。女神也的确与它同在。”

“亲爱的，你和我们曾经自由过，可你为何要创造出这个可怕、丑陋的世界来呢？”

“这世界难道是我创造出来的吗？”塔塔尔斯基轻声地问。

无人回答。塔塔尔斯基睁开眼睛，从门洞向外看了一眼。在森林与天相交的那道线的上方悬垂着白云，那云就像天上的山峦，它如此之大，竟使得童年时就已忘记的无边高天突然间又呈现在眼前。在云的一个坡面上，有一个窄窄的、圆锥形的凸起物，像是一座在雾中现出身影的塔。塔塔尔斯基的心里动了一下，他忆起，他自己的胸中曾有过一个用来构成这些白山和塔的虚幻缥缈的天国实体。那时，——很久很久以前，甚或是在出生之前，——变成这样一朵云，登上塔的最高处，是最大的愿望。但是，生活却将这个奇怪的实体渐渐排挤出心灵，它剩下的东西不多不少，仅够将它片刻地回忆起来，再迅速地失去记忆。

塔塔尔斯基发现，桌子下面的地上铺着一块厚板，是用好几块木板钉在一起的。他透过木板间的缝隙一望，看到一个好几层楼高的黑洞。“对了，”他回忆起来，“这是电梯井。这里是机房，像在房间里一样，这是开关。只是没有操作员。”坐到桌边，他小心翼翼地将双脚放在木板上。开始他还有些害怕，怕他脚下的木板会断，他会随那些木板一起掉下去，掉进那个底部积有多年垃圾的黑洞。但木板很厚，很牢靠。

这地方显然有人来过，来过的人最可能是周围的流浪汉。地上有新踩灭的烟头，桌上还放着一张撕下来的报纸，上面有一周的电视节目。塔塔尔斯基在不齐的撕口边读到最后一个节目的名称：

0：00——金色房间

“这是什么节目？”他想道，“也许是个新节目。”将下巴放在抱在胸前的胳膊上，他看起那幅女人在沙滩上奔跑的照片，照片还挂在原地。在白天的光照下，可以看见纸上因潮湿出现一些斑点。有个斑点直接出现在女神的脸上，在白天的光照下，这个斑点显得陈旧，像个麻点，有些突出。而塔塔尔斯基喝干剩下的伏特加，闭上了眼睛。

他做了一个短暂的梦，非常奇怪的梦。沙滩上，他迎面向一个在太阳下金光闪闪的雕像走去，离雕像还很远，但已经能看出这是一个无头无手的女人体。在塔塔尔斯基身边，西鲁福迈着碎步缓缓地走着，吉列耶夫骑在他身上。西鲁福面色忧伤，就像一个因劳役而受尽折磨的小驴，收拢在背上的翅膀像一个陈旧的毡布马鞍。

“你在写广告词，”吉列耶夫说，“可你知道最主要的广告词吗？也可以说，基本的广告词？”

“不知道。”塔塔尔斯基回答，金色的光芒使他眯起眼睛。

“我来告诉你。你听说过‘最后审判’的说法吗？”

“听说过。”

“实际上它并无任何可怕之处。[①] 除了它早已开始的东西之外，在我们身上发生的一切都只是侦查实验期。你想想，难道上帝费劲在几秒钟里用虚无创造出这个世界及其全部的永恒和无限，就是为了去体验一下孤零零地站在他面前的灵魂吗？”

“安德列，”塔塔尔斯基回答，斜眼看了看绳子马镫上他那双歪了后跟的鞋子，“够了，啊？我在工作中的倒霉事够多了。你就别再添乱了。”

---

① 俄文中的“最后审判”若直译即为“可怕的审判”。——译注

金色房间

塔塔尔斯基眼睛上的带子被解开，他已经完全冻僵了。尤其感到寒冷的，是赤脚走在石头地面上。睁开眼睛，他看到门外是一片开阔的地方，像影剧院的大厅一样，据一切迹象判断，那里正在举行一个类似冷餐晚宴的活动。他立即看出一个奇异之处：在黄色石头贴面的墙壁上连一个窗户也没有，不过有一面墙是镜子，这样一来，被卤素灯泡照得通明的大厅就显得比原来大多了。聚集在大厅里的人在轻声地交谈，看着墙上挂着的一些打印文字。尽管塔塔尔斯基完全是赤身裸体站在门口的，但聚集在大厅里的人却丝毫也没有注意到他，只有两三个人无动于衷地扫了他一眼。塔塔尔斯基其实在电视上见过大厅里所有这些人，但他却一个也不认识，除了法尔苏克·谢伊福尔－法尔谢伊金之外，后者手端高脚杯站在墙边。他还看到了阿扎多夫斯基的秘书阿拉，她正在和两个上了年纪的花花公子谈话，纷披着的浅色头发使她有些像海中女怪墨杜萨。塔塔尔斯基觉得，莫尔科文的方格西服在人群中的什么地方闪了一下，但很快就从他的视线中消失了。

“我就来，就来，”阿扎多夫斯基的声音传了过来，接着，他从通向里面一个什么地方的过道里走出来，“你到了？干吗站在门口？进来我们吃不了你。”

塔塔尔斯基迎面向他走去。阿扎多夫斯基满身酒气，在卤素灯泡的照耀下，他的脸显得很疲倦。

“我们这是在哪儿?”塔塔尔斯基问。

“在地下大约100米深的地方，奥斯坦基诺池塘地区。请原谅给你扎了带子，请原谅其他所有的事，仪式之前必须这样做。传统，他妈的。你害怕吗?”

塔塔尔斯基点点头，阿扎多夫斯基满意地笑起来。

“别在意，”他说，“这全都是扯淡。你先在这里转一转，看看新藏品。他们光挂这些画就忙了两天。我这里可有两件重头戏。”

他扬起手，弹响指头叫来女秘书。

“让阿拉给你说一说。这位是瓦万·塔塔尔斯基。你们认识?把这里的东西都指给他看看，好吗?”

塔塔尔斯基落在女秘书那个圈子里。

“我们从哪里看起呢？”她面带微笑地问。

"就从这里看起。"塔塔尔斯基说。"收藏品在哪儿?"

"就在这里,"女秘书朝墙上点点头,说道,"这是西班牙收藏。在伟大的西班牙人当中您最喜欢谁?"

"这……"塔塔尔斯基说着,同时在紧张地想出一个合适的名字,"委拉斯开兹①。"

"这个老头也叫我发疯,"女秘书说道,并用冷冷的蓝眼睛看了他一眼,"我想说,他就是绘画中的塞万提斯。"

她小心地挽着塔塔尔斯基的胳膊,高高的臀部蹭着他赤裸的大腿,将他领向最近处的墙上贴着的一张纸。塔塔尔斯基看到,那张纸上有两段文字和一个蓝色印章。女秘书近视地贴在纸上,为了看清细小的字母。

"是的,正是这幅画。另一幅粉色的西班牙公主像,很少有人知道。在这里,您可以看到'奥本海默和拉德勒尔'公司出具的公证书,说这幅个人收藏的画的确是花170万美元购得的。"

塔塔尔斯基决定不表现出吃惊的神情。而他自己也并不清楚,他到底是吃惊还是不吃惊。

"这个呢?"他指着旁边一张印有文字和印章的纸问道。

"啊,"阿拉说,"这是我们的珍珠。这是戈雅②,主题是拿着

---

① 委拉斯开兹(1599—1660),西班牙画家。——译注

② 戈雅(1746—1828),西班牙画家。——译注

扇子坐在园中的马哈。是从西班牙中北部一个小博物馆里买来的。还是‘奥本海默和拉德勒尔’公司，他们可不说谎，850 万美元。了不起。”

“是啊，”塔塔尔斯基说，“不错。但说句实话，比起绘画，我对雕塑的爱好要大得多。”

“那还用说。”女秘书说，“因此你才习惯在三维中工作，是吗？”

塔塔尔斯基不解地看了她一眼。

“也就是三维线条画。和这些豆子……”

“啊，”塔塔尔斯基说，“您是指那个。是的，我习惯了工作，也习惯了生活。”

“这里是雕塑。”女秘书说着，将塔塔尔斯基领到又一张纸前，这张纸上的文字比其他纸上的字稍大一些。“这是毕加索。一个陶制的奔跑女人像。您是说不太像毕加索？对。但因为这是后立体主义时期。将近 3000 万美元，您能想象吗？”

“雕像在哪儿呢？”

“我甚至也不知道，”女秘书耸了耸肩膀，“也许在哪个仓库里。如果您想看看它什么样，这里的小桌上有卡片。”

“雕像在哪儿，这有什么区别吗？”

塔塔尔斯基转过身去。阿扎多夫斯基不声不响地跟在后面。

“也许没什么区别。”塔塔尔斯基说，“说实话，我是第一次看到这种风格的收藏。”

“这是设计中一种最现实的倾向，”女秘书说，“货币最低纲领主义。顺便说一句，这个主义是在我们俄国诞生的。”

“你去转悠吧。”阿扎多夫斯基对女秘书说道，然后转身面对塔塔尔斯基，“喜欢吗？”

“很有趣。只是不太明白。”

“我来解释一下，”阿扎多夫斯基说，“这组西班牙收藏值两亿美元。还有一万美元花在艺术学家身上。哪幅画可以买，哪幅画不在原地，该按怎样的次序摆，等等。单据上提到的这些东西全都已经买下了。但如果把这些画和雕像运到这里来，还有那些挂毯和兵器盔甲，这里就无处下脚了。一粒灰也能呛死人。然后……你说实话，你既然看了这些画，那么，然后，你看到什么新东西了吗？”

“没有。”

“正是。那么干吗要收藏它们呢？这个毕加索，我认为，他就是一个大傻瓜。”

“这我可不能完全同意，”塔塔尔斯基咽了口唾沫，说道，“或者，确切地说，我同意，但只是从后立体主义起他才成了傻瓜。”

“我看，你是个机灵人。”阿扎多夫斯基说，“我不会劈了它们的。可这又有什么用？一周后又会有个法国收藏展。你想想，刚搞懂一个展览，一个星期后就被运走了，然后再展览另一组，又得再去弄明白吗？有什么意义吗？”

塔塔尔斯基没想好该如何回答。

“所以我说没什么意义。”阿扎多夫斯基断言道，“算了，走吧。该开始了。我们一会儿还回这里来。喝香槟酒。”

他转身走到镜子墙边。塔塔尔斯基跟着他。走到墙跟前，阿扎多夫斯基用手敲敲它，竖排的镜块闪出一道电光，绕着中轴无声地打开。在现出的墙洞中有一条用大石块儿砌起来的走廊。

“进去吧。”阿扎多夫斯基说，“只是得弯下腰，这里的天棚很低。”

塔塔尔斯基走进走廊，潮湿使他感到更冷了。“什么时候能给衣服穿呢？”他想，走廊很长，但塔塔尔斯基看不见它通向哪儿，四周很黑。有时，脚下会碰到一些尖利的石头子儿，让塔塔尔斯基痛得直皱眉头。终于，前方现出了光亮。

他们来到一个墙壁上镶着薄板条的不大房间，它让塔塔尔斯基想起运动场的更衣室。其实，这真的是一个更衣室，靠墙立着的柜子和两件挂在衣架上的西服都说明了这一点。好像，其中的一件西服是萨沙·勃洛的，但塔塔尔斯基并不十分肯定，那个人的西服实在太多了。从更衣室出来第二个出口是一扇带金色门牌的深色木门，上面刻着一条锯齿形的曲线。塔塔尔斯基从中学时就记得，埃及文字中的“快”字看起来就是这个样子。他记得它，仅仅是因为有一件特别好笑的事：古埃及人，如老师所言，做所有的事都特别慢，因此，表达“快”的锯齿形短线，在那些最伟大、最有影响力的法老的墓志铭中会变得很长，甚至写成好几行，以表示“非常非常快”。

在洗手池旁边贴着三张像无名行政机关颁发的公告似的东西，文字是打印的，带有印章（不过，塔塔尔斯基猜测，这根本不是什么公告，而多半是西班牙收藏品的一部分），而另一面墙边立着一个架子，上面有编着号码的小洞，洞里镶着铜镜和金面具，它们与阿扎多夫斯基接待室里的东西一模一样。

“什么?”阿扎多夫斯基一边解开西服扣子，一边问，“想问点儿什么?”

“墙上贴的纸是什么?”塔塔尔斯基问，“也是西班牙藏品吗?”

阿扎多夫斯基没回答，而是拿出手机，按了拨号盘上唯一的按键。

“阿拉，”他说，“有人有问题要问你。”

他把电话递给塔塔尔斯基。

“喂。”话筒里传来阿拉的声音。

“问问她我们的脱衣间里有什么，”阿扎多夫斯基边往下拽汗衫边说，“我老是记不住。”

“您好。”塔塔尔斯基不好意思地说，“还是塔塔尔斯基。请问脱衣间里陈列的是什么?”

“绝无仅有的展品,”女秘书说,“这事不能在手机里说。”

塔塔尔斯基用手捂住话筒。

“她说在电话里没法说。”

“告诉她,我让她说。”

“他说他让说。”塔塔尔斯基重复了一遍。

“那好吧。”女秘书叹了一口气,“一号展品。巴比伦伊丝塔门的局部——狮子和西鲁福。正式收藏地是大英博物馆。独立专家组检验过。二号展品。狮子,花砖和珐琅做成的浅浮雕。游行街,巴比伦。正式收藏地是大英博物馆。独立专家组检验过。三号展品。埃比赫雕像,马里显贵。正式收藏地是卢浮……”

“埃比赫雕像?”塔塔尔斯基问道,他回忆起他见过这座卢浮宫雕塑的照片。雕像有几千年历史,那是一个用闪光的白石头刻成的矮小而狡猾的人,一脸大胡子,穿着条像短马裤一样的奇怪的羽毛裙子。

“我特别喜欢这个人,”阿扎多夫斯基边脱裤子边说,“可能他每天早晨醒来就说:‘所有人都埃比赫……’因此一辈子都很孤独。和我一样。”

他打开柜子,从里面拿出两条不同寻常的裙子,像是羽毛做成的,又像是蓬松的毛发做成的。他把其中一条扔给塔塔尔斯基,自己套上另一条上方有红色“Calvin Klein”字样的短裤,一穿上这短裤，他立刻就变得像一只吃得过饱的鸵鸟了。

“给我电话。”他说，“你还等什么？换衣服吧。之后就拿着这些铁片进去。可以拿任意一对，只不过得让防护罩的尺寸合适些。”

阿扎多夫斯基从小孔中拿起一张面具和一面镜子，相互碰了碰，之后举起面具，透过眼孔看了看塔塔尔斯基。小巧的、美丽非凡的金色脸庞，仿佛是从威尼斯狂欢节的人群中突然闪现出来的，它和阿扎多夫斯基长着褐色长毛的酒桶般的身体如此不般配，竟使塔塔尔斯基感到恐怖。阿扎多夫斯基笑起来，满意自己造成的效果，然后打开门，消失在一道金色的光线中。

塔塔尔斯基开始换衣服。阿扎多夫斯基给他的那条裙子是用一块块长毛羊皮拼成的，羊皮贴在一条“阿迪达斯”尼龙短裤上。他穿上裙子（如果塔塔尔斯基没看到埃比赫雕像，他无论如何也不会相信古代两河流域的人真的穿这种东西），戴上面具，那面具立即沉沉地压在脸上，然后他将镜子拿在手中。毫无疑问，金子和铜都货真价值，甚至仅凭重量就能得知这一点。他就像即将跳进冷水中那样，吐了一口气，然后打开那扇带有锯齿符号的门。

他走进的那个房间使他目眩，在摄影灯的照耀下，墙壁和地板金碧辉煌。镶有一片片金属的墙壁向上升起，构成一个渐渐变薄的圆锥体，就像是一个空空的、里面镀了金的教堂穹顶。正对着门有一个祭坛——一个方形的金色台座，台座上有两只很大的水晶眼睛，其角膜是珐琅的，瞳孔是镜子。祭坛前的地板上有一只金樽，两边是两座石质的西鲁福，身上有斑驳的花纹和镀金层。那只眼睛之上挂着一副黑色的云母板，看上去非常古老。云母板的中央刻着埃及文的“快”字，四周是一些费解的形象，塔塔尔斯基分辨出一只奇怪的五条腿的狗和一个头戴高高皇冠的女人，那女人手持杯盏躺在一件沙发一样的东西上。云母板的四周绘有四个相貌可怕的动物，在狗和女人之间，有一种植物从地下长出来，那植物有些像茅膏菜，只是它的根部不知为何分成三个长长的分枝，每个分枝都标有一个莫名其妙的符号。板子上还刻着一个大大的眼睛和一个大大的耳朵，而其余所有的地方都为密密麻麻的一行行楔形文字所占据。

阿扎多夫斯基戴着金色面具，穿着裙子和一双红色的游泳拖鞋，坐在离祭坛不远的一把折叠椅上。他的膝盖上放着一面镜子。房间里，塔塔尔斯基没有看见其他人。

“瞧!”阿扎多夫斯基抬起大拇指说，“需要的场面。怎么，你在望风呢?你可别背叛，别认为我们都是些屌东西。我这一切都是虚张声势，可你要想做我们这种生意，缺了这些又不行。简单点说，我现在似乎在仔细地给你解释所有问题，如果要更详细的解释，你就要问我们的主管了，他马上就到。主要的是，你面对一切的态度要简单些，要更平静些。你到过少先队夏令营吗?”

“到过。”塔塔尔斯基答道，注意到了这个“主要的是”。

“你们那里有过什么个海神节？过节时把所有人都泡到水里去？”

“有过。”

“那你就把这看成是海神节。一个传统。简单地说，有一种说法，说有一个古代女神。我不是说真的有过，而是说有这么个传说。根据这个说法，神也是注定要死的，身上也带着死亡，和人完全一样。因此在寿限尽了的时候，女神也会死。但是很清楚，她不想死。于是，她就将自己的死亡和不想死去的东西分解开来。看到这画上的东西了吗？”

阿扎多夫斯基指了指那个浮雕。

“这只狗，就是她的死亡。而这个头戴高筒帽的女人，就是她自己。简单点说，接下来你听着，别插话，因为我自己也不大清楚。当她和死亡分解开来之后，两者之间就马上开始了战争，在这样的战争中谁都无法长期取胜。这场战争中的最近一次战斗就发生在奥斯坦基诺池塘的上方，也就是说，就在我们所处的地方，只不过不是在地下，而是在高空。因此，这里被视为一块圣地。一开始，在这次战斗中谁都无法长期取胜，然后，这只狗压倒了女神。于是，其他的神害怕了，干涉进来，强迫他俩签订和约。在这里，这一切恰好都被记录下来。这东西就类似和平条约的文本，四面八方的证人，就是这些公牛和……”

“狮身鹰首怪兽。”塔塔尔斯基提示说。

“是的。而眼睛和耳朵则表示人们看到了一切，听见了一切。简单点说，这个和约使双方都有损失。根据这个条约，女神被剥夺了躯体，降为概念。她变成金子，但并不仅仅是金属，而是转义的。你明白吗？”

“不太明白。”

“不奇怪。”阿扎多夫斯基叹了一口气，“简单点说，她变成一个人人都渴望的东西，但这，比方说，并不仅仅是一大堆放在什么地方的金子，而是所有人需要的抽象的黄金。也就像创意一样。”

“现在明白了。”

“她的死亡就变成一条五条腿的瘸腿狗，它必须永远躺在北方一个遥远的国家里。你大概已经能猜出来这是哪儿。瞧，它就在右边，看见了吗？在长屌的地方长出一条腿。但愿别在院子里见到这样的东西。”

“这条狗叫什么名字？”塔塔尔斯基问。

“一个很好的问题。如果说实话，我也不知道。你干吗要问呢？”

“我读到过相近的东西。大学里一本集子中有篇文章。”

“讲的什么？”

“说来话长，”塔塔尔斯基回答，“我记不全了。”

“那篇文章谈的什么？谈的是我们的办事处？”

塔塔尔斯基猜到上司是在开玩笑。

“不，”他说，“谈的是俄语脏话。文中写道，只是在信奉基督教之后，骂娘话才有骂人的性质，而在此前它们完全是另一种含义，表示的也许是古代多神教中的神。在那些神中，有一个五条腿的瘸腿狗，叫皮兹杰茨。在古代文字中，人们用一个大写字母‘П’加两个逗号来表示它。根据传说，它睡在什么地方的雪地里，在它睡觉的时候，生活便能正常进行。而它醒过来，就会发起攻击。因此，我们的土地不多产，叶利钦总统等等也一样。当然，他们不知道叶利钦，但那意思却很相近。那儿还写道，当今俄国文化中与之最相近的一个概念，就是孩子们的一个术语‘盖姆欧沃’。来自英文的‘Game Over’①。”

“英文我懂，”阿扎多夫斯基说，“我不是个傻瓜。可我不明白，这个皮兹杰茨要向谁发起攻击呢？”

“不是攻击某个人或某个东西，而是攻击一切。因此，其他的神也许会干预。我特意问那条狗叫什么名字，我想，也许这是一个跨文化原型。女神叫什么名字呢？”

“无论如何也不能叫她的名字。”背后插进一个声音来，塔塔尔斯基转过身去。

---

① 英文：“游戏结束。”——译注

门口站着法尔苏克·谢伊福尔－法尔谢伊金。他穿一件长长的、灰色的带帽风衣，金色面具在风衣里闪亮，塔塔尔斯基是根据嗓音认出他来的。

“无论如何也不能叫她的名字。”谢伊福尔－法尔谢伊金重复了一遍，走进房间，“很早以前人们叫她伊丝塔，但从那以后，她的名字换了许多次。你知道‘No Name’这样一个品牌吗？那条瘸腿狗的情景也一样。而其余的一切，你说得都对。”

“喂，法尔苏克，你和他谈谈，”阿扎多夫斯基说道，“否则，没有我们他也能清楚一切。”

“我想知道你清楚什么呢?”法尔谢伊金问。

“不值一提。”塔塔尔斯基回答，“比如说，石板中间的这条锯线。我清楚它的含义。”

“是什么含义呢?”

“古埃及语的‘快’。”

法尔谢伊金笑了起来。

“是啊，”他说，“不同凡响。新成员们通常都认为这是 M&M 巧克力。实际上这是一个象征，它指的是一个非常古老、相当朦胧的格言。这句格言使用过的所有古代语言都早已死亡，因此，它甚至很难翻译成俄语，没有准确呼应的用词。然而，英语中却有一个准确呼应它的句子，那就是马歇尔·麦克卢汉的‘The medium is the message'[①]。因此，我们将这个符号破译为两个相连的'M'。也就是说，不仅是我们，当然是'西利孔绘图'及其收发器摆出了祭坛。"

"这么说，云母板不是真的？"

"为什么不是真的？最货真价实的东西，"法尔谢伊金回答，"玄武岩，3000年。你可以摸一摸。说实话，我也不相信，这幅画能永远具有它现在具有的意义。"

"女神和狗之间的这棵茅膏菜是什么意思？"

"这不是茅膏菜。这是生命树。这还是伟大女神的象征，因为女神的变体之一，就是一棵生着三个根的树，这树在我们的灵魂中开花。这棵树也有一个名字，但只有处在我们协会最高知情阶段上的人才知道树的名字。"

"这是个什么协会？"塔塔尔斯基问，"协会的成员在做什么呢？"

"可以认为你不清楚。你在我们这里工作多久了？协会成员做的也就是这些事情。"

"协会叫什么名字？"

"它很早以前叫丑角行会，"法尔谢伊金回答，"但这样称呼

---

① 英文："媒介即信息。"——原注。译按：马歇尔·麦克卢汉（1911—1980），加拿大媒介学家、传播学家。

它的人不是其成员，而仅仅是听说过它的人。我们自己称它为园丁协会，因为我们的任务就是去培育赋予伟大女神以生命的那棵圣树。”

“这个协会已经存在很久了吗?”

“非常久了。据说，早在大西洲时代它就存在了，但为简洁起见，我们认为，它从巴比伦到了埃及，又从埃及到了我们这里。”

塔塔尔斯基把脸上有些歪的面具正了正。

“明白了,”他说，“怎么，那个协会干的事就是建造巴比伦塔?”

“不。绝对不是。我们不是建筑师事务所。我们只是伟大女神的仆人。如果用你的话来说就是，我们在密切监视，别让皮兹杰茨醒来，别让它发起攻击，这一点你理解得正确。我想你是明白的，在俄国我们肩负着一种特殊责任。那条狗就睡在这里。”

“在哪儿呢?”

“在四处。”法尔谢伊金回答，“人们说它睡在雪地里，这只是一种比喻。说它在这个世纪里好几次几乎醒来，这就不是比喻了。”

“就为这，他们一直向我们发射频率?”

法尔谢伊金两手一摊。

“人的浅薄啊,”他说着走近祭坛，从祭坛上拿起一盏金杯，“眼前的盘算，近视的判断。但是他们永远也不会向我们发射的，你别害怕。有人仔细盯着呢。而现在，如果你不反对的话，我们就来举行仪式。”

他走到塔塔尔斯基身边，把手放在塔塔尔斯基的肩膀上。

“跪下，摘下面具。”

塔塔尔斯基听话地跪到地上，摘下脸上的面具。法尔谢伊金在杯中蘸湿一个手指，在塔塔尔斯基的额头上画了一个湿的曲线。

“你就是媒介，你就是信息。”他说道，塔塔尔斯基明白他额头上的线是什么，——是两个“M”。

“这液体是什么？”他问。

“狗血。我希望，这个象征不用解释了吧？”

“不用了。”塔塔尔斯基说着，从地上站了起来，“我不是傻瓜，读过些书。然后呢？”

“现在你应该看看那只神圣的眼睛。”

塔塔尔斯基不知为什么哆嗦了一下，阿扎多夫斯基发现了。

“你别害怕，”他加入谈话，“伟大的女神用这只眼睛能认出自己的丈夫。她已经有丈夫了，所以这只不过是纯粹的形式。看了她的眼睛就能弄清楚，你不是马尔杜克神，然后我们就可以安心工作了。”

“哪个马尔杜克神？”

“啊，或者不是马尔杜克，”阿扎多夫斯基说完，从裙子里面掏出一盒“万宝路”烟和一个打火机，“无所谓。我随便说说。

法尔苏克，你给他讲讲，你擅长。而我要去一个真正男人的国家了。”

“这也是一个神话，”法尔谢伊金说，“伟大的女神有过一个丈夫，他也是神，众神中最重要的一个，她用爱的汁水喂养过他，他在位于自己祭祀塔最高处的圣堂上睡着了。因为他是神，所以他的梦是那种……不过，总之是件没头绪的事，但是他似乎梦见了这整个世界，包括我们，甚至包括这位女神在内。伟大的女神永远在寻找那个梦见她的人，因为只有通过他，她才能获得生命。由于她找不到他，她便有了她自己选择的一个象征性的人间丈夫。”

塔塔尔斯基朝阿扎多夫斯基瞥了一眼。只见他点点头，透过面具上的粉色小洞喷出一个整整齐齐的烟圈。

“你猜对了，”法尔谢伊金说，“现在是他。对于阿扎多夫斯基来说，当另一个人要来看圣眼的时候，这当然是一个相当紧张的时刻，但目前还一切正常。来吧。”

塔塔尔斯基走近台子上的那只眼睛，在它面前跪下来。蓝色的珐琅角膜和瞳孔之间隔着一层薄薄的金膜，瞳孔本身则是暗色的，镜子般的。塔塔尔斯基在那只眼睛中看到了自己扭曲的脸庞、法尔谢伊金戴着深色风帽的弯曲身影和阿扎多夫斯基鼓鼓的膝盖。

“请掉转顶灯，”法尔谢伊金对什么人说道，“这样他什么也看不到。应该让他终生不忘。”

一道亮光落在瞳孔上，于是，塔塔尔斯基不再能看到自己的倒影了，取而代之的是模糊的金色闪光，就像他刚刚盯着落日看了几分钟，然后闭上眼，看到迷失在神经末梢中的那些落日残片。“我应该看到什么呢？”他在想。

背后发生一阵忙乱，有什么金属东西沉重地砸在地上，响起呼哧呼哧的喘气声。塔塔尔斯基猛地站起身，从祭坛前跳开，转过身来。他目睹的场面如此不真实，甚至没使他感到恐惧，他认为这是仪式的一部分。穿着毛茸茸的白裙子、胸前晃荡着金面具的萨沙·勃洛和马留塔用一根黄色的尼龙绳勒住阿扎多夫斯基的脖子，他俩尽量离阿扎多夫斯基远一些，而阿扎多夫斯基翻着羊眼，两手竭尽全力地拉住那根细细的尼龙线。呜呼，力量不均等，他那被拉破的手掌流出鲜血，血染红了黄色的线绳，而他，起先跪着，然后肚子着地，胸口压着掉地的面具。塔塔尔斯基看到了那个时刻，在阿扎多夫斯基看向他的眼睛中，惊讶和慌张的表情逐渐隐退，接下来就没有任何表情了。直到这时他才明白，如果这是仪式的一部分，那么它对于阿扎多夫斯基来说也绝对是意外的。

“怎么了？发生了什么事情？”

“没事了，”法尔谢伊金说，“什么事都不会发生了。该发生的都已经发生了。”

“为什么？”塔塔尔斯基问。

法尔谢伊金耸耸肩膀。

“有损门面的婚姻已经让伟大的女神疲惫了。”

“您从哪儿知道的?”

“在阿特拉斯的一次神圣占卜中，一位预言家说，在我们国家将出现一位伊丝塔的新丈夫。在我们这里，阿扎多夫斯基老早就出了问题，可谁是这位新丈夫，我们却久久弄不明白。我们仅仅听说，这个人与城市同名。我们想啊，想啊，寻找着，突然，有人从第一处拿来你的材料。据所有情况来看，你就是这个人。”

“我???”

法尔谢伊金没有作答，而给了萨沙·勃洛和马留塔一个暗号。两人走到阿扎多夫斯基的身体旁，抓住他的腿，将他从祭坛室拖到更衣间。

“是我?”塔塔尔斯基又问了一遍，“可为什么是我呢?”

“我不知道。这你要问你自己了。不知为什么，伟大的女神没有选我。好像是说，一个留下了名字的人……”

“留下了名字?”

“我的父辈是伏尔加流域的德国人。我大学毕业时，从电视台来了一个奇怪的调令——去华盛顿做记者。我做过共青团书记，也就是说，我是去美国的第一个。在卢比扬卡①，他们改了我的

① 克格勃总部所在地，位于莫斯科市中心。——译注

名字。不过这不要紧。你被选中了。”

“你会同意做女神的丈夫吗？”

“为什么不呢？这多好听啊，伟大女神的丈夫！职责纯粹是仪式性的，不负任何责任，却什么事情都能做。可以说，能做一切事情。这位刚刚死去的清洁工，每天早晨都要往地毯上倒一大桶可卡因。这不，给自己建起了好几座别墅，买了这么些画……再多的东西他也想不出来了。我说了，一段有损门面的婚姻。”

“我可以拒绝吗？”

“我不这样认为。”法尔谢伊金说。

塔塔尔斯基透过门洞看了一眼，门那边的事情很奇怪，马留塔和萨沙·勃洛正将阿扎多夫斯基往一个绿色大球状的集装箱里装。他那非自然弯曲的身体已经在箱子里了，可一只套着红拖鞋的毛茸茸的腿还跷在敞开的箱门口，无论如何也不愿钻到箱子里去。

“这球是什么东西？”

“这是一个又长又窄的过道，”法尔谢伊金回答，“沉得要死。但滚起来却很舒服。要是把它滚到街上，任何人都能推得动。这是谢苗·维林在死前想出来的。一个多棒的设计……他也就是因为这个白痴而倒下的。我真想让谢苗看到这一切！”

“为什么是绿色的呢？”

“我不知道。有什么区别呢？瓦万，你不用在所有事情上寻找象征意义，你会找到的。自讨苦吃。”

更衣间里传来一个轻轻的破碎声，塔塔尔斯基皱了皱眉头。“有一天我也会被勒死吗？”他问。

法尔谢伊金耸耸肩膀：

“伟大女神的丈夫，你也知道，是时常更换的。但这只是职业的一部分。如果老实，也完全可能活到老。甚至可以领到退休金。重要的是，你如果有什么疑惑，就马上来找我。听听我的忠告。第一个忠告是这样的：你在迁进阿扎多夫斯基的办公室时，要拿走那个可卡因地毯。否则，满城都会传言，说一些彻头彻尾的左派人士挤满了接待室。我们干吗要这样呢？”

“地毯我会拿走的。可如果我要搬进他的办公室，那我们该怎么对其他所有人解释呢？”

“对他们用不着做任何解释。大家自己都会明白的。我们这里没有外人。”

马留塔从更衣间向这里看了一眼，他已经换了一身衣服。他抬眼看了塔塔尔斯基一秒钟，又很快掉转开目光，将阿扎多夫斯基的手机递给了法尔谢伊金。

“推出去？”他公事公办地问。

“不，”法尔谢伊金说，“要推到地方。干吗问这些愚蠢的问题？”

一阵金属的响声在走廊那长长的黑洞里响起，等那声音静下来，塔塔尔斯基才轻声地问道：

“法尔苏克·卡尔洛维奇，请您悄悄地告诉我……”

“什么？”

“是谁实际掌管着这一切？”

“我对你的忠告就是，别掺和。”法尔谢伊金说，“你就能做活神做得更久些。我呢，说实话，自己也不知道。生意已经做了多少年了啊。”

他走到祭坛后的墙壁前，用钥匙打开一扇隐秘的小门，他弯下腰，钻了进去。门后亮起灯光，于是，塔塔尔斯基看到一台很大的机器，有些像一本翻开的黑色书本，两边有两根毛玻璃做成的立柱，在面向塔塔尔斯基的黑色平面上有一行白字“Compuware”和一个陌生的符号，机器前面摆着一把椅子，有些像牙医诊所里那种带有各种带子和定位器的椅子。

“这是什么？”塔塔尔斯基问。

“三维扫描仪。”

“干什么用的？”

“我们要扫下你的云图。”

“不扫不行吗？”

“绝对不行。只有在你被数字化之后，你才能通过仪式成为伟大女神的丈夫。这样说吧，你就会被变成虚拟镜头。”

“怎么，然后就将被放进所有的短片和节目？像阿扎多夫斯基那样?”

“这就是你主要的神圣仪式功能。女神的确没有躯体，但有某种代替她躯体的东西。就其躯体的本质而言，她是广告中所有形象的总和。既然她是虚拟镜头的媒介，那么你，为了成为和神一样的人，也必须被变形。这样，你们才有可能神秘地融为一体。实际上，是你的三维模型成了她的丈夫，而你自己似乎……是个摄政王。到这里来。”

塔塔尔斯基神经质地蜷缩起来，法尔谢伊金笑了起来。

“你别害怕。扫描的时候并不疼。就像复印一样，只是他们不会盖盖的……在他们还没盖盖的时候……算了，我在开玩笑，开玩笑。我们快点，否则上面的人要等我们了。一个隆重的晚会，这样说吧，你的就职典礼。在小圈子里你会放松起来的。”

塔塔尔斯基向刻有狗和女神的云母板看了最后一眼，然后毅然决然地钻进法尔谢伊金等在旁边的那扇小门。房间的四壁和天花板全都漆成白色，房间几乎是空的，除了那台扫描仪，房间里还有一个操作台，墙边还有几个纸箱，装着什么电器。

“法尔苏克·卡尔洛维奇，您听说过西默夫鸟吗?”塔塔尔斯基问着，坐进椅子，将两只胳膊放在扶手上。

“没有。这是什么鸟?”

“有过这样一部东方长诗，”塔塔尔斯基说，“我自己也没读过，只是听说的。长诗中说，有30只鸟飞去寻找它们的国王西默夫，经过许多磨难之后它们最终才知道，‘西默夫’的意思就是‘30 只鸟’。”

“那又怎么了？”法尔谢伊金说着，将黑色的插头插进插座。

“是这样，”塔塔尔斯基说，“我刚刚在想，也许，我们这选择了‘百事可乐’的一代人，您在年轻的时候也选择了‘百事’，是吗？”

“那有什么办法。”法尔谢伊金嘟囔着，扳动控制板上的转换开关。

“是这样……有一个相当可怕的思想闯进了我的脑袋，也许，我们大家加在一起，就是这条五条腿的狗？如今，这么说吧，我们正在进行攻击？”

法尔谢伊金全神贯注于自己的操作，显然没有听清塔塔尔斯基的这几句话。

“喂，”他说道，“现在别动了，别眨眼。准备好了吗？”

塔塔尔斯基深深地吸了一口气。

“准备好了。”他说。

机器嗡嗡响了起来，机器四周的白色磨砂灯泡闪出耀眼的光芒。那个像翻开的书一样的装置开始慢慢绕着轴心旋转，一道白光刺向塔塔尔斯基的眼睛，他目眩了好几秒钟。

“向新神致敬。”法尔谢伊金庄严地说。

当塔塔尔斯基睁开眼睛，见法尔谢伊金低着头跪在椅子前，递给他一个黑色的小东西。这是阿扎多夫斯基的电话。塔塔尔斯基小心地接过，仔细看起来：电话看上去像一个普通的“飞利浦”小型机，只不过这部电话上只有一个按键，形状像一只金色的眼睛。塔塔尔斯基想问问，阿拉知不知道，但没来得及，法尔谢伊金鞠了一躬，然后站起身来，退着走向出口，轻轻地随手带上了门。

塔塔尔斯基一个人留在屋里。他从椅子上站起身，走到小门旁，听了起来。什么声音也没有，看来，法尔谢伊金已经在更衣间里了。塔塔尔斯基走到房间里的远角，小心翼翼地按了一下电话上的按键。

“喂,”他对着话筒轻轻说道,“喂!”

“向新神致敬。”传来了阿拉的声音,“今天有什么安排，头儿?”

“暂时还没什么安排。”塔塔尔斯基回答，他惊奇地感觉到，他毫不费力地进入了新角色。“虽说，你知道吗，小阿拉，总有些事情要做。第一，把办公室的地毯卷起来，我烦了。第二，从今天起，小吃部里只能有‘可口可乐’，不能有‘百事可乐’。第三，马留塔不能在我们这里工作了……因为，我们这里需要他，就像一条狗需要第五条腿。他只会毁了别人的本子，然后弄钱……喂，小阿拉，你记住，在我说话的时候，你不要问‘为什么’，而要拿起铅笔来记录。明白了吗？这就好。”

谈话结束后，塔塔尔斯基想把电话别在腰间，可雕塑般的羊皮太厚了。他想了几秒钟，该将电话放在何处，后来突然想起话还没有说完，于是又按了一下那个金眼睛。

“还有，”他说道，“我完全给忘了。你们要好好照顾罗斯特罗波维奇。”

乐堡人

瓦维连·塔塔尔斯基的三维替身无数次地出现在屏幕上，可塔塔尔斯基自己，回忆着那些梦境般的往昔岁月，却只爱反复观看几段片子。第一段是联邦安全局军官的新闻招待会，他们接到命令，要除掉著名的商人和政治家鲍里斯·别列佐夫斯基，镜头中，塔塔尔斯基戴着密实的黑面具，坐在摆着麦克风的长桌后的最左边。第二段，是电视评论员法尔苏克·谢伊福尔－法尔谢伊金的葬礼，他在奇异的情况下用绳子吊死在自家门口，镜头上，塔塔尔斯基戴着黑眼镜，臂缠黑纱，在吻那位悲哀的寡妇，并向已半截入土的棺木投去一枚绿色台球。接下来的一个情节就费解了：这是一段偷拍的片子，一家美国 C－130 大力神军用运输机停在夜间的红场，正在卸货。从飞机里抬出许多纸箱，箱子上写有

“electronic equipment”① 的字样和奇怪的图案——随意画出的乳房轮廓，只有填装了硅胶的假乳房才能有那么大的尺寸。塔塔尔斯基身穿特警队服，静立在包围圈中。他接下来的一次出场，大家都清楚，这是站在宣谕台上的斯捷潘·拉辛②，这个气势宏大的广告片是为“Head and Shoulders”③ 洗发水做的（广告词为“砍下头颅，人们不为头发而哭泣”）。另一个知名度小得多的片子也是在红场拍的，这个在彼得堡的电视中播了好几次的“可口可乐”广告，表现的是世界所有主要宗教的激进原教旨主义者的集会，塔塔尔斯基扮演一个来自新墨西哥州阿尔伯克基的福音派教徒，他一身黑装，正在愤怒地践踏一个空的“可口可乐”罐，他举起手，指着克里姆林宫的宫墙，念诵赞美诗第十四首：

> There they are in great dread,
> For God is with the Righterous Generation!④

许多人都还记得他在“伪鲍里斯二世”牌伏特加和“布尔伦

---

① 英文：“电子设备。”——译注

② 斯捷潘·拉辛（约1630—1671），俄国农民起义领袖，后在红场宣谕台被处死。——译注

③ 即“海飞丝”。——译注

④ 《圣经·诗篇》第14篇第5节：“他们在那里大大地害怕，因为神在义人的族类中。”文中的“族类”一词在原文中为“一代”。——译注

之歌”速溶汤广告片里的表演。但不知为何，塔塔尔斯基自己却没将它们归入自己的收藏。他的收藏中也没有他为莫斯科“Gap”连锁店做的那个著名广告，那是塔塔尔斯基和他的副手莫尔科文一起拍的：身穿镶有黄金的牛仔上衣的莫尔科文，在商店的橱窗里走来走去，而身穿军用棉袄的塔塔尔斯基将砖头砸向装甲玻璃，大声喊道：“在坎大哈郊外更棒些！”（广告词是“Enjoy the Gap”）。但是，他最为钟爱的一段录像却从未在电视上播出过，据女秘书阿拉悄悄告诉别人，在看了那段录像之后，他的眼中涌出了泪水。

这是一个未完成的短片，是为“乐堡”啤酒拍的，广告词是“Sta，viator!”（为外地电视公司做的版本，广告词翻译过来就是：“停下，行路人!”），片子中，那个孤独流浪者的画面被做成动画。塔塔尔斯基穿着白衬衫，敞着怀，头顶正午的烈日走在一条尘土飞扬的小道上。突然，他想到了什么事情。他站下来，背靠木栅栏，用一块毛巾擦着额头的汗水。几秒钟过后，看来，主人公安静了下来，他转过身去，背对着镜头，将毛巾揣进衣袋，又慢慢地继续向那碧蓝的地平线走去，在那地平线的上方，高高地悬挂着几朵轻盈的白云。

有传闻说，这个片子还另拍了一个版本，在那个版本中，路上一个挨一个走着30个塔塔尔斯基，但究竟是否存在这个版本，无法确定。

图书在版编目（CIP）数据

“百事”一代 /（俄罗斯）维克多·佩列文著；刘文飞译．— 北京：北京十月文艺出版社，2018.3
（俄罗斯当代长篇小说丛书）
书名原文：Generation “П”
ISBN 978-7-5302-1703-0

Ⅰ．①百… Ⅱ．①维…②刘… Ⅲ．①长篇小说—俄罗斯—现代 Ⅳ．① I512.45

中国版本图书馆 CIP 数据核字（2017）第 167615 号

著作版权登记号　图字：01-2016-1105

“百事”一代
“BAISHI” YIDAI
［俄罗斯］维克多·佩列文　著　刘文飞　译

出　　版　北京出版集团公司
　　　　　北京十月文艺出版社
地　　址　北京北三环中路 6 号
邮　　编　100120
网　　址　www.bph.com.cn
发　　行　新经典发行有限公司
　　　　　电话（010）68423599
经　　销　新华书店
印　　刷　北京盛通印刷股份有限公司
版　　次　2018 年 3 月第 1 版
　　　　　2018 年 3 月第 1 次印刷
开　　本　880 毫米 ×1230 毫米　1/32
印　　张　12.875
字　　数　228 千字
书　　号　ISBN 978-7-5302-1703-0
定　　价　48.00 元
质量监督电话　010-58572393
如有印装质量问题，由本社负责调换。